COSTI QUEL CHE COSTI

UN ROMANZO DELLA SERIE "MANIPOLARE IL SISTEMA"

Brenna Aubrey

Traduzione: Mirella Banfi

SILVER GRIFFON ASSOCIATES
ORANGE, CA, USA

ISBN 978-1-940951-65-2
Silver Griffon Associates
P.O. Box 7383
Orange, CA 92863
www.BrennaAubrey.it

Dedicato ai miei amici pelosi, i miei compagni di coccole che preferirebbero di gran lunga che tirassi loro dei giocattoli invece di pestare sui tasti per tutto il giorno.

RICONOSCIMENTI

Come sempre, riconosco pienamente che non potrei mai produrre un libro da sola. Ci vuole una squadra ed io ho la migliore. Grazie a voi, Kate e Sabrina, le mie prime lettrici, che passano al pettine fine i miei manoscritti e mi irritano regolarmente con i loro commenti mirati mentre io mi gratto la testa e cerco di capire come farò a sistemare il problema! Grazie al mio team di produzione: Sarah Hansen per la splendida copertina, Jenn Beach per il resto della grafica e Jacy, che è subentrata all'ultimo minuto per aiutarmi quando ero in crisi! Un GROSSO grazie.

E un grazie anche alle autrici Sylvie Fox, Meghan March e Sarah Castile per aver risposto alle mie domande sulle questioni legali. E a Leigh e Natasha per il supporto morale. Grazie, Tessa, creatrice eccezionale di sinossi.

La mia gratitudine va a tutte i/le blogger e recensori che hanno dedicato il loro tempo a parlare dei miei libri. Il vostro lavoro è impagabile e lo apprezzo moltissimo. Grazie ai topi di biblioteca del mio gruppo Brenna Aubrey Book per il vostro incoraggiamento, l'aiuto e l'entusiasmo. So che amate questi personaggi quanto me e mi stupite ogni giorno con la vostra magnificenza. Sono lieta di avervi conosciuto.

Alla fine, grazie alla mia famiglia. Non è facile vivere con una scrittrice, specialmente quando è stressata. Grazie per la vostra pazienza quando divento un'eremita o sono fuori città o completamente distratta, anche se fisicamente presente, perché i miei personaggi stanno parlando troppo forte nella mia testa. Per il mio meraviglioso marito e i miei splendidi figli. Sono orgogliosa di far parte della vostra famiglia e vi voglio bene, più di quanto possano dire le parole. xoxox

Capitolo Uno
Adam

GESTIRE UNA SOCIETÀ QUANDO SI È DALL'ALTRA PARTE dell'oceano Pacifico rispetto alla sede, via email, messaggi e videochat con un enorme ritardo di trasmissione non è facile. Anche per chi considera uno smartphone un'appendice artificiale. E la mancanza di sonno rende tutto più difficile.

In effetti, non faccio una buona nottata di sonno da quasi una settimana. Ed ero sicuro che non ne avrei avuta una finché non fossi atterrato a LA, tra dieci ore. Il tour velocissimo e stancante, tra Beijing, Shenzhen e Shanghai era finito a Tokyo e stavo aspettando l'ultimo tratto del lungo viaggio verso casa. Le prospettive della Draco Multimedia Entertainment in Asia parevano già migliori e più brillanti. Il viaggio aveva quindi raggiunto il suo scopo.

Dal mio tavolo nella sala d'attesa della prima classe all'aeroporto Haneda a Tokyo, mandai tutta una serie di email e messaggi mentre la mia colazione calda si freddava. Jordan Fawkes, il mio Direttore Finanziario, era seduto davanti a me e stava affogando le sue uova nel ketchup, lamentandosi che non ci fosse la salsa piccante, il suo condimento preferito per le uova. Sfortunatamente, in Giappone non c'erano leggi contro il crimine di soffocare le uova nel ketchup.

«La Cina è stata proprio un gran viaggio» disse Jordan dopo aver masticato e inghiottito le uova e mentre tagliava un pezzo di salsiccia. «Devo portarci April, qualche volta, per poterla apprezzare senza fare il maledetto tour di undici città in dieci giorni. Non sono nemmeno riuscito a vedere la Grande Muraglia.»

Nascondendo un sorriso, sbrigai l'ultimo messaggio. «Forse per la luna di miele.»

La sua occhiataccia sopra l'orlo della tazza di caffè mi rese più difficile contenere la risata.

«Non tentare di trascinarci tutti nel baratro con te, signor Futuro-Sposo.»

Inarcai le sopracciglia. «Non sei ancora sicuro che April sia quella giusta?»

Jordan alzò le spalle, un po' rigido. «Non è quello. Non ho fretta di renderlo ufficiale. Che premura c'è? Non ha fretta nemmeno lei. Deve ancora finire l'università. Perché rovinare una cosa perfetta con il matrimonio?»

Inforcando le mie uova, cercai di reprimere una smorfia, ma riuscii a fingere uno sbadiglio. «Dio, sei così prevedibile.»

«Anche tu... Non credo che tu abbia messo da parte quel telefono da quando siamo partiti da Shanghai.»

«Ho una società da gestire» borbottai a denti stretti, dopo aver preso un'altra forchettata di uova. Il mio telefono non smise un attimo di vibrare.

«Mi sembra che tu stia solo borbottando oscenità e lamentandoti dello *stack overflow*, qualunque cosa diavolo sia.»

«È un serissimo problema informatico. E se non ce ne occuperemo, avremo problemi più grossi.» Sospirai pesantemente.

Jordan fece una smorfia. «Allora lascia che se ne occupi Al. È lui il responsabile del reparto IT.» Diedi un'occhiata di sottecchi a Jordan prima di tirarmi indietro e appoggiare il telefono sul tavolo. «Che cosa significa quell'espressione? *Non* se ne sta occupando? Devo spezzare qualche dito?»

Scrollando le spalle, mi massaggiai la nuca. «Ha dei problemi...» Che altro potevo dire senza tradire le sue confidenze? La moglie l'aveva appena lasciato e lui stava lentamente cadendo a pezzi. Aveva chiesto comprensione e l'aveva ottenuta. Ma come spiegarlo senza rivelare i particolari al mio Direttore Finanziario?

Jordan sorseggiò il caffè. «Allora deve risolverli e cominciare a lavorare sodo come tutti noi, maledizione.»

«È il mio campo. Me ne occuperò io» lo rassicurai.

«Se comincerà a incidere sul bilancio, allora diventerà anche di *mia* competenza.»

«Stanne fuori e lasciami il tempo di valutare la situazione una volta che saremo rientrati. Ti terrò informato. Inoltre, come faresti a risolvere il problema se non lo capisci nemmeno?»

Jordan alzò le spalle. «Quello lo lascio ai nerd. Tu fammi sapere quando vuoi che faccia quadrare i tuoi conti.» Jordan bevve un altro sorso di caffè e fece roteare il liquido nella tazza semivuota. Aveva qualcosa in mente e mi domandai se era il caso di mettere fine alle sue sofferenze oppure farlo sudare, qualunque fosse la cosa che doveva dire. Decisi di lasciarlo soffrire ancora un po', era sempre divertente tenerlo sulle spine.

«Allora... sei eccitato per il matrimonio?» mi chiese.

Stava prendendola da lontano. Mi aspettavo di più dall'ammaliatore che era responsabile al novantanove percento della riuscita quotazione in borsa della nostra società.

«Spara, Jordan. Menare il can per l'aia e tutti i convenevoli sono irritanti.»

Jordan aggrottò le sopracciglia. «A volte dimentico che non sto arruffianandomi un investitore o roba simile.» Si massaggiò il collo, imbarazzato. «Stavo solo pensando alla riunione del consiglio che ci sarà tra poco.»

Mangiai un'altra forchettata di uova e attaccai il bacon. «Sì? Che c'è che ti rende nervoso?»

«Beh, ho avuto occasione di parlare con David non molto prima di partire...»

Bevvi l'ultimo sorso d'acqua nel tentativo di ridurre la disidratazione dovuta al volo precedente. «Ah sì? Che cosa voleva il *suocero*?» Era bello prenderlo in giro.

April e Jordan potevano non essere ancora sposati, ma Jordan era nella poco invidiabile posizione di essere romanticamente legato alla figlia del presidente del nostro consiglio di amministrazione. C'era sempre un certo imbarazzo con il padre di April, il loro rapporto era ancora difficile, perfino dopo un anno. Avevo l'impressione che David Weiss tollerasse appena Jordan anche se lui e April erano veramente felici insieme.

David era protettivo nei confronti di sua figlia. Non potevo dire di biasimarlo. Nell'improbabile eventualità che avessi una figlia, poveretto il tizio che avesse osato guardarla in modo strano. Fortunatamente per Jordan, e per la società, sembrava che finora andasse tutto bene, nonostante la sensazione di disagio.

Jordan sogghignò e si appoggiò allo schienale. «Non aveva niente a che vedere con April. Ha finalmente accettato il fatto che non si libererà di me tanto facilmente. E che sua figlia è felice con me, il più delle volte.»

«Allora che c'è che ti prude?»

Jordan si pulì il naso con un tovagliolino, lamentandosi del raffreddore che aveva preso in viaggio. Scuotendo la testa, ammise: «Non c'è niente. David ed io stavamo, mmm, parlando di qualcun altro.»

«Ah sì?» Presi il bicchiere e feci roteare il ghiaccio, aspettando impaziente che me lo riempissero di nuovo. Controllando l'orologio, vidi che mancava ancora un'ora prima dell'imbarco sul volo per LA.

«Uno dei miei amici che si sposa tra poco» disse Jordan. «Stavamo discutendo dei meriti degli accordi pre-matrimoniali.»

Il bicchiere si fermò a mezz'aria mentre lo portavo alla bocca. Jordan mi guardò attentamente mentre piegava e ripiegava il tovagliolo sul tavolo con la mano libera.

«Voi due avete tirato a sorte per decidere chi doveva parlarmene?» gli chiesi con calma, appoggiando il bicchiere.

«Carta, forbici, sasso.»

«Ah. Hai sempre avuto una sfiga pazzesca.» Mi strofinai la guancia, distogliendo gli occhi.

Dopo qualche momento di silenzio imbarazzato, Jordan si spostò sulla sedia e si schiarì la voce. «Hai… sai… Hai intenzione di…?»

Alzai appena una spalla, con il corpo rigido. Non avevo nessuna voglia di parlare con lui di quell'argomento. «Non offenderti, amico, ma proprio non sono affari tuoi.» Le mie parole tranquille contraddicevano lo strano calore che sentivo sotto il colletto. Mi ero tolto da un po' la giacca e la cravatta e avevo intenzione di cambiarmi, indossando qualcosa di più comodo prima di imbarcarmi.

«Già… ed è il motivo per cui ho parlato della riunione del CDA.» Tossì, coprendosi la bocca con il pugno.

Inarcai le sopracciglia. «Non scherzare. *Non* è una cosa di cui ho intenzione di discutere durante la riunione del Consiglio.» Jordan non disse niente. Dopo un minuto di silenzio, tolsi gli occhi dal piatto e lo guardai in faccia. Era mortalmente serio. «Cosa… non c'è la benché minima possibilità che intenda discutere della mia vita privata e delle mie finanze personali con il CDA. Non se ne parla nemmeno.»

Jordan fece una smorfia. «Adam, non puoi scherzare con questa roba. Sono affari e non siamo più una piccola società appena nata. Siamo una società quotata in borsa, che vale miliardi.» Abbassò la voce, guardandosi intorno nella sala d'attesa, come se temesse che qualcuno lo stesse ascoltando. «Tu, personalmente, vali miliardi. Ti serve un accordo pre-matrimoniale.»

Lo guardai storto. «Non ho bisogno di un accordo pre-matrimoniale. Quelli servono solo alla gente che divorzia.»

«E tu sei sicuro che non succederà a te? Sei un veggente e riesci a vedere il futuro con i superpoteri del tuo cervello geniale?» mi chiese seccamente.

«Forse è così.» Alzai le spalle. Era ridicolo, ma avrei detto *qualunque* cosa pur di chiudere la discussione. E al più presto.

Jordan si chinò in avanti, appoggiandosi sui gomiti. «Non sto scherzando, okay? Ti prendo in giro perché è divertente e so che voi due ne avete passate di cotte e di crude. So che cosa provi per lei *adesso*. Ma…»

«Niente ma» ringhiai. «Noi non divorzieremo.»

«Non puoi predire una cosa simile e lo sai maledettamente bene. Inoltre sai benissimo che la California è uno stato dove vige la comunione dei beni. Lei potrebbe...»

«Lei non lo farà» dissi. «E chiederle di firmare un accordo pre-matrimoniale significa che io penso che lei potrebbe tentare.» O, peggio, che *io* mi aspettavo che il matrimonio fallisse.

«Okay... allora le cose stanno così. Dal punto di vista finanziario, non è solo un matrimonio tra Adam e Mia. Ci siete tu, lei e la società. Non stai più semplicemente prendendo una decisione che riguarda solo voi due. Se voi due divorzierete, metà della tua *notevole* quota della Draco diventerà sua.»

Sbuffai. «È un rischio che ho intenzione di correre.»

«È un rischio che il consiglio di amministrazione *non* ha intenzione di correre.» Jordan scosse la testa. «E sono loro che hanno l'ultima parola adesso.»

Sbattei le palpebre. «Ho la quota di maggioranza in questa società. Insieme ai dirigenti potremmo scavalcare le direttive del consiglio.»

Jordan rimase zitto. Ora era lui a evitare di guardarmi. Capivo dal modo in cui si stava agitando sulla sedia che aveva evitato di farmi notare l'ovvio. Prese tempo, si mise in bocca un cubetto di ghiaccio dal bicchiere e lo sgranocchiò rumorosamente. Poi finalmente si fermò e si passò una mano nei capelli.

«Basta con le stronzate. Non hai intenzione di sostenermi, vero?» chiesi con un tono di voce monocorde, cercando, senza riuscirci, di nascondere l'irritazione che stava montando.

«È un tuo dovere fiduciario, Adam. Nei confronti della società.»

«E che ne dici dei miei doveri nei confronti di Emilia?»

Jordan si tirò indietro. «Il CDA non può intervenire nella tua vita privata...»

Mi chinai in avanti, misi un gomito sul tavolo con la tensione che irrigidiva tutti i muscoli in quel braccio. «*A parte* il fatto che vogliono che obblighi la mia futura moglie a firmare un documento che attesti che non è interessata solo ai soldi.»

Jordan si mosse di nuovo a disagio, chiaramente infastidito dalla conversazione quanto lo ero io. «Capisco la tua posizione...»

«Davvero? Quindi farai firmare uno di quegli accordi pre-matrimoniale quando ti deciderai al gran passo?»

«Wow, rallenta amico.» Indicò se stesso con il dito. «Nessuno *qui* è abbastanza stupido da fare quel passo tanto presto.»

Risposi mostrandogli il dito medio e lui distolse gli occhi, ridendo. «Ascoltami amico, okay? Non voglio che tu sia preso alla sprovvista alla riunione del CDA. Il fatto di saperlo ti darà la possibilità di rifletterci. Hanno la possibilità di obbligarti, sai. Possono sostituirti come Amministratore Delegato. Steve Jobs...»

Sentii il calore che mi saliva lungo la spina dorsale, fino ad arrossarmi il viso. Misi il pugno chiuso sul tavolo tra di noi. «E *tu* sai maledettamente bene cos'è successo allora alla Apple. Se il nostro CDA vuole sabotare la società, lascia che vadano avanti.»

Jordan s'irrigidì e alzò una mano, per calmarmi. «Nessuno ti sta minacciando. Io sto facendo il mio dovere come amico e come tuo DF per avvertirti di quello che potrebbe succedere, okay? Possono fare pressioni per fartelo fare e, se rifiuti, potrebbero invocare la violazione del dovere fiduciario.» Sospirò e si passò la mano tra i capelli. «*Per favore*. Non permettere alla tua leggendaria cocciutaggine di trasformare questa richiesta in un casino immondo.»

Strinsi il pugno. «Non ho intenzione di mettere a rischio il mio rapporto con Emilia per una cosa simile. Lei per me è più importante di cento CDA. Questa società può andare a farsi fottere se si arriverà a quel punto.»

Jordan aggrottò la fronte e ci fu un momento di tregua dall'imbarazzo quando finalmente arrivò il cameriere a riempire d'acqua i nostri bicchieri.

Guardai il cibo freddo, senza più voglia di mangiarlo.

Ciò nonostante, continuammo il pasto in silenzio, con un pesante contorno di tensione. Poi Jordan tossì di nuovo, senza togliere gli occhi dal piatto.

«Sai, non è veramente una cosa così brutta… se la immagini come una polizza d'assicurazione.»

Masticando il mio cibo, continuai a fissare il tavolo senza rispondere.

«So a che cosa stai pensando.»

Il cibo quasi mi si incastrò in gola. «Tu non hai idea di che cosa sto pensando.»

Jordan sospirò. «Okay, va bene. Allora diciamo che so che cosa starei pensando *io* se fossi al tuo posto.»

«Cioè?»

Jordan appoggiò la forchetta sul piatto per gesticolare con la mano vuota mentre parlava. Mi ricordò un commentatore di una televendita che cercasse briosamente di vendermi qualcosa. «Che firmare un accordo pre-matrimoniale sia come programmare di divorziare, fare i piani per la conclusione peggiore. Ma c'è un altro modo di vederlo…»

«Perché dovrei prenderlo in considerazione?»

Tentò di calmarmi alzando una mano. «Piano, ragazzo. Ti sto solo dicendo che è una polizza d'assicurazione. Nessuno ha in programma di divorziare quando è giovane e innamorato o appena sposato. So che tu non ci stai pensando. E lo sa anche lei. Ma quando stipuli una polizza d'assicurazione sulla casa non lo fai aspettandoti di perderla per un incendio o un terremoto di magnitudo 8. Non assicuri la tua auto aspettandoti che un TIR ti…»

Alzai una mano per far finire la litania. «Va bene, va bene. Ho capito.» Non aveva tutti i torti, ma la cosa era diversa. Si trattava di *noi*, Emilia e me, il *nostro* rapporto, la *nostra* fiducia, il *nostro* futuro messi nero su bianco per essere esaminati, definiti e documentati dagli avvocati. Che cosa avrebbe pensato Emilia se le avessi messo davanti un contratto e le avessi chiesto di firmarlo? Diavolo, si sarebbe sentita insultata. E non avrei potuto biasimarla.

E anche se potevo dirle che era il CDA a obbligarmi, perché avrei dovuto farlo?

Era una cosa per la quale valeva la pena di lottare. Sarei stato suo marito, dopotutto. Difenderla era il mio lavoro. Proteggerla era il mio lavoro. Quindi lo avrei fatto, come ogni altro lavoro che mi mettevano davanti, al duecento percento delle mie capacità.

Il viaggio fino a casa fu lungo e stancante. Passai la maggior parte del volo lavorando, cercando di esaurire la montagna di roba che si era accumulata. Ma mi distraevo tutte le volte che pensavo a casa.

Sicuramente c'era una pila di carte ancora più alta che mi aspettava lì, ma era Emilia che riempiva i miei pensieri. Non passavo tanto tempo lontano da lei da quando ci eravamo fidanzati. E mi mancava, maledizione. Il profumo dei suoi capelli. La sensazione della sua pelle. Il suono della sua voce, anche quando mi prendeva in giro per l'ultimo, assurdo scambio di battute.

Dopo dieci giorni passati a fissare il muso di Jordan, ne avevo abbastanza. Volevo Emilia.

A causa del raffreddore che aveva preso durante il viaggio, Jordan stava russando nella capsula accanto alla mia in aereo. Pregavo di non aver preso i suoi germi. Bel souvenir da portare ad April. Ne sarebbe stata entusiasta.

Atterrammo alle cinque del mattino. Poco dopo le sei, il mio autista mi lasciò davanti alla porta di casa. Speravo che Emilia stesse ancora dormendo. Era la pausa estiva, ma lei stava ancora lavorando sodo con la ricerca e lo studio, preparandosi per il suo secondo anno alla facoltà di medicina. Ciò nonostante, restava una nottambula, ed era sabato mattina.

Immaginarla addormentata a letto fu sufficiente a farmi correre al piano di sopra, ansioso di fare un pisolino per scongiurare la stanchezza estrema che mi stava travolgendo. Fortunatamente Emilia non aveva il sonno leggero, quindi non si svegliò quando entrai nella stanza, togliendomi i vestiti mentre camminavo. Quando raggiunsi i piedi del letto, avevo solo la biancheria intima ed ero pronto a infilarmi tra le lenzuola.

Ma dovevo fermarmi e guardarla... e vedendola mi si strinse il petto e i polmoni non riuscirono più a incamerare abbastanza aria. La sua figura snella raggomitolata su se stessa. E anche se era alta, sembrava piccola nel nostro enorme letto, con i suoi lunghi capelli scuri sparsi sul cuscino bianco. Era sdraiata sul fianco, con la schiena rivolta verso il mio lato del letto. *Perfetta.*

Scivolai nel letto accanto a lei e la abbracciai da dietro, tirandola vicina, come due cucchiai in un cassetto. Con un sospiro, lei si appoggiò a me ed io sentii una sensazione di calore espandersi nel mio petto. Affondai il naso tra i suoi capelli setosi e il mio corpo si svegliò. Se non fossi stato così esausto, avrei tentato qualcosa. Ma venti ore senza dormire erano state troppe. Mi appisolai.

Quando mi svegliai, ore dopo, lei stava camminando in punta di piedi nella stanza, cercando ovviamente di non svegliarmi. Aveva ancora i capelli in disordine e gli occhi sonnacchiosi. La sveglia indicava che erano le otto e dieci. Doveva essersi appena alzata.

In quella maglietta corta che mostrava al meglio le sue splendide gambe, era semplicemente incantevole. Buona da mangiare e, vista la mia erezione, il mio corpo era d'accordo con me. Mi girai sulla schiena e sospirai mentre lei toglieva qualcosa dal cassetto del comodino.

«Vieni qua» mormorai.

Lei si voltò di colpo, spalancando gli occhi. «Mi dispiace. Ti ho svegliato?»

«No. Vieni qua.»

«Beh, buongiorno anche a te.» Emilia si avvicinò lentamente al letto. «Avevo intenzione di infilarmi sotto la doccia e poi fare un mucchio di rumore per svegliarti per poterti saltare addosso. Quando sei arrivato?»

«Due ore fa. Non sono riuscito a dormire durante il volo.» Allungai le braccia sopra la testa, sbadigliando.

«Merda, devi essere esausto.» Si sedette sulla sponda del letto, fuori dalla mia portata, e mi afferrò la mano, intrecciando le dita con le mie. «Dovresti tornare a dormire.» Chiusi le dita intorno alle sue, intrappolandole.

«Diavolo no.» La tirai forte verso di me. Mentre lo facevo, il mio braccio toccò un rigonfio tra le lenzuola. Piegai la testa per guardare più da vicino. Era una maglietta arrotolata, annidata tra i cuscini del suo lato del letto.

«Che cos'è?»

Emilia allungò la mano per prenderla, arrossendo, ma io fui più veloce. Era una delle mie magliette, appallottolata. Quella, in effetti, che avevo indossato il giorno prima di partire per la Cina.

«Questa è la mia maglietta…» La guardai, confuso. Lei cercò di afferrarla, ma io la tirai via. «Stavi dormendo con la mia maglietta?»

Lei sbuffò, ridendo. «No, dai. Perché dovrei farlo? Sei tu che lasci in giro la tua biancheria sporca.» Ma non mi guardava negli occhi e cercava di togliere la mano dalla mia. Io la strinsi più forte.

«L'ho messa nel cesto della biancheria sporca due settimane fa.» Lottai per nascondere il sorriso compiaciuto che sapevo l'avrebbe solo irritata di più. «Come ha fatto a finire qui?»

Lei si voltò a guardarmi. «Forse mi piaceva farmi coccolare dalla maglietta perché ha il tuo stesso odore, ma, diversamente da te, non è irritante.»

Non riuscii più a contenere il sorriso, che mi uscì a tutta forza. In risposta, lei strinse le labbra e gli occhi. Io finsi innocenza. «Aspetta, cosa? Perché sono irritante?»

«Perché stai tentando di mettermi in imbarazzo perché dormivo con la tua maledetta maglietta.»

«Penso di avere il diritto di essere sconvolto.»

Lei mi guardò perplessa. «Sconvolto? Perché. Non te l'ho rovinata.»

«No… ma torno da un lungo viaggio solo per beccarti a letto che mi tradisci con la mia biancheria sporca.»

Occhi spalancati e la bocca aperta per lo shock, Emilia si lanciò sulla maglietta, me la strappò di mano usandola per schiaffeggiarmi in volto. Poi fece un verso disgustato. «Pervertito.»

«So che ci conti…» Alzai le braccia, cercando di difendermi dai suoi colpi. «Purché, ovviamente, riesca a perdonarti la tua infedeltà.»

«Somaro» disse a denti stretti, ma si capiva che faceva fatica a non ridere. Le misi un braccio intorno alla vita, e la feci rotolare per inchiodarla al letto. Il mio bacio le finì sulla faccia mentre si dimenava sotto di me. Era così maledettamente bello. Avrei potuto prenderla subito, ma riuscii a fatica a contenermi.

«Allora, che ne dici di dare una bella annusata alla cosa vera?» le dissi, alzando e abbassando suggestivamente le sopracciglia.

«Voglio fare una doccia. Inoltre, sei sulla mia lista nera per avermi preso in giro.»

«La tua lista *nera*?» Finsi di rabbuiarmi. «Non sembra divertente. Preferirei essere sulla tua lista *devo fargli un pompino al più presto*.» Ma invece di lasciarla alzare, le strofinai venti ore di ricrescita della barba contro il collo.

«Smettila!» disse lei senza fiato, dimenandosi nel tentativo di sfuggirmi.

E anche se era così piacevole, scivolai di fianco per darle spazio, dato che tendeva a diventare claustrofobica. «Sarai libera dopo aver pagato lo scotto.»

«C'è uno scotto per averti tradito con la tua maglietta?»

«Già.» Annuii. «Mi devi dare un bel bacio di benvenuto.»

«Mhmm.» alzò gli occhi verso il soffitto, come se stesse contemplando i pro e i contro di quella richiesta. «È un prezzo alto da pagare.»

Sorrisi. «Meglio che ti muova in fretta e che preghi che non lo aumenti.»

«Darth Adam. Sapevo che prima o poi avresti mostrato il tuo vero volto. Sospettavo da tempo che fossi un lord Sith. Adesso si spiega tutto.»

«Tu mi *darai* un bacio» dissi fingendo una profonda concentrazione.

«Io ti darò... *un calcio*» Mosse in fretta la gamba verso di me come se stesse per prendermi a calci e rise quando io reagii.

«Quei trucchi mentali Jedi funzionavano molto meglio prima che Obi-Wan mi tagliasse le gambe e mi lasciasse per morto accanto al vulcano.»

Emilia spalancò gli occhi, fingendosi inorridita. «Hai fatto l'impensabile! Hai invocato gli spaventosi prequel.»

Sospirai. «È vero. Questo significa che devo dare forfait.»

Emilia rise mentre mi staccavo da lei. Poi mi agganciò il collo con entrambe le braccia, tirandomi il viso verso il suo.

Le nostre labbra si incontrarono affamate, cercando il contatto, il sapore, l'odore dell'altro e la promessa di molto di più... presto. Più tardi mi sarei rifatto del tempo perduto. Forse avrei aspettato dopo la colazione. Ma probabilmente no.

Capitolo Due
Mia

Baciare Adam era come stare all'aperto quando la pioggia comincia a cadere. Sento un brivido nella schiena, come se si fosse alzata una brezza fresca. Spilli gelati su tutta la pelle, come se fossero le prime gelide gocce che mi cadono addosso. L'aria intorno a me diventa densa, come se fosse carica d'acqua. Gli odori diventano più forti, da quello della sua pelle alla fragranza del sapone che ha usato, fresco come il mondo appena lavato dalla pioggia nuova. I miei sensi si sovraccaricano. Poi, proprio come quella pioggia quando le gocce cadono più forte, comincio a sentire il cambiamento tutto intorno a me. Quando Adam mi bacia abbastanza a lungo e nel modo giusto, i miei vestiti diventano troppo pesanti e scomodi, come se fossi appesantita da uno scroscio improvviso.

«Non riuscirò mai ad arrivare alla doccia se continui a baciarmi in *questo* modo» mormorai.

Adam si tirò indietro abbastanza da guardarmi in faccia, sorridendo. «Chi ha detto che devi andare a fare la doccia proprio adesso? Potresti avere qualcosa di... più urgente da fare.» E si voltò, con la sua erezione che spingeva contro il mio fianco.

Diedi una spinta al suo torace nudo, facendolo rotolare via da me. «L'ho detto *io*. Inoltre devo farti soffrire per avermi preso in giro.»

Quando saltai giù dal letto, Adam mi seguì in bagno. Nascosi un sorriso in modo che non lo vedesse allo specchio. Doveva aver capito che non ero *veramente* irritata con lui, ma non avevo intenzione di lasciargli avere la meglio con le sue prese in giro. Qualcuno doveva pure tenere sotto controllo quel ragazzo.

Ma Adam aveva qualche altra sorpresa in serbo per me. Aprii l'acqua per farla scaldare e mi tolsi la maglietta con cui avevo dormito. Con la coda dell'occhio lo osservai mentre si toglieva le mutande (l'unica cosa che aveva addosso). Quando si raddrizzò, allungò i boxer di maglia, come se volesse offrirmeli.

«Che c'è? Sai dove va la biancheria sporca» dissi, schiaffeggiando via le mutande che mi stava praticamente sventolando in faccia.

Il suo sorriso divenne un sogghigno. «Pensavo che volessi aggiungerle alla tua collezione. Potresti averne un carico completo pronto per la prossima volta che dovrò andare fuori città.» Restai a bocca aperta, cosa che sembrò solo divertirlo ancora di più.

Digrignai i denti e, stringendo i pugni, mi scagliai contro di lui. «Ti prenderò a calci in culo!» Lui scoppiò a ridere, schivandomi con facilità. «Sei biotto» ringhiai. «Hai tutte le parti vulnerabili che ti penzolano. Momento ideale per colpirti.»

Prima che potessi mettere in atto la mia minaccia, Adam mi afferrò. Mentre ridevamo entrambi come idioti, mi sollevò, bloccandomi le braccia lungo i fianchi ed entrò con me nell'enorme doccia.

Era una doccia favolosa. Avrei potuto passarci l'intera giornata se non fosse stato per il fatto che ne sarei uscita raggrinzita come una vecchietta. In effetti, quella stanza da bagno aveva fatto nascere in me l'abitudine di fare lunghe docce. Una parete era di blocchi di pietra naturale con due soffioni a pioggia inseriti nel soffitto sopra di noi, e getti di nichel spazzolato che spruzzavano dai lati. La doccia era inserita nella sua alcova, quindi non c'era bisogno di porte. Intorno agli scarichi c'erano doghe di legno riscaldate. Ci potevano stare cinque persone, anche se c'eravamo al massimo noi due.

«Stronzo» dissi.

«Già» mi mormorò all'orecchio. «Ma pensa a ciò che succederà dopo questa doccia.»

Un brivido d'eccitazione mi percorse tutto il corpo mentre Adam mi premeva contro la pietra gelida. Naturalmente, feci finta di protestare troppo mentre si strusciava contro di me, baciandomi e ricordandomi con il suo corpo che aveva tutte le intenzioni di mantenere la promessa.

Lo guardai stringendo gli occhi. «Bene, mister, se vuoi che succeda qualcosa dovrai essere molto più gentile con me.»

Sorrise, con la faccia ancora a qualche centimetro dalla mia. «Oh, ho tutte le intenzioni di essere gentile con te... molto, molto gentile.» Ci baciammo di nuovo e la sua lingua esplorò la mia bocca mentre lo spruzzo d'acqua calda ci bagnava. «Ti garantisco che sarai incredibilmente felice alla fine della giornata, tanto sarò gentile con te.»

Piegai la testa di lato, guardandolo. «Di solito non offri garanzie.»

I suoi occhi si scurirono, maliziosi e pieni di desiderio e Dio sa di che cos'altro. «Dovrei legarti al letto e fare di te tutto ciò che voglio» ringhiò.

Gli misi le braccia intorno al collo. «*Io* ti garantisco che non sarà necessario per poter fare di me ciò che vuoi.»

Adam allungò una mano verso una delle mensole illuminate inserite nella parete e prese una saponetta. Ma non era il suo tipo, mascolino e semplice che adoravo sentire sulla sua pelle. No, prese una delle mie saponette francesi frou-frou, viola acceso e che profumava di lavanda. E invece di insaponarsi, insaponò me. Mi morsi il labbro per impedirmi di sorridere. Doveva essere di nuovo *quel* periodo.

Lentamente, metodicamente, le sue mani insaponate scivolarono sulla mia pelle bagnata, attardandosi in particolare sui miei seni. Il desiderio divenne immediatamente un incendio, alimentato dalle scintille nate guardandolo denudarsi e quando mi aveva portato in braccio, riscaldato da tutto quel flirtare e infiammato dai nostri baci fino a diventare molto più caldo. Chi lo sapeva che potesse scoppiare un fuoco così ardente sotto uno spruzzo d'acqua?

Adam mi tirò contro di sé, con la schiena contro il suo torace, mentre continuava ad accarezzarmi, facendo piccoli cerchi con le sue dita agili. Chiusi gli occhi sotto l'acqua, godendomi la sensazione delle sue mani. Erano passate quasi due settimane da quando era partito, accidenti, e avevo una voglia matta di lui. Considerando ciò che prometteva il suo corpo dietro di me, si capiva bene che eravamo sulla stessa lunghezza d'onda. *Ma*, anche se ci avessi tentato subito, non sarei stata in grado di accorciare quella doccia.

Ondeggiando contro di lui, deglutii mentre mi baciava lungo il collo, tirando il lobo dell'orecchio nella sua bocca calda. Fuoco ed elettricità crepitarono lungo le mie terminazioni nervose. Se mi avesse spinto contro la parete della doccia e mi avesse presa in quel momento, sarei venuta in due minuti.

Dovevo ammettere che era l'esame senologico più sexy che avessi mai avuto.

Lui non *aveva* mai detto che cos'erano, ma quei controlli arrivavano a intervalli regolari. Le prime volte avevo pensato che fosse un normale preludio al sesso nella doccia, uno sport in cui avremmo potuto vincere la medaglia d'oro fin dalle prime volte. Ma anche se era stato discreto, e subdolo, non mi ci era voluto molto per capire le vere intenzioni dietro quegli specifici e saponosi preliminari.

Mi ero morsa la lingua e non gli avevo mai detto che avevo capito che cosa stava facendo. Dopo aver avuto un cancro al seno al secondo stadio, ero molto attenta a esaminarmi regolarmente. Adam mi aveva perfino chiesto, una volta, se facessi controlli regolari, ed io l'avevo rassicurato.

Ma la mia risposta, evidente, non l'aveva soddisfatto. E non potevo biasimarlo perché voleva essere sicuro. Certo, gli piacevano le mie tette e a me piaceva quando me le toccava, anche così, facendolo diventare un preliminare sexy, bollente. Allora perché rovinarlo?

Mordicchiai il labbro inferiore, con gli occhi ancora chiusi mentre lui finiva, con una piccola fitta di senso di colpa come un ago vicino al cuore. A causa della mia battaglia contro il cancro, ad Adam era rimasta una cicatrice grande quasi come quella rimasta sul mio seno sinistro dopo l'incisione chirurgica. E mi chiedevo se avrebbe veramente mai respirato liberamente. Se l'avremmo mai fatto entrambi.

Andava tutto bene per la maggior parte del tempo, ma c'erano quei brevi momenti quando quel minuscolo seme di dubbio causava un secondo netto di panico prima che tutto tornasse alla normalità. Adam mi stava lavando la schiena e sussurrava tutte le cose che voleva farmi dopo esserci asciugati. Io avevo gli occhi chiusi e mi stavo godendo la visione di ogni singolo atto.

Ma non avevo ancora ottenuto la mia vendetta. Una ragazza sveglia non permetteva mai al suo uomo di cavarsela con una presa in giro di quel livello. Niente da fare. Gliela faceva pagare. Ed era quello che avevo intenzione di fare. Qualche minuto dopo, lo ringraziai per le sue attenzioni e gli dissi che avrebbe dovuto avere un momento tutto suo per rilassarsi, dopo avergli lavato la schiena e dopo la mia versione porno del lavaggio dei suoi addominali perfetti.

Gli era piaciuta, almeno è ciò che una certa parte del suo corpo mi portava a credere mentre uscivo dalla doccia. «Non metterci troppo» gli ordinai con la mia migliore voce da civetta, che probabilmente suonava più come un rospo con il raffreddore, invece dell'effetto che stavo cercando di evocare.

Adam si versò lo shampoo nel palmo della mano e cominciò a lavarsi i capelli, con gli occhi chiusi stretti. Colsi il momento per agire.

Le regole sono semplici quando si tratta di "educare" un uomo, mai lasciare che vedano le tue debolezze, quindi aveva astutamente "dimenticato" di avermi preso in giro, o almeno era ciò che avevo potuto desumere dalle sue parole mielate su quando desiderasse il mio "corpo sexy".

Ma non potevo lasciarmi sfuggire l'opportunità di contrattaccare. *Questa* era la mia occasione. Mi asciugai, allungando il collo per vedere che cosa stesse facendo. Per via dell'angolazione della doccia, lui non poteva vedermi andare all'armadio della biancheria e prendere fino all'ultimo dei teli da bagno puliti e piegati dallo scaffale e lasciare il bagno con l'intera pila, compresi quelli appesi allo scalda-salviette.

La regola successiva era di agire *in fretta*. Dopotutto, Adam aveva tutti i motivi per accelerare la doccia. E così feci. Dopo aver ficcato tutti gli asciugamani nel mio spogliatoio, tornai nella stanza da bagno. Mi infilai il mio accappatoio e presi il suo, insieme al resto delle salviette piccole cui avrebbe potuto ricorrere per disperazione.

Soddisfatta del risultato, mi stesi sul letto, bell'asciutta nel mio accappatoio. Premendomi una pila di lavette sulla bocca per soffocare la risata, sentii l'acqua smettere di scorrere. Dopo qualche secondo di esitazione, Adam chiamò dalla stanza da bagno.

«Ehi, dove sono tutti gli asciugamani?»

Non risposi, continuai a ridere ancora un po', soffocando le risatine.

Risuonò il rumore dei suoi piedi nudi che sbattevano sul pavimento mentre attraversava il bagno verso la porta. Sporse la testa gocciolante dalla porta. «Che cosa hai fatto?» Le sue sopracciglia scure erano inarcate, i capelli fradici e incollati alla fronte. Ai suoi piedi si stava velocemente formando una pozzanghera.

Gli mostrai una delle minuscole lavette. «È questa che vuoi, vero. Scommetto che sei gonfio d'odio, in questo momento.»

Adam storse la bocca in un mezzo sorriso. «*Qualcosa* si sta gonfiando, ma non è odio.» Si tolse i capelli dalla fronte e l'acqua che gli era gocciolata negli occhi. «Mi sembrava di essermela cavata troppo facilmente.»

Sogghignai. «Dovresti conoscermi meglio oramai. Quanto ad asciugarti, potresti usare le tue mutande sporche.»

«Le mutande? Che cos'ho, cinque anni» Strinse le labbra e poi sorrise. «Non sottovalutare il potere del lato oscuro, giovane Jedi.»

Sbuffai. «Quindi tenterai di superarmi? Sei *così* prevedibile. Sto tremando tutta.»

I suoi occhi scuri scintillavano mentre si avvicinava. Nei suoi addominali allettanti si erano raccolti piccoli rivoli d'acqua. Era una meraviglia da vedere.

«E *tu* dovresti conoscere meglio *me*.» Imitò il sorriso dei malvagi nei film. «Io non supero. Io surclasso.» Poi scosse la testa a pochi centimetri dalla mia faccia, spruzzando gocce d'acqua dappertutto. Mi sfuggì uno strillo e mi tirai indietro. «Mi sembri un po' troppo asciutta, ragazzina. Vediamo un po' che cosa posso fare.»

E mi inchiodò nel letto, gocciolando, e cominciò a strofinare la sua faccia bagnata sulla mia. «Finirai per inzuppare il letto!» strillai.

«Danno collaterale» rispose. Poi tirò la cintura del mio accappatoio, aprendolo, e si spostò, inchiodandomi tra il suo corpo bagnato e il letto.

Mi agitai e mi dimenai e sembrò solamente piacergli di più. Scosse di nuovo la testa. Gli schiaffeggiai il torace duro. «Sei proprio un uomo.»

«Sono *tutto* uomo» disse, premendomi addosso la sua erezione.

«Non ho intenzione di subire passivamente» brontolai.

«Oh, non devi subire passivamente» disse ridendo. «Puoi partecipare, e scegliere la posizione che vuoi, contro la porta, o la parete della doccia. Oppure piegata sopra lo schienale del divano, o in un'altra dozzina di modi. Comunque sia... *subirai...*»

«Hai una risposta strafottente per tutto, vero?»

«È uno dei motivi per cui mi ami.»

«Uh uh.» Lo guardai facendo una smorfia. «Ti tengo intorno solo per il sesso fantastico.»

«E a tal proposito... ho fame. È ora di fare colazione.» Sottolineò la frase con un morsetto sul mio collo e il desiderio scorse nelle mie vene, insidioso nel suo tradimento. Avrei perso quella battaglia, felicemente, *ma* la guerra sarebbe continuata.

«Sei una piaga» borbottai, chiudendo gli occhi e godendomi la sensazione della sua bocca che scendeva verso il mio petto.

«Così hai detto. Ma sono anche molto divertente.»

Scoppiai a ridere. «Vero.»

«E sono irresistibile.»

«Mhmm.»

«Anche quando sono bagnato fradicio.»

Mi morsi il labbro. «Vediamo di non spingerci troppo oltre.»

Adam si tirò indietro per farmi vedere il suo sorriso diabolico e il desiderio nei suoi occhi. «Oh, diavolo, sì, ho intenzione di spingere e di continuare a farlo. E a te piacerà. Come sempre.»

Sentii la pressione che aumentava, giù in basso. Mi leccai le labbra, pronta a smettere di fingere. Aprii le gambe e gliele avvolsi intorno ai fianchi, stringendo forte.

«Fammi vedere che cos'hai, ragazzone.»

Ma lui aveva ancora una sorpresa, come sempre, era pieno di sorprese fino all'orlo. «Che ne dici della colazione a letto?»

E con una sola, potente, mossa, si tolse le mie gambe dai fianchi, le spalancò e poi inserì la testa e le spalle proprio in mezzo. *Oh, diavolo, sì.* Stava succedendo. Flettei le cosce toccando i suoi capelli freddi e bagnati. Strillai. «Cavolo, i tuoi capelli sono freddi.»

«Allora non muovere le gambe.» Adam si spostò e di colpo la sua bocca calda fu sopra il fascio di nervi più sensibile e il mio corpo s'inarcò immediatamente.

Sì. Giusto. Un desiderio bruciante, liquido, così intenso da scottarmi il sangue richiese tutta la mia attenzione. Rendendomi schiava di ogni movimento della sua bocca.

Quando avvolse le labbra intorno al mio clitoride e cominciò a succhiare, quasi persi la testa. *Persi* il controllo. Adam *era* irresistibile, anche quando era bagnato fradicio. E lo dimostrò qualche minuto dopo, quando urlai il suo nome.

Ma non si mosse da quel punto finché non ebbe estratto fino all'ultima goccia di piacere da me, come acqua strizzata da uno strofinaccio bagnato. E mi sentii proprio come quello strofinaccio, completamente spremuta, quando sollevò la testa. Ma *lui* non aveva finito.

Buon Dio… che cosa mi faceva quell'uomo. Se avessimo passato più tempo insieme, probabilmente sarei morta di esaurimento da sesso. Ma, *maledizione*, che bel modo di morire.

Nonostante quel pensiero, *volevo* passare più tempo con lui. E non solo per il sesso fenomenale.

Rimasi lì, quasi senz'ossa, vibrando per il piacere residuo, mentre Adam si spostava verso il comodino per prendere un preservativo e infilarselo. Lo guardai, con gli occhi incollati al suo fantastico sedere. Mi era mancato quel sedere. Ma, accidenti, stava diventando un gradasso e dovevo ancora rimetterlo in riga.

Era tornato da me, anche se sapevo che non sarebbe stato per molto. Non avrebbe avuto molto tempo libero nei prossimi mesi ed io non potevo viaggiare con lui a causa dell'università. Coglievamo questi momenti quando c'erano, li assaporavamo e ce li tenevamo stretti per non lasciarceli sfuggire come acqua tra le dita.

Questo non voleva dire che Adam non potesse ricevere una lezione ogni tanto. E Adam aveva la tendenza a essere troppo sicuro di sé, un atteggiamento da controllare da vicino, e da smontare immediatamente quando sfuggiva di mano. Ciò nonostante, lo scherzo successivo non funzionò come il precedente... quando tornò a letto non credette neppure per un attimo che mi fossi addormentata, nonostante i miei tentativi di fingere. E grazie a Dio che non ci credette perché, oh Dio, com'era bello.

***

Il giorno successivo, quando avrei preferito di gran lunga passare il tempo con Adam, dovetti forzatamente incontrare una vecchia amica, di tutti i posti possibili, in una sala da tè. Il mio sguardo andò al mio miglior amico Heath, seduto di fronte a me. Il tavolo era piccolo, coperto con una leggiadra tovaglietta. E Heath era un enorme guerriero vichingo biondo in jeans venuto a sorseggiare il tè con me e una nostra comune amica. Heath rimpiccioliva tutto ciò che aveva intorno, ed era fuori posto lì esattamente come mi sentivo io. Non era stata mia l'idea di incontrarci lì... era stata di Camille.

Camille, la nostra amica delle superiori, ci aveva contattato di recente perché avrebbe passato un po' di tempo in Orange County. Voleva vederci, dato che avevamo preso tutti strade diverse dopo il diploma e ci eravamo solo scambiati fotografie e post sui social media.

«Mi manca Tucson.» Camille sospirò, spingendosi i lunghi capelli castano chiaro dietro la spalla con una mano dalla manicure perfetta. Camille era magra fino all'impossibile e vestita impeccabilmente con un abitino frou-frou che sarebbe stato perfetto a casa, in chiesa, una domenica. Con un cucchiaino d'argento, aggiunse del miele alla sua tazza di tè che si portò alle labbra rosso fuoco. «Ma lì non c'era lavoro, anche se mi sarebbe piaciuto restare. Comunque sono riuscita a restare in contatto con tutte le mie sorelle. Tornerò per una rimpatriata tra un paio di mesi.»

Aggrottai le sopracciglia. Aveva lasciato l'università dell'Arizona dopo la laurea in giugno. Era stata un anno dietro di noi a scuola e poi aveva scelto il piano quinquennale. Durante il college si era unita a una sorellanza. La mia impressione era che si fosse trasformata dalla disadattata, che era solita passare il tempo con quelli come Heath e me alle superiori, in una ragazza popolare alla Delta Delta Gamma.

Heath rise sotto i baffi mentre finiva il dolce. Sembrava di buonumore, e di solito non era così da quando il suo boyfriend era partito per un soggiorno di durata indeterminata a casa sua, in Irlanda. Quando colsi lo sguardo di Heath e Camille non stava guardando, soffiai sul mio tè per raffreddarlo. La leziosa sala da tè era stata una scelta di Camille e guardare Heath muoversi goffamente in quel posto era quasi una scenetta comica. Lui fece segno a un cameriere di portargli un'altra brioche.

«Allora, Mia, *tu* che cosa hai fatto di bello?»

«Ho studiato, più che altro.»

Le sue sopracciglia scattarono verso l'alto. «Niente eventi di beneficenza? Serate di gala? Raccolte fondi e tutte quelle cose eccitanti che fanno i ricconi?»

Sbattei le palpebre. Adesso ero una riccona? «Ho fatto solo quello che fanno gli studenti di medicina senza una vita sociale.»

Camille fece spallucce. «Mi sorprende che non abbia lasciato la facoltà di medicina, ma, ovviamente, stai facendo quello che ti piace. Bello. Vorrei essere in grado di fare quello che voglio, come ad esempio gestire la mia galleria d'arte. Mi piacerebbe. Ma mamma e papà vogliono che dimostri che sono produttiva, quindi mi devo arrendere al mercato del lavoro. Non c'è molto in giro per qualcuno con una laurea in storia dell'arte.»

Camille aveva passato la prima mezz'ora della riunione a lamentarsi di come i suoi genitori si rifiutassero di pagarle il dottorato finché non avesse avuto un lavoro stabile per un anno. Non molto tempo prima, avrei ucciso per avere quel problema.

Si piegò in avanti e aggiunse latte al suo tè. «Mi piacerebbe essere come Heath e lavorare per conto mio. O, sai, magari sposare un miliardario.» Ridacchiò mentre indicava il mio anello di fidanzamento.

Resistetti al desiderio di togliere la mano dal tavolo e tirarmi indietro. Ci ero quasi abituata oramai, *quasi*. Adam ed io eravamo fidanzati da oltre un anno e tutti, fuori dalla nostra cerchia di amici, sembravano pensare che avessi vinto la lotteria. Pochi vedevano Adam come un uomo, aldilà del suo enorme conto in banca. Un conoscente, dopo qualche drink per farsi coraggio, aveva perfino tentato di farsi dire da me il valore totale di Adam.

Avevo risposto con la verità, che non avevo idea di quale fosse il suo valore in dollari. E mi ero assicurata di aggiungere in tono deliberatamente mieloso *ma per me è senza prezzo*, con un sorriso sdolcinato, sperando che tutta quella melassa lo avrebbe fatto vomitare.

Nessuno sembrava credere che non lo sapessi veramente. Dopo quella piacevole esperienza, mi ero preparata una lista di risposte sarcastiche da usare nel probabile caso in cui qualcuno avesse tirato nuovamente in ballo l'argomento del suo valore netto.

•È così difficile contare mentre nuoto in mezzo a tutto quell'oro.

•Non lo so. Lo nasconde tutto nella sua Batcaverna sotto la nostra casa, dove parcheggia la sua Batmobile.

•Non lo so, ma se, a letto, comincerà a farsi chiamare zio Paperone, io me ne vado.

•Non lo so. Non l'ho pesato ultimamente, né sono riuscita a verificare i carati

•Tutte le volte che cerco di controllare il suo saldo online lo schermo si blocca.

«Questo mi ricorda.» Camille si china verso di me. «Volevo chiederti un favore.»

Mi tirai indietro, con il cervello che cominciava a correre. Uh, oh, merda. Dovevo alzarmi e andare in bagno? Forse interromperla con una delle mie battute sarcastiche? Invece non dissi niente e aspettai che continuasse.

«Dato sono state eletta presidente del nostro comitato ex-alunni, mi hanno incaricato di raccogliere fondi per il nuovo arredamento del soggiorno. È nella lista dei desideri delle sorelle da anni oramai e mi piacerebbe trovare finalmente i fondi per farlo. I contributi si possono dedurre dalle tasse. Sono sicura che il tuo fidanzato abbia bisogno di una *montagna* di oneri deducibili.»

Inspirai a lungo dal naso e lasciai uscire il fiato dalla bocca, sentendo il volto che si scaldava per l'irritazione. «Io, uh... uhm...» Maledizione. Perché non riuscivo a ricordare nemmeno una delle mie risposte sarcastiche?

Prima che potessi rispondere, Heath cambiò abilmente argomento e cominciò a parlare dei pettegolezzi sui compagni delle superiori. Chi aveva visto chi, chi si era laureato e chi si era ritirato. Chi era ancora nell'area di Anza/Idylwild e chi, come noi, era riuscito a scappare dalla piccola comunità dell'altopiano desertico da cui venivamo tutti.

«Oh, non crederai mai con chi mi sono imbattuta, Mia. Julian Kerr.» Mi si strinse lo stomaco. Non me ne fregava niente dei giocatori di football delle superiori, che erano stati adorati come dei nella nostra piccola città. Mantenni un'espressione tranquilla, sperando che cambiasse argomento alla svelta. «Lavora nel negozio dei suoi genitori. Immagino che Hollywood non abbia funzionato per lui.»

Feci una smorfia, sorseggiando ancora un po' di tè. Heath voltò la testa verso di me. I nostri sguardi s'incrociarono ed io distolsi in fretta gli occhi.

«È un perdente» disse Heath. Aveva aperto la bocca per dire qualcosa di più, magari per cambiare argomento, quando Camille lo interruppe, palesemente sbavando per avere l'opportunità di condividere quella chicca.

«Sì, è vero, ma conosceva dei pettegolezzi favolosi che forse ti interesseranno, Mia. Mi ha detto che Zach Downs è stato arrestato il mese scorso in Messico.» Sembrò soddisfatta quando la mia tazza ripiombò rumorosamente sul piattino ed io mi tirai indietro. Mi sentii impallidire quando pronunciò quel nome. *Quel* coglione. Lo stronzo con cui ero uscita alle superiori.

Deglutii e Camille stava già continuando con la sua storia. «Lo hanno beccato all'aeroporto con un intero chilo di cocaina che cercava di portare a casa con lui. Adesso è in prigione là, e la sua famiglia sta freneticamente cercando di trovare i fondi con un crowdfunding per tirarlo fuori.»

Risucchiando involontariamente il fiato, tossii violentemente. Sentivo il sangue scorrere forte nelle vene e non perché avevo accidentalmente cercato di aspirare la mia stessa saliva. E non semplicemente perché avevo sentito il suo nome.

Stavo rivivendo il momento, in primavera, quando mi ero imbattuta di nuovo con quel bastardo, per la prima volta dopo le superiori. Il mio tentativo di nascondere un brivido non ebbe successo. Heath se ne accorse immediatamente e mi guardò preoccupato. Rivolsi a Camille un'occhiata imbarazzata. Lei sapeva che Zach era stato il mio boyfriend alle superiori, ovviamente, ma non sapeva *tutto*. Non sapeva perché avessimo rotto o perché avessi passato a casa gli ultimi mesi del mio secondo anno. Tutti pensavano che avessi avuto una brutta varicella.

Non avevano idea che Zach mi avesse aggredito sessualmente e picchiata tanto da lasciare segni che ci avevano messo mesi per guarire. O che ero rimasta a casa da scuola perché anche il solo pensiero di incontrarlo mi procurava attacchi di panico che mi impedivano di respirare.

Mi scusai, e me ne andai da quel fastidioso appuntamento accusando un terribile mal di testa. Raccolsi le mie cose, salutai in fretta Camille e corsi alla mia auto. Heath mi raggiunse lì.

«Ehi, stai bene?»

Aprii l'auto dopo un paio di tentativi e gettai dentro la borsa. «Starò bene, appena passerà lo shock di aver sentito il suo nome, ecco tutto.»

Heath mi mise una mano sul braccio. «*Non* è tutto. Ho sentito che ti sei imbattuta in lui ad Anza, in primavera.»

Esitai, annuendo. Non mi stava accusando, né mi stava chiedendo di sapere perché non gli avessi detto. Ma avrei dovuto sapere che mia madre gliene avrebbe parlato. Soppressi un sospiro.

«Adam ed io eravamo andati là per aiutarla a preparare il B&B per la stagione. Eravamo da Bartons e c'era sua madre.» Rabbrividii e Heath mi strofinò il braccio per rassicurarmi.

Raccontare la storia fu quasi come se fossi di nuovo in quella corsia del supermercato, di fronte alla madre del mio ex. Scossi la testa. «Era tutta un sorriso Vogliono tutti fingere di essere i miei migliori amici, adesso, perfino Beth. Ricordi quanto mi odiava quando pensava che volessi denunciare per aggressione il suo bambino? Ha avuto il fegato di comportarsi come se niente fosse successo e voleva addirittura che *lo* presentassi ad Adam.»

Heath strinse le labbra, e anche la mano sul mio braccio. Sentivo lo stomaco che si rovesciava ripensandoci, ricordando il panico, la paura folle e il cuore che mi batteva nelle orecchie al pensiero che s'incontrassero. Sapendo che non sarei mai riuscita a mantenere la calma in presenza di Zach e che Adam se ne sarebbe accorto immediatamente, e avrebbe fatto domande, mi ero comportata come avevo appena fatto anche adesso: mi ero scusata in fretta, avevo afferrato Adam ed ero scappata.

«C'era anche Zach nel supermercato?»

Chiusi gli occhi. «Nella corsia vicina. Sua madre l'ha perfino chiamato mentre io cercavo di andarmene da lì il più in fretta possibile. Ma svoltato l'angolo mi sono scontrata con lui, letteralmente.»

Mentre parlavo con Heath, lo stomaco continuava a contrarsi per il panico. Feci un respiro profondo, rammentandomi con forza che ero *al sicuro.*

Quando avevo sentito l'odore della stessa colonia che usava alle superiori, quella roba pesante in cui praticamente faceva il bagno, era bastato. Avevo cominciato a farfugliare, nel panico, con il cuore che batteva come un tamburo, l'adrenalina che mi pompava nel sangue, senza sapere se scappare o lottare. Me l'ero quasi fatta addosso.

«Quel coglione ha tentato di fermarmi, per salutarmi come se non fosse mai successo niente.» Stavo praticamente digrignando i denti mentre lo dicevo.

Heath scosse la testa, chiaramente perplesso. «Non credevo che fosse *così* idiota.»

Mi passai la mano sugli occhi, cercando di controllare i tremori. «Hanno tutti le stelle negli occhi adesso. Sono la ragazza che sta per sposare un miliardario, da quando la rivista *Forbes* ha pubblicato l'articolo su Adam e ha menzionato il mio nome. Immaginano che debba dimenticare tutto del passato e aiutarli *tutti.*»

Heath si tirò indietro, disgustato. «Gesù. È ripugnante. Adam si è accorto della tua reazione?»

Tolsi la mano dagli occhi e piegai la testa guardando Heath. «*Tu* che cosa credi?»

Heath inarcò le sopracciglia. «Già, ad Adam non sfugge niente.»

«L'ho trascinato fuori dal supermercato e siamo andati a comprare le provviste a Temecula.» Scossi la testa. «Vorrei averlo fatto fin dall'inizio.»

«Che cos'ha detto Adam quando gli hai raccontato perché eri così sconvolta?»

Mi morsi il labbro e distolsi lo sguardo senza rispondere.

«Mia... cazzo. *Non* gliel'hai detto?»

«No, non volevo che desse fuori di matto, tornasse là e lo prendesse a pugni. *Sai* che avrebbe tentato. E quanto a quella testa di cazzo... il modo in cui tutti vedono il segno del dollaro quando vedono Adam o me, ho l'idea che quello stronzo avrebbe cercato la lite per poter far causa ad Adam e alle sue tasche pingui. Per non dire poi che Adam sarebbe finito in prigione. No, non ha bisogno di combattere lui le mie battaglie.»

Solo che avevo un sospetto sulla tempistica delle notizie che Camille mi aveva dato. Dopo tutto quel tempo, che Zach fosse finito in una prigione messicana solo pochi mesi dopo quell'incontro...

Adam era coinvolto in qualche modo? *Ma come?*

«Quindi Adam non disse niente?»

«Avrebbe voluto, ma non glielo permisi. Parlai continuamente durante il viaggio, tanto che non riuscì a dire una parola. Tutte le volte che tentava di parlarne, cambiavo argomento.»

L'espressione di Heath era tra il perplesso e lo sbalordito. Uffa. Qualche la volta la vita era troppo complicata. E i pensieri che mi giravano nella testa, come trottole? Non avevo idea di che cosa farne.

Heath ed io ci salutammo poco dopo ed io salii in macchina.

Mentre andavo a casa, non riuscivo a smettere di pensare all'incontro al supermercato. Questo nuovo sviluppo, Zach in prigione per droga, sembrava una strana coincidenza. Sapevo che Adam aveva scavato per trovare informazioni dopo l'incidente al supermercato. Il giorno successivo l'avevo colto nella mia stanza da ragazza al ranch, che cercava tra gli annuari delle superiori. Li avevo nascosti sul ripiano più in alto dell'armadio. Era già stato nella mia stanza un paio di volte, per guardarsi intorno, ma quel giorno in particolare, aveva mostrato un interesse insolito per quegli annuari. Aveva continuato a scavare più a fondo, dopo?

Quando arrivai a casa a mezzogiorno, Adam non era ancora arrivato. Dato che avevo quell'appuntamento alla sala da tè con Heath e Camille, quella mattina aveva fatto una scappata al lavoro per controllare un po' di cose. Ma aveva promesso che non si sarebbe trattenuto a lungo. Mentre lo aspettavo, lavorai un po' nel mio nuovo studio, ricavato da una delle stanze degli ospiti dall'altra parte del corridoio rispetto a quello di Adam.

Lo sentii arrivare e gli andai incontro in cucina, dove aveva preso una bottiglia d'acqua. Abbracciandolo da dietro, mi alzai sulla punta dei piedi per baciargli il collo. «Che cosa facciamo oggi?»

«Prendiamo la Duffy boat e andiamo alla Fun Zone» rispose senza esitazioni. «Ti devo la rivincita a Skee-Ball.»

Sorrisi sfacciatamente, appoggiandogli il mento sulla spalla. «Volevi dire... che non vedi l'ora di essere nuovamente umiliato.»

Adam alzò le spalle. «Forse ho una vena di masochismo.» Si voltò e ricambiò il mio abbraccio, tirandomi contro di lui.

«Com'è andato il tè? Scommetto che Heath era aggraziato come un wrestler della WWE in quel posto.»

«Poveretto. Almeno però è uscito di casa. Da quando Connor è tornato in Irlanda non si è fatto vedere molto.»

Adam mi prese la mano, sorridendo e andammo al molo dove ondeggiava la barca elettrica che sembrava ancora più minuscola accanto al grande yacht. Restai seduta, persa nei miei pensieri mentre andavamo verso la penisola di Balboa, dove c'era il parco di divertimenti. Dall'altra parte dell'insenatura l'acqua scintillava al sole tiepido, lambendo il molo e il lungomare.

Passeggiamo sul lungomare, fermandoci, ovviamente, per la rivincita del gioco, che naturalmente vinsi, difendendo il mio status di campionessa di Skee-Ball.

E lo presi in giro con un infantile «Cicca cicca...» ballandogli intorno e mostrandogli la lingua. «Hai perso... hai perso...»

Adam incassò tutto come un campione. Sembrava felice che avessi ripreso a parlare. Ma restammo in silenzio, a nostro agio, mentre mangiavamo qualcosa in fretta e, tornando alla barca, sgranocchiai un Balboa bar, il famoso gelato sullo stecco ricoperto di cioccolato e granella, rivivendo la mia infanzia.

«Non sgocciolare quel gelato su tutta la mia barca» borbottò Adam quando salimmo a bordo.

Era decisamente ora di ricominciare a stuzzicarlo. Mi voltai verso di lui, leccando il gelato in modo sensuale, infilandolo in bocca e poi togliendolo lentamente, mugolando mentre mi godevo il dolce. Adam mi guardò, incredulo, e poi quasi rotolò a terra ridendo.

«Wow, non avrei mai pensato di dirlo, ma mi sono quasi eccitato guardandoti fare un pompino al gelato.»

Risposi schioccando le labbra e finendo il gelato mentre prendevamo la via più lunga verso caso, tutt'intorno alla Balboa Island, che non era così grande. Ma dato che la Duffy era lenta, ci volle comunque un po'.

«Sei silenziosa questo pomeriggio» disse infine Adam, quando eravamo a metà strada.

Alzai le spalle, guardando l'acqua, studiando il gioco della luce pomeridiana che si rifletteva sulla superficie. «Non ho molto da dire. Non ho proprio voglia di parlare. Sono solo felice che tu sia a casa.»

Adam fece una smorfia, girando intorno ad altre barche ormeggiate, con i ponti pieni di leoni marini addormentati al sole. «Qualche motivo in particolare?»

Gli diedi un'occhiata in fretta, prima di tornare al panorama, ammirando le case lussuose, simili a quella in cui vivevamo, e altre al limite dell'ostentazione. «Mentre eravamo nella sala da tè, la mia amica delle superiori, Camille, mi ha raccontato qualche pettegolezzo del paesello.»

Adam inarcò le sopracciglia. «Ah! È successo qualcosa di eccitante nella buona vecchia Anza?»

Mi voltai verso di lui e mi spostai sul sedile. «Già. Qualcuno che conoscevo alle superiori è stato arrestato in Messico ed è finito in prigione per possesso di droga.»

Cercai di cogliere la sua reazione. Avevo notato un breve lampo in quegli occhi scuri? Un lieve stringersi delle labbra? O era tutto frutto della mia immaginazione?

«Ah. Era un amico?»

«No. Decisamente *no*» dissi. «Era quel bastardo con cui uscivo in seconda superiore.»

Adam aggrottò le sopracciglia e ci fu una lunga pausa di silenzio. Mi voltai e vidi che ci eravamo avvicinati a Bay Island ed eravamo diretti al nostro ormeggio. L'acqua sbatteva sui fianchi dello yacht nella nostra spiaggia privata.

Adam manovrò abilmente ed io saltai fuori dalla barca prima che potesse reagire. Parlarne? O lasciar perdere? Che cosa dovevo fare?

Era veramente essenziale che lo sapessi? Erano quelle le domande che mi giravano per la testa e non ero sicura di voler conoscere le risposte. Mi importava sapere se fosse o meno coinvolto, o che quello stronzo avesse avuto ciò che si meritava?

Una volta in casa, andai al frigorifero e presi la bottiglia di vino rosso che avevamo aperto la sera prima a cena. Quando entrai in cucina, gliela mostrai e lui scosse la testa, quindi tolsi il tappo e versai un bicchiere per me.

Adam mi osservò in silenzio, stringendo leggermente gli occhi quando presi immediatamente il bicchiere e cominciai a bere. L'atmosfera tra di noi si fece pesante. Ingoiai e aspettai.

«Vuoi parlarne? Non sei sconvolta per la notizia, vero?»

Inspirai ed espirai. «No.» Sorseggiai ancora un po' di vino. «Sono maledettamente contenta e proprio per questo mi sento in colpa.»

Adam mise una mano sul ripiano di granito e si appoggiò al braccio, senza mai smettere di guardarmi. Io non riuscivo a guardarlo negli occhi, e mi concentrai sui muscoli che quella posa metteva in evidenza. «Perché ti senti in colpa, Emilia? Ti garantisco che quel pezzo di merda non ha passato un sol giorno sentendosi in colpa per quello che ti ha fatto.»

Annuii, continuando a evitare di guardarlo negli occhi e a rivolgergli la domanda che mi bruciava sulla punta della lingua.

Lo spazio tra di noi si riempì di quelle domande inespresse, di quelle risposte mai date. Sentivo il cuore battere nelle orecchie. Poi finii il bicchiere in un sol sorso. «Ho il cervello in pappa. Possiamo oziare guardando un film?»

Adam sorrise, ma la sua espressione era ancora preoccupata. «Dopo aver visto il modo in cui mangiavi quel gelato, sarei *molto* felice di *poltrire* con te.» E mi rivolse di nuovo quel sorriso bello da morire.

Lo guardai compiaciuta. «Ti piacerebbe, eh, pivello.»

Mettendo il bicchiere nel lavello, mi godetti la sensazione di calore che mi aveva regalato il vino, ero addirittura *grata*. Adam si avvicinò da dietro, mi circondò la vita con le braccia e il mio cuore cominciò a battere forte quando mi baciò dolcemente sul collo.

Mi chinai all'indietro, contro il suo torace e quella sensazione... *quella sensazione...*

Si rapprese dietro ai miei occhi, procurandomi un brivido. Si addensò in gola. Circondata dalle sue braccia, decisi che non importava. L'unica cosa che importava era quella sensazione. Come mi faceva sentire... felice, sicura, in pace.

Quando ci spostammo nella saletta audiovisivi nel seminterrato, tutte le emozioni si erano raccolte in un nodo in gola che quasi non mi permetteva di respirare e mi impediva di parlare. Adam si sedette sulla poltrona e mi guardò, si spostò deliberatamente di lato e tese la mano per invitarmi a sedermi con lui. Mi infilai accanto a lui. Insieme eravamo perfetti. Mi passò la mano dietro la vita, stringendomi ancora di più a sé. Avevo la testa appoggiata alla sua spalla forte e lui prese il telecomando, facendo partire un film.

Mi chinai in avanti, poi allungai il collo per baciarlo, anche se il bacio finì da qualche parte tra la mascella e il collo. Adam si voltò verso di me, con gli occhi ancora velati, intensi. C'era qualcosa lì o era la mia immaginazione?

Preoccupazione? Attenzione? *Senso di colpa?*

Dovevo dirgli che cosa stavo provando?

«E questo per che cos'era?»

«Solo perché sei tu.» Mi lasciai andare contro il suo fianco e lui rafforzò la stretta. «Perché mi fai sentire al sicuro. Sempre. E perché sai che cosa mi serve per provare quel senso si sicurezza.»

Si chinò in avanti per baciarmi sulla fronte. «Ha qualcosa a che fare con la notizia che hai ricevuto oggi?»

Quindi *voleva* sapere come la pensavo al riguardo. Feci un respiro profondo. «Non ho bisogno di sapere se sei coinvolto in ciò che è accaduto. Non dirmelo, per favore.»

Un altro lungo silenzio, durante il quale mi accoccolai più vicino a lui e lui non rispose, accarezzandomi lentamente la schiena. Poi...

«Ma... se fossi stato coinvolto... a me sta bene.»

Restammo seduti per lunghi minuti, tenendoci abbracciati. Era tutto ciò che avevo bisogno di dire, nient'altro importava. E non serviva dire nient'altro.

Non mi interessava sapere se avesse avuto qualcosa a che fare con il fatto che Zach era in prigione. E avevo coscientemente deciso di *non* scoprirlo.

Passammo un'ora piacevole guardando il primo tempo di *Deadpool* quando non potei più resistere. Proprio quando Deadpool stava cercando di ritrovarsi con il suo perduto amore, senza riuscirci, tolsi i vestiti ad Adam e lo attaccai. Non fermammo nemmeno il film. Per la cronaca, il sesso su una poltrona reclinabile è divertente. Pollici in alto, lo rifarei immediatamente..

Capitolo Tre
Adam

EMILIA SONNECCHIAVA CONTRO IL MIO PETTO MENTRE passavano i titoli di coda, con Deadpool che faceva la predica in accappatoio ai suoi spettatori, alla Ferris Bueller. Le baciai la testa, inspirando profondamente il profumo di vaniglia dei suoi capelli, con gli occhi chiusi, sentendo quella familiare, viscerale, attrazione. Deglutii, sperando che fosse il vino e il sesso bollente che l'avevano esaurita e non la notizia stressante su quel bastardo del suo passato.

Quindi sospettava che fossi coinvolto. E anche se non avrei esitato a vuotare il sacco, era contento che non me lo avesse chiesto. Sapevo il rischio che stavo correndo quando avevo preso la decisione di agire. Emilia avrebbe potuto essere sconvolta, persino furiosa, perché avevo interferito, ma era troppo importante che si sentisse al sicuro.

La spostai per poter prendere il telefono e controllare la posta, cercando di non pensare a che cosa sarebbe potuto succedere se non avesse reagito favorevolmente.

Come diavolo avrei potuto *non* interferire? Ero con lei in quel supermercato. Era uscita talmente in fretta da diventare un'immagine sfocata, dopo essere impallidita come un lenzuolo. Quella paura. Mi aveva ucciso vederla paralizzata in quel modo. E in quel momento mi ero preso un appunto mentale di ricordare il cognome della donna che mi aveva presentato balbettando e tremando.

Era stato sufficiente a rendermi sospettoso. Poi quella notte…

Quella notte mi ero svegliato trovandola seduta sulla sponda del letto, in iperventilazione, che mi diceva di aver avuto un incubo. Quando ero finalmente riuscito a tirarla di nuovo accanto a me, avevo stretto il suo corpo tremante contro il mio. Aveva dormito aggrappata a me per tutta la notte. Ero rimasto sveglio per ore, temendo di disturbarla se mi fossi mosso. Impotente, l'avevo ascoltata piagnucolare ogni tanto nel sonno.

Bruciavo d'odio per il bastardo che l'aveva portato a quello, semplicemente con un incontro di due minuti. Essere testimone del terrore che poteva ancora infliggerle fu sufficiente a farmi progettare la mia vendetta.

Era compito mio proteggerla. Tenerla al sicuro. E finché quel pezzo di merda era libero di avvicinarsi a lei quando voleva, Emilia non si sarebbe mai sentita al sicuro.

Per una settimana dopo il fatto, Emilia aveva lottato contro l'insonnia, sempre più esausta. Una volta che fossimo tornati a casa avremmo avuto bisogno di una vacanza per riprenderci da quella villeggiatura traumatica.

Avevo fatto indagini. Come avrei potuto non farlo? Avevo guardato i suoi annuari per evitare di dover interrogare sua madre. Una volta saputo il nome del tizio, me l'ero fatto confermare da Heath. Poi avevo contattato Jordan, che aveva sempre la sua rete ambigua cui ricorrere (la stessa rete che mi aveva messo nei guai con Emilia già una volta). Senza chiedere particolari, Jordan mi aveva messo in contatto con un investigatore privato.

Emilia si mosse sonnacchiosa contro di me mentre si svegliava lentamente sbattendo gli occhi.

E avevo deciso di agire, anche con il rischio che lei lo scoprisse e si arrabbiasse. Dopo aver visto che cosa poteva farle un incontro casuale, ero stato pronto a correre il rischio.

Dall'investigatore avevo avuto tutti i particolari della vita di quel pezzo di merda fin dal college. Un infortunio al secondo anno aveva mandato all'aria tutte le sue speranze di diventare un giocatore professionista di football, e aveva perso la borsa di studio. Era finito al college statale e lavorava come agente immobiliare a Los Angeles. E aveva una brutta, e costosa, dipendenza dalla droga.

Emilia mi sorrise con gli occhi pieni di sonno, scusandosi a voce bassa per essersi addormentata. Le baciai la mano. «Non c'è niente per cui scusarsi» risposi.

Era stato facile, veramente, organizzare una trappola. Fare in modo che "vincesse" un viaggio di lusso di una settimana a Cancun, presumendo che le sue abitudini prendessero il sopravvento e che non sarebbe stato attento come avrebbe dovuto. Poi un anonimo aveva allertato le autorità, suggerendo di controllarlo mentre tornava a casa.

Lo ammetto, quel piano aveva parecchi buchi, molte cose lasciate al caso, ed ero pronto con un piano B se fosse stato necessario. Fortunatamente non ce n'era stato bisogno.

Strinsi involontariamente le braccia. Quindi quel bastardo se l'era cavata dopo aver stuprato una donna alle superiori e, anche se non lo avrei mai detto a Emilia, erano state fatte parecchie denunce nei suoi confronti durante il college, tutte poi ritirate. Un predatore seriale che era sempre riuscito a farla franca. Ma

prima o poi speravo che pagasse. Il karma e così via. Con un po'
d'aiuto da parte di un fidanzato vendicativo.

****

Il lunedì era quasi finito e non era andato bene.

Guardai il cielo scuro fuori dalla finestra del mio ufficio,
lasciandomi cadere sulla mia sedia di pelle, che scricchiolò
protestando. Stava diventando tardi, troppo maledettamente
tardi. Avevo già mandato un messaggio a Emilia per dirle che
non sarei stato a casa per cena e nemmeno per la nostra quasi-
regolare passeggiate al tramonto. La sua risposta era stata affabile
ma secca, senza la sua solita dose di sarcasmo. Ciò che non aveva
scritto parlava più del suo messaggio. Probabilmente sarei stato
in punizione una volta a casa.

Mi passai un dito sulle labbra, riflettendo. La sua irritazione
era comprensibile. Arrivavo a casa sempre più tardi, dopo essere
tornato dall'Asia, e l'equilibrio che eravamo riusciti a stabilire era
andato in malora.

Ma adesso, dopo la riunione del consiglio cui avevo
partecipato, non avevo voglia di entrare in casa cercando di
fingere di non avere niente di cui preoccuparmi. Se fossero stati
ancora i miei non così gloriosi tempi da single, avrei calmato la
mia rabbia allenandomi nella palestra del campus e poi avrei fatto
una doccia nel mio bagno privato. E avrei finito per restare in
ufficio, a lavorare fino all'alba, per poi, esausto, fare un pisolino
sul letto a scomparsa prima di cominciare una nuova giornata.
Ma Emilia non lo avrebbe accettato. E, a quel punto della mia
vita, ne ero felice.

Ciò nonostante, dopo l'insopportabile riunione del CDA di venti minuti prima, avrei dovuto aspettare fino a essermi calmato abbastanza da vedere un colore che non fosse il rosso. O essere sicuro di non tirare pugni alle pareti. Perché quei bastardi del Consiglio mi avevano pugnalato alle spalle. E, sinceramente, ero ancora sotto shock.

Adesso era diventato personale.

Sentii bussare alla porta quasi esattamente mezz'ora dopo l'aggiornamento della riunione del CDA. In quel momento, mi ero scusato in fretta, praticamente l'unico modo per mantenere un minimo di controllo. Non avevo avuto molto successo. Senza dubbio altri avevano notato che ero furioso e a un attimo dallo scagliarmi contro tutti quelli intorno a me.

Dissi a chiunque fosse (probabilmente Jordan), di entrare. Non c'era solo lui, ma, come bonus, anche David Weiss, il presidente del CDA. Grande. Con Jordan potevo essere scortese, l'avrebbe accettato come il punching ball che meritava di diventare. Ma con David intorno non avrei potuto perdere la calma. Rispettavo troppo David per farmi scappare il numero di 'fanculo' e minacce sufficienti per penetrare la testa dura di Jordan.

Mi alzai, ficcai le mani in tasca e andai alla finestra, a guardare il cielo violaceo.

«Ehi, Adam» disse David. Jordan, saggiamente, tenne la bocca chiusa. «Volevo solo, ah, passare un attimo e vedere come va.»

«Va esattamente come mezz'ora fa alla riunione» risposi con la voce senza inflessione.

David fece una pausa. «Beh, non sembra che sia andata molto bene. Ed è il motivo per cui sono qui.»

Mi voltai verso di lui, che era ancora accanto alla porta. David era sulla cinquantina, ed era un uomo che conoscevo e ammiravo da un decennio. Era stato lui ad assumermi per il mio primo impiego, convincendomi a lasciare il college per lavorare per lui alla Sony parecchi anni prima. E quando era arrivato il momento di fondare la mia ditta, mi aveva dato la sua benedizione.

Ripiegai le braccia sul petto. «Hai intenzione di cercare di convincermi a non fare la guerra al consiglio.»

David fece una smorfia. «Sarebbe poco saggio.»

Strinsi i pugni, digrignai i denti ma non risposi. Non c'era modo che capissero, nessuno dei due.

«Adam…» cominciò a dire Jordan.

«Ho già sentito a Tokyo tutto quello che avevi da dire al riguardo» dissi.

«Cerca di analizzare la questione in modo logico.»

Mi voltai a guardarlo, lasciando cadere i pugni lungo i fianchi. «Dimmi che hai intenzione di far firmare ad April uno di quegli accordi, quando toccherà a te» ringhiai.

Jordan non riuscì a restare impassibile e diede un'occhiata impacciata a David. Sapevo che non sarebbe ricorso alla battuta sarcastica che non era abbastanza stupido da sposarsi. Non davanti al padre della sua ragazza. Già, lo stavo mettendo in una posizione di merda, buttandogli in faccia quella domanda davanti a David, ma in quel momento ero troppo incazzato per curarmene.

Jordan si schiarì la voce e l'espressione nei suoi occhi rivelava che cominciava a risentirsi. «Quando sarà il momento, sì, le chiederò di firmarlo.»

«Davvero… e credi che a lei starà bene?»

Jordan arrossì e David fece qualche passo avanti, sedendosi poi su una delle poltrone. «*A me* sì» rispose al posto di Jordan.

Soffiai fuori il fiato e mi passai le dita tra i capelli. «Ma *lei* ha dei beni da proteggere, giusto?» Jordan e David si scambiarono una lunga occhiata, ma non risposero. «Adesso ho capito di che cosa si tratta. È perché Mia è povera.»

David si chinò in avanti. «Adam, fidati. Ci sono passato. Non è una passeggiata, mai. Sono stato sposato due volte, con un accordo pre-matrimoniale entrambe le volte, e...»

Gli feci segno di smettere di parlare, e lui chiuse di scatto la bocca, con gli occhi che si spalancavano davanti alla mia insolenza. Nonostante le mie riserve sull'essere franco davanti a David, non me ne fregava un cazzo dei suoi sentimenti feriti. «Nessuno di voi due sa che cosa significa essere poveri. *Io* sì. Fino a quando non sono stato un adolescente, c'erano giorni in cui restavamo senza cibo, o non sapevamo dove avremmo dormito quella notte. Mia non ha mai dovuto vivere in quel modo, ma mi rifiuto di metterla in condizioni di...»

«Nessuno ti sta chiedendo di impoverirla, Adam.» David si spostò sulla poltrona per appoggiare una caviglia sul ginocchio. «Jordan ha ragione. Ti stai comportando in modo troppo emotivo.»

Quello era un colpo basso. Tornai a guardare dalla finestra. «Giusto. Dio non voglia che sia emotivo riguardo il mio futuro, il mio maledetto matrimonio. Dio non voglia che voglia proteggere i sentimenti della donna che amo.»

«Forse dovresti parlargliene» disse sottovoce Jordan. Sentii che si sedeva accanto a David. «Solo nel contesto di ciò che ti ha chiesto il Consiglio.»

Mi strofinai il volto, desiderando che se ne andassero il più in fretta possibile.

Metterle davanti quel pezzo di carta avrebbe voluto dire che mi consideravo un gradino sopra di lei. Che i *miei* soldi erano più importanti dei *suoi* sentimenti. Che *non* eravamo uguali, quando i miei sentimenti e la mia percezione erano esattamente l'opposto.

Potevo immaginare l'espressione sul suo volto, nei suoi occhi, se le avessi chiesto una cosa simile. Vedere la luce che la rendeva *lei* spegnersi un po'. Sapere che la fiducia che presumeva avessi in lei era solo un'illusione.

E sapere che se non avesse firmato quella carta non avremmo potuto sposarci… che il Consiglio adesso stava *obbligando* me a chiederle di farlo. Altrimenti non sarebbe mai stata mia moglie. Era quello che mi bruciava di più. Che stessero togliendo *a me* il controllo della situazione, della tutela economica del *nostro matrimonio*, insultando nel contempo la mia futura moglie.

Il CDA aveva minacciato di farmi scegliere tra il mio lavoro ed Emilia, come in un dramma medievale con due amanti sfortunati che evitavano un matrimonio combinato. *Io* ero l'AD di questa società. Un *miliardario* prima di aver compiuto trent'anni. Sapevo come gestire la mia vita, per Dio. Perché sentivo di non avere più il controllo sul mio futuro?

Raddrizzai le spalle. «Non ho intenzione di permettere al CDA di decidere della mia vita privata» mormorai alla fine.

«Adam, puoi sederti con noi per un momento?» La voce di David sembrava tesa. Riconoscevo quel tono. Ogni scadenza che avevo quasi sforato. Ogni limite che avevo cercato di superare tutti quegli anni prima, quando era il mio capo. Era suonato esattamente così. «Possiamo discuterne? Non è brutto come pensi, davvero.»

Mi voltai e tornai alla mia sedia, abbassandomi lentamente, poi guardai l'orologio. «Dieci minuti. Non riuscirete a convincermi che sbaglio.»

E non ci riuscirono.

L'avrei difesa fino al mio ultimo respiro. Proteggerla era compito mio. Non le avrei mai chiesto una cosa simile.

Quando uscirono dal mio ufficio, un quarto d'ora dopo, la tensione era alta. Raccolsi la mia roba, sbattendo con entusiasmo cassetti e porte mentre lo facevo. Sapevo che quei due sarebbero andati da qualche parte per parlare di quanto fossi cocciuto.

Non me ne importava un fico secco. Avrei trattato quella faccenda a modo mio. Avrei gestito io la mia vita.

Capitolo Quattro
Mia

«**I**NSPIRA. ORA ESPIRA LENTAMENTE» MORMORÒ KAT con calma.

Alzai gli occhi da dov'ero sdraiata sul pavimento, oltre la mia coscia che era piegata in modo strano sopra di me, per guardare Kat. Non *era* naturale.

«I corpi non sono fatti per piegarsi in questo modo» borbottai mentre inspiravo come mi aveva detto di fare.

Kat mi sosteneva all'altezza della vita, avevo il sedere per aria, le gambe oltre la testa, i piedi appoggiati sul pavimento da qualche parte oltre le mie spalle.

«Ad Adam piacerà un sacco come diventerai flessibile con lo yoga. È *favoloso* per il sesso. Ora stringi le dita dietro di te. Vedi come le braccia ti aiutano a mantenere l'equilibrio? Questa posizione si chiama "aratro".»

«Oddio, sembra quasi una posizione sessuale.»

Katya sogghignò. «Perché pensi che abbia cominciato a fare yoga? Fagli vedere questa posa e ti "arerà" in un attimo»

Interruppi la respirazione tranquilla per ridere. «Smettila, altrimenti cadrò e romperò qualcosa di importante.»

«Continua a respirare.»

Obbedii, sentendo tutti i muscoli e i tendini che si allungavano, dalla schiena fino ai polpacci. Intorno a me si sentiva il rumore costante delle macchine per i pesi e i tonfi dei piedi sui tapis roulant. Ci eravamo appropriate di un angolo della palestra della Draco per questa lezione privata di yoga. Avevo commesso l'errore di dire a Kat che volevo iniziare a fare yoga, ma che non l'avevo ancora fatto perché ero imbarazzata. Si era offerta volontaria per farmi cominciare.

Quella ragazza mi sorprendeva sempre con le sue virtù nascoste. E, in qualche modo, erano tutte legate al sesso.

«Parlando di sesso. Quando ti troveremo quello giusto-almeno-per-il-momento per te?»

Kat sorrise. «Non ho bisogno di quello. Mi serve solo quello-che-mi-fa-venire. Lanciami il tuo bouquet al matrimonio e ti prenderò a calci talmente forte che *non* farai sesso, né semplice né nella posizione dell'aratro, durante la tua luna di miele. Non pensarci nemmeno.»

«Uffa. Non parlare nemmeno del matrimonio, altrimenti questa sessione di yoga invece di calmarmi farà tutto l'opposto.»

Kat inarcò le sopracciglia. «Ah sì. Va così male?»

Inspirai ed espirai, come mi aveva insegnato, prima di rispondere. «È solo che... non siamo d'accordo su quello che faremo.»

«Beh, dovrai discuterne con Adam, e alla svelta. Ti sposerai l'ultimo giorno dell'anno, giusto? Mancano solo pochi mesi.»

Soffiai fuori il fiato, a lungo. «Ripeto, questa sessione di yoga avrebbe dovuto far *diminuire* lo stress, giusto?»

«Ehi, Rossa» gridò qualcuno dall'altra parte della palestra. «Che ci fai qui?»

Kat alzò di colpo la testa, stringendo gli occhi. Con una smorfia, mostrò il dito medio a chiunque fosse. «Resto in forma. Qualcosa che non ti è familiare, ovviamente, Jedi-boy. Sono scioccata di vedere che sapevi che c'era una palestra in quest'edificio.»

«Hai controllato la classifica ultimamente?» le chiese lui, con la voce che si affievoliva mentre si allontanava da noi. Chiaramente stava passando e aveva colto l'occasione di stuzzicare Kat, che lo guardò mentre se ne andava e cominciò a borbottare. «Stronzo.»

«Chi era?»

«La mia croce.»

«*Oh...* ancora Lucas del reparto collaudo?»

Tecnicamente era il suo capo, ma la gerarchia in quel reparto era nebulosa e confusa. Quei collaudatori di giochi erano competitivi come piloti collaudatori. E tra Lucas e Kat c'era un'intensa rivalità da amici-nemici che io, nonostante fossi una giocatrice, non capivo fino in fondo.

«Che cos'era quella cosa della classifica?» le chiesi. «È qualcosa di nuovo. E posso lasciare questa posa? Sto cominciando a sentirmi un pretzel umano.»

Kat mi aiutò gentilmente a districarmi dalla posizione dell'aratro. Nonostante ciò che aveva detto Kat sul sesso eccezionale, *non* avevo intenzione di mostrare tanto presto quella posa ad Adam. Il sesso tra di noi era già fantastico, grazie tante. Mi sedetti lentamente, attenta a non stirare qualche muscolo. Sentii il sangue che defluiva dalla testa e sbattei gli occhi, aspettando che finisse la sensazione di vertigini.

«Ah, parlava della classifica di Twitch TV. È geloso da morire perché ho più sottoscrittori di lui. Dimenticalo. Posso aiutarti con un po' di meditazione, se vuoi.»

La guardai alzando un sopracciglio. «Perché voi due non scopate e la fate finita?» le chiesi, ripetendo una cosa che lei aveva spesso detto di un'altra coppia che aveva battibeccato come i Signori del Tempo e i Dalek prima di mettersi insieme.

«Non sputo nel piatto in cui mangio» mi rispose. «Mai scopare con qualcuno con cui lavori.»

«Ah.» Meno male che non era una regola ufficiale, altrimenti ci sarebbe stata un sacco di gente a spasso alla Draco.

Kat mi guidò per un periodo di meditazione e poi restammo sedute sul materassino mentre bevevo bottiglie su bottiglie d'acqua e mi asciugavo il sudore con un morbido asciugamano bianco. «Bene. Ti ringrazio veramente per la lezione. Avevo bisogno di fare una pausa dallo studio. Ma anche solo una mezz'ora lontana dai libri, di questi giorni mi fa sentire in colpa.»

Kat tolse il tappo alla bottiglia e mi diede una lunga occhiata. «Beh, ci servirà ancora un minuto. Devo parlarti di Heath.»

Non vedevo Heath da quasi un mese, dal nostro incontro alla sala da tè con Camille. Non eravamo riusciti a sentirci molto da allora. Io avevo ripreso a frequentare l'università da una settimana, e il secondo anno di medicina stava già promettendo di darmi filo da torcere. E Heath era diventato molto più silenzioso e riservato da quando Connor era partito, qualche mese prima.

Ma Kat, la sua coinquilina, aveva informazioni più recenti. Quindi le chiesi: «Come se la sta cavando?»

«Andava bene, finché non abbiamo ricevuto la notizia che il padre di Connor era morto.»

Annuii, ricordando la laconica email che avevamo ricevuto dall'Irlanda. «Povero Connor. Abbiamo mandato dei fiori alla sua famiglia. È così triste. Penso che si aspettassero che si riprendesse completamente.»

Kat giocherellò con la sua bottiglia d'acqua. «Già, beh, adesso Connor dice che deve restare più a lungo, per aiutare la sua famiglia.»

«Comprensibile.» Alzai le spalle. «Sono sicura che sia un bel peso per tutti loro, e dato che Connor è il maggiore...»

Kat strinse le labbra. «Hanno litigato in proposito. Heath stava urlando con lui, via Skype.»

Sembrava insolitamente insensibile da parte di Heath. «Qual è veramente la storia?»

«Heath pensa che Connor non abbia intenzione di tornare. Che è tornato per sempre in Irlanda perché la sua famiglia ha bisogno di lui.»

Mi morsi il labbro e continua a mordicchiarlo. «E Heath che cosa ne pensa?»

Kat scosse la testa e bevve un altro sorso d'acqua. La bottiglia di plastica scricchiolò quando la strinse tra le dita. Aveva anche le labbra bianche. «Non va bene, Mia. Passa ore giocando oppure bevendo. È in arretrato con la consegna di tutti i siti web che deve progettare, o almeno è quello che sospetto. Penso che stia cominciando ad andare a pezzi.»

Ahi. Mi sentii invadere dalla preoccupazione, ma, al contempo, il mio sguardo scivolò verso la borsa con i libri e l'enorme pila di note, articoli evidenziati e documenti che conteneva. Avevo talmente tanto da fare per prepararmi per il primo esame di abilitazione che dovevano superare tutti gli studenti al secondo anno di medicina. Mi sentii stringere lo stomaco, l'ombra di quando avevo fallito il test per entrare a medicina era tornata a ossessionarmi... ancora peggio di prima.

E avevo un matrimonio da organizzare.

E un fidanzato fantasma da piazzare in mezzo a tutto quel bailamme.

Ero venuta nel suo ufficio per passare un po' di tempo con lui e invece non ero nemmeno riuscita a intravedere quella bestia elusiva dell'AD. Correva (a volte letteralmente) da una riunione all'altra. E di sera, la metà delle volte non era a casa, o era per strada o in viaggio o a gestire qualche crisi che apparentemente solo *lui* poteva risolvere.

Mi leccai le labbra e mi dimenai a disagio. «Parlerò con Heath, ma...» Scrollai le spalle, di colpo invasa da un senso di impotenza. «Non so se posso fare qualcosa per lui, o come fare.»

La sua bottiglia oramai vuota scricchiolò di nuovo. Allungai la mano e la tolsi dalla sua stretta. Quel rumore mi stava innervosendo. Kat si schiarì la voce. «Penso che provare a parlargli potrebbe servire. Io ho tentato... ma sai perfettamente che tra di noi non c'è il rapporto che ha con te. Nemmeno lontanamente.»

Le sorrisi. «Sono contenta che tu ci sia. Immagina quanto potrebbe essere peggiore la situazione se dovesse affrontarla completamente da solo. Il problema è che diventerà aggressivo se mi presento dopo non essermi fatta vedere per settimane e gli chiedo di punto in bianco di raccontarmi tutti i suoi guai.»

Kat si dondolò sul materassino, come se cercasse una posizione più comoda. «Potrei invitarti per una serata di film o roba simile? Poi potrei, che ne so, ricevere una telefonata e sparire nella mia stanza.»

Sbattei le palpebre, spostando gli occhi su di lei. «Wow, sei brava in queste cose.»

Kat annuì, con un sorrisetto sulle labbra. «Meglio che mi tenga d'occhio.»

«Oh, lo farò, stai tranquilla.»

Chiacchierammo ancora per un po', definendo i piani per l'agguato a Heath e anche discutendo di altre cose, la Twitch TV e la sua rivalità con Lucas Walker.

Mi morsi la lingua, notando come stringesse i pugni quando parlava. Conoscevo appena Lucas, ma ricordavo che era attraente. E Kat non era uscita con nessuno da quando era venuta in California dal Canada, un anno prima, quando ero malata. Aveva lasciato tutto, tutta la sua vita, il suo *lavoro,* tutto, per venire a sud e stare con me.

Ma parlava raramente di casa sua o della sua famiglia e a volte mi preoccupavo.

Intravvidi finalmente il mio elusivo fidanzato, mentre usciva per andare alla cena d'affari di cui mi aveva parlato.

«Ehi! Nemmeno un bacetto *en passant?*» gli chiesi, rincorrendolo mentre andava verso la sua auto. Adam rallentò, senza nemmeno fermarsi, e tese una mano che afferrai.

«Mi dispiace. Sono già in ritardo.» Chiuse le dita intorno alle mie, troppo strette.

«Perché tu e Jordan non andate con la stessa auto? Sembra che anche lui sia in ritardo.» Indicai con la testa l'enorme SUV di Jordan, parcheggiato accanto alla Tesla di Adam.

«Eh, fanculo Jordan» borbottò, e prima che potessi chiedere, mi mise un braccio intorno alla vita e mi tirò a sé per un bacio, anche questo più rude del normale. Cercai di spingerlo facendo forza su una spalla per allontanarlo un pochino, e trasecolai notando la tensione in tutti i suoi muscoli. Era talmente teso che sembrava sul punto di spezzarsi.

Quando mi staccai, era già a metà strada verso la sua auto. Un'occhiata alle mie spalle mi mostrò Jordan che usciva quasi di corsa dalla porta d'ingresso. Strinse gli occhi quando vide la schiena di Adam. Quei due non andavano più d'accordo? Che diavolo?

«Non dimenticare che vivi con qualcuno e che io sto cercando di andare a dormire a un'ora decente. Non ho intenzione di aspettarti fino a mezzanotte.»

Mise in moto l'auto, che ronzò. Anche se ne guidavo una molto simile, non ero ancora riuscita ad abituarmi al fatto che fossero così silenziose. «Sarò a casa prima che vada a letto.»

«Quanto prima?» Incrociai le braccia sul petto.

«Abbastanza» disse con un sorrisetto e un luccichio negli occhi prima di nasconderli dietro gli occhiali Aviator, così sexy. Poi fece retromarcia per uscire dal parcheggio ed io mi misi in posa, sporgendo un fianco e fingendo di essere arrabbiata mentre lo guardavo andare. Ovviamente sarebbe arrivato a casa in tempo per il sesso prima di dormire. Lo mancava solo quando era in viaggio.

Jordan si era fermato accanto alla sua auto per guardare Adam che partiva, ancora con gli occhi stretti. Mi voltai a guardarlo.

«Ehi, Jordan.»

Lui mi rivolse un cenno con la testa mentre gettava la valigetta in auto.

«Va tutto bene?»

«Benissimo. Ci vediamo, Mia.»

«Di' ad April...» Ma lui era già salito in auto, aveva sbattuto la portiera e aveva messo in moto, salutandomi con una mano mentre se ne andava.

Sempre più strano.

Adam arrivò a casa in tempo, appena appena. Mi ero appisolata sopra i libri di testo nel mio studio e mi portò a letto in braccio. Quando gli risposi sonnolenta che era arrivato troppo tardi per il sesso, si scusò e disse che si sarebbe fatto perdonare dedicandomi l'intero fine settimana.

Fu sufficiente a convincermi a non punirlo. Quando si trattava di Adam, ero veramente una facile.

Quindi il fine settimana era mio. E Adam mantenne la parola. Quasi completamente.

Passò comunque un po' di tempo attaccato al suo malefico telefono. Anche quando uscimmo per andare a cena a casa di Peter e di mia madre, questa volta di sabato anziché di domenica, perché la mamma voleva passare un po' di tempo da sola con noi due. Adam ed io ci aspettavamo una seduta di consigli pre-matrimoniali o roba simile.

Ma, ehi, aveva preparato la moussakà, uno dei miei piatti preferiti e la nostra cuoca, anche se piena di talento, non cucinava quasi mai piatti greci, quindi chi ero io per lamentarmi? Avrei sopportato qualche consiglio ben intenzionato se significava poter fare il pieno della cucina favolosa di mia madre.

«Accidenti, quant'era buona» dissi, raccogliendo gli ultimi pezzetti di carne e sugo dal mio piatto. Erano secoli che mia madre non preparava la moussakà. In effetti, l'ultima volta era stata la sera in cui mi aveva parlato della biopsia che aveva fatto per il cancro. A quel pensiero cominciai a preoccuparmi. Quel piatto richiedeva un mucchio di tempo, era composto da parecchi strati e ciascuno richiedeva tempo per tagliare, tritare, dorare. Erano anni che non lo cucinava…

Ma l'aveva preparato quella sera. Era diventato in qualche modo un pasto "da cattive notizie". Peter e la mamma stavano per divorziare o, peggio ancora, stavano per avere un bambino o roba del genere?

La studiai, sospettosa. Aveva continuato a dare occhiate nervose a Peter, che guardava me. E se notava che li stavo osservando, Peter si schiariva la voce e faceva una domanda o cambiava argomento.

Adam, come sempre, stava avendo un'intensa relazione amorosa con il suo telefono. Più che altro riceveva dei bip. Adam controllava e poi se lo rimetteva in tasca.

Alla fine mi voltai a guardarlo. «Hai intenzione di spegnerlo?»

«Non proprio» mi rispose sogghignando.

«E se minacciassi di darti una tirata di mutande?»

«Sarebbe interessante vedere che ci provi.»

«Spegni quel telefono, altrimenti quando meno te l'aspetti... aspettatela.»

Adam inarcò le sopracciglia scure. «Stai ricorrendo alle minacce?»

«Non è una minaccia, è una promessa.» Strofinai le mani. «È ora di una tirata di mutande atomica.»

«È parecchio più alto e pesa una volta e mezzo te. Come pensi di riuscire a dargli una tirata di mutande?» mi chiese mia madre.

Alzai le spalle. «Troverò un modo.»

Adam diede un'ultima occhiata al telefono. «Sarà meglio che lo spenga. Adesso sono veramente spaventato.» Finse di mordersi le unghie per la paura mentre spegneva platealmente il telefono.

Sogghignai. Normalmente una battuta o due erano tutto quello che serviva per ricordargli che mi stava veramente irritando con il suo maledetto telefono. In passato mi arrabbiavo di più, ma ero arrivata alla conclusione, già da molto, che la maggior parte delle volte, quando aveva la testa fissa sul lavoro, non si rendeva nemmeno conto di essere scortese.

Era quello a cui servivano i coniugi, no? Per coprirti le spalle quando stavi facendo una cazzata?

Gli feci l'occhiolino e indicai con la forchetta l'ultimo pezzetto di moussakà sul suo piatto. «Hai intenzione di mangiarla?»

In un secondo netto, Adam inforcò il boccone e se lo ficcò in bocca. «Sì» disse, dopo aver deglutito, ammiccando.

«Palle» borbottai.

Sia la mamma sia Peter si misero a ridere.

«Non ci sarà mai un momento di noia a casa vostra, questo è sicuro» disse Peter quando finirono di ridere.

Gli occhi di Adam brillavano divertiti quando mi guardò. Infilandomi una ciocca di capelli dietro l'orecchio, sorrise e mi diede un buffetto sulla guancia. «No. La parola noia da noi non esiste. È vero.» Aprì la mano e mi accarezzò la guancia.

Voltai la testa e gli baciai il palmo prima che togliesse la mano. I nostri sguardi si incrociarono con una promessa di altri baci più tardi, quando saremmo stati da soli. Se fosse rimasto staccato da quel maledetto telefono abbastanza a lungo, cioè.

Qualunque cosa fosse quel progetto di un data center su cui stava lavorando recentemente, sarei stata veramente contenta una volta che fosse finito. Il suo livello di stress era ridicolo. Avrei dovuto raccogliere il coraggio per fargli "il discorsetto". Speravo che non avrebbe cominciato a sbuffare, smettendo di ascoltarmi, come tutte le volte che cominciavo con la frase *equilibrio tra la vita e il lavoro*.

«Bene, visto che siamo tutti di buon umore… devo darti qualcosa, Mia.» La mamma prese la borsa dal tavolo vicino, ne tolse una busta e la spinse verso di me sul tavolo.

C'era il mio nome completo stampato ed era una busta gialla, del tipo usato dagli avvocati. «Mi stai notificando un'istanza, mamma? Stai per farmi causa?»

Le dita lunghe e sottili di mia madre battevano nervosamente sulla superficie del tavolo da pranzo, «No, non ti sto facendo causa. Lo terrò da parte per quando ti chiederò di rimborsarmi tutti i corsi di danza per cui ho pagato. Non hanno mai dato frutti.»

«*Balletto?* Cioè con un piccolo tutù rosa?» disse Adam, voltandosi a guardarmi con un enorme sorriso.

Alzai la mano per bloccare i suoi commenti. «Con *te* farò i conti dopo. Ora torniamo alla donna che mi ha messo al mondo.» Diedi un colpetto alla busta. «Questa che cos'è?»

La mamma strinse le labbra. Probabilmente aveva sperato che l'aprissi immediatamente per non dover spiegare. La indicò con la testa. «Viene da, uhm, Glen Dempsey.»

Tolsi di scatto la mano dalla busta, come se si fosse trasformata in uno scorpione velenoso.

La mamma sbuffò. «Oh, dai, Mia.»

Adam guardò mia madre, poi me, poi tornò a guardare lei. «Chi è Glen Dempsey?»

La mamma rimase in silenzio mentre io cercavo di fare chiarezza in un turbine di emozioni: shock, sgomento, sorpresa, rabbia, curiosità. Quasi due minuti dopo, mentre stavo ancora fissando la busta con la fronte aggrottata e agitandomi sulla sedia, la mamma rispose ad Adam.

«Glen è il fratellastro di Mia.»

Adam non rispose, ma riportò lo sguardo su di me. Quando alzai gli occhi, piegò la testa di lato. «Non pensavo conoscessi i tuoi fratellastri.»

Scossi la testa. «Non li conosco. Non so che cosa voglia questo tizio. E non mi interessa molto.»

La mamma ammise: «È colpa mia. Io, ehm, ho contattato suo padre.»

Ero sicura che la mia faccia mostrasse lo shock e il disgusto che stavo provando al pensiero di che cosa c'era voluto perché mia madre lo facesse. Contattare, dopo ventiquattro anni, un uomo che le aveva mentito, l'aveva usata e poi scaricata come una patata bollente quando lei era poco più di un'adolescente.

«Perché… dimmi perché l'hai fatto.»

«Perché tu ti sei ammalata seriamente ed io mi sono resa conto di conoscere solo metà della tua anamnesi familiare. Quindi gli ho chiesto le sue cartelli cliniche e genetiche.»

Feci un respiro profondo ed espirai lentamente. Beh, aveva senso. Mia madre aveva dimostrato una notevole iniziativa, e coraggio, per contattare quell'uomo.

«Quindi presumo che queste siano le sue informazioni?»

«Non esattamente. Lui non ha accettato la mia richiesta.»

Aggrottai la fronte. Non volevo pensare troppo o troppo a lungo a quell'informazione, conscia però di un vago bruciore per quel rifiuto. Un nuovo rifiuto. E non importava che mi fossi messa il cuore in pace, faceva ancora male. Che pezzo di merda.

La mamma si schiarì la voce. «Non so come, Glen ha visto la mia lettera e mi ha contattato, offrendosi di fornirmi le sue informazioni personali, nel caso servissero.»

Adam mi prese di colpo la mano, chiudendo strette le dita. «Stai bene?»

Alzai le spalle. «Certo. Perché no? Notizia flash, mio padre è un bastardo. Lo sapevo già.»

La mamma sospirò. «Probabilmente è successo perché la lettera veniva da *me*. Sono sicura che voleva evitare qualunque cosa che riportasse il mio nome, per motivi legali. Io, ah, avevo firmato un accordo di non-comunicazione con lui quando mi ha pagato. Non prenderla sul personale.»

Sbattei le palpebre. «Oh, la prendo sul personale eccome, mamma. Come potrei non farlo? Ma so anche che non è colpa mia se lui reagisce in questo modo.» Presi la busta e andai a infilarla nella mia borsa. «Grazie per le informazioni mediche.»

«Quando me l'ha consegnata, Glen mi ha detto di averti scritto una lettera. È nella busta.» Mi bloccai e guardai mia madre negli occhi. La sua voce si smorzò mentre continuava. «Una lettera personale...»

«L'hai incontrato?»

La mamma annuì. «Sì. Ha chiesto lui di incontrarmi. Abbiamo pranzato ed è stato piacevole. Ha chiesto di incontrare anche te.»

Restai a bocca aperta e diedi un'altra spinta, un po' più forte, alla busta per inserirla nella borsa che avevo portato. «Interessante.» Era l'unica cosa che mi era venuta in mente in quel momento.

«È una brava persona, Mia. Penso che ti farebbe...»

Alzai una mano. «No, per favore. Niente prediche. Sto bene e continuerò a star bene e non ho bisogno di incontrare il bastardo, o i suoi figli o i suoi nipoti o cugini o chiunque altro sia imparentato con lui. Visto che ho le informazioni mediche di cui ho bisogno, va bene così.»

La mamma avrebbe voluto dire qualcos'altro, lo sapevo, ma chiuse di colpo la bocca e abbassò gli occhi, annuendo vigorosamente.

Più tardi, mentre eravamo sul vialetto e ci stavamo salutando prima di salire in macchina per andare a casa, mi tenne stretta, con una mano sul collo e mi disse piano all'orecchio. «Non ti costringerei mai a fare qualcosa che non vuoi. Spero che lo sappia. Ma... ti voglio bene e mi dispiace.»

Scossi la testa. «Non hai niente di cui dispiacerti.»

Lei annuì. «Oh sì, invece. Mi dispiace di non aver fatto delle scelte migliori.»

Le diedi un bacio sulla guancia e la rassicurai di nuovo, ma... c'era qualcosa nelle sue parole. E quando esaminai a fondo i miei sentimenti, riconobbi il risentimento, anche se solo una traccia, che provavo nei suoi confronti. Avrei potuto crescere con un padre come Peter...

Ma seguendo quel filo di ragionamento, le cose diventarono bizzarre. Perché se Peter *fosse* stato mio padre, Adam ed io saremmo stati primi cugini. E, beh, era raccapricciante, e non ci volevo pensare.

Prima o poi avrei trovato la voglia e il coraggio di guardare quelle carte, magari anche leggere la lettera. Ma per il momento non era importante.

CAPITOLO CINQUE
ADAM

EMILIA RIMASE IN SILENZIO MENTRE ANDAVAMO A CASA E sapevo che era a causa della bomba che sua madre le aveva scaricato addosso durante la cena. Normalmente a Emilia serviva tempo per elaborare cose simili ed era meglio lasciare che riflettesse da sola. Quindi evitai le chiacchiere mentre guidavo. Lei mi prese la mano e si avvicinò mettendomi la testa sulla spalla. Le baciai i capelli e continuai a guidare.

Quando arrivammo a casa tenni il telefono spento e le chiesi che cosa voleva fare prima di andare a letto. Con mia somma sorpresa e felicità, suggerì che prendessimo i laptop e giocassimo a Dragon Epoch insieme. Avevamo creato dei personaggi completamente nuovi su un server diverso per evitare di essere strigliati dai nostri amici, che si sarebbero offesi se ci fossimo collegati e avessimo giocato senza di loro.

Il mio personaggio era una donna dai capelli scuri che avevo chiamato DirtyTshirtLuvr (amante della maglietta sporca), completa di un nuovissimo e scintillante bikini di maglia di ferro. Per vendicarsi, Emilia aveva creato un maschio umano chiamato *Wedgie* (tirata di mutande). E ridemmo e facemmo tutte le cose stupide che ci venivano in mente, come tentare delle missioni molto al di là del nostro livello e saltare da posti altissimi e finire spiaccicati, lasciando sul terreno una montagna di cadaveri virtuali. Emilia scherzò, dicendo di voler provare a trascinare i treni usando degli incantesimi del videogioco Age of Empire e tecniche di combattimento prese da World of Warcraft, ma non glielo permisi. Gli innocenti pivellini intorno a noi non se lo meritavano.

«Non sei divertente. Potrei cominciare una guerra di gilde.» Fece il broncio, ma rovinò l'effetto quando si mise a ridere.

«Sì, potresti, ma *no*» risposi. «Ti metterei al bando.»

Emilia strinse minacciosa gli occhi guardandomi. «Puoi bandirmi da DE a tuo rischio e pericolo. Non ti piacerà quello da cui ti bandirò io, Wedgie.»

«Molto divertente» dissi, spegnendo finalmente il laptop e studiando il riflesso della luce dello schermo sul suo bel viso. «Non mi spaventi.»

Emilia inarcò le sopracciglia scure. «Perché no?»

«Perché non ti bandiresti mai da sola e so che certe attività ti piacciono quanto piacciono a me» le dissi facendo l'occhiolino.

Qualche minuto dopo, eravamo nella nostra stanza e crollai sul letto. Era un po' che cercavo un modo per tornare all'imbarazzata conversazione con sua madre, a cena. Quindi mi lanciai.

«Allora, che ne pensi della notizia che tua madre ti ha scaricato addosso stasera?»

Lei si tolse il maglione e slacciò i jeans, lasciandoli cadere sul pavimento. I miei occhi seguirono le lunghe gambe nude e sentii la familiare pressione dell'eccitazione. Tra qualche minuto quelle gambe mozzafiato sarebbero state intorno a me e ogni parte del mio corpo si stava preparando entusiasticamente.

«Fai una fotografia, dura di più» disse ridendo e poi mi mostrò la lingua.

«Se non avessi voluto vedermi sbavare saresti andata a cambiarti nel tuo spogliatoio. Se ti cambi qui vuol dire che vuoi che ti guardi.»

Emilia mise le mani sulla schiena e si slacciò il reggiseno. Le spalline si abbassarono ma lei non se lo tolse. Voltandosi, mi guardò pudicamente da sopra la spalla, lasciando scivolare lentamente le spalline prima su un braccio e poi sull'altro.

«Non vorrei infiammare ulteriormente la tua lussuria…»

«Oh sì che vuoi.» Sorrisi, mi voltai su un fianco appoggiando la testa sul braccio piegato per continuare a godermi lo spettacolo. Per essere ancora più disgustoso, schioccai le labbra. «Le mie *mutande* stanno diventando un po' strette.»

Emilia rise, togliendosi le mutandine. «Qualcuno vuole un bonus, stasera? Dopo la sveltina di mezzogiorno?»

«La sveltina era il bonus. Stasera è quella regolare.»

Emilia arricciò il naso. «Ti sto viziando un po'. Credo che dovrei farti lavorare un po' stasera, per convincermi.»

«Magari metterò in atto la minaccia di legarti.»

Emilia si voltò, completamente nuda. «O forse me ne andrò in giro così e ti tormenterò un po', senza cedere.»

«Senza cedere? Non succede mai.» La guardai dalla testa ai piedi. Era splendida… con tutte le curve al posto giusto. Pelle liscia, deliziosa. Perfino i suoi capezzoli erano eretti, pronti per la mia lingua. *Perfetta.*

«Vieni qua.» Stavo assaporando il lento aumento della pressione nelle mie vene. Anche se non glielo avrei detto, nemmeno in un milione di anni, mi piaceva quando mi stuzzicava così.

Emilia finse di accigliarsi. «Non era molto convincente.»

«Vieni qua, civetta. Ti farò sentire bene.»

«Mi dispiace... non intendevo infiammare il tuo desiderio. È stato un puro caso.» I suoi occhi scintillavano divertiti.

«Tu infiammi il mio desiderio solo respirando» le dissi.

Lei gattonò sul letto verso di me, con le spalle che si flettevano proprio come un gatto. Ma fui io quello che fece un balzo senza preavviso, ribaltandola sulla schiena e inchiodandola sul materasso. «Sorpresa. Desiderio infiammato oltre la possibilità di controllo.»

«Immagino di dover far qualcosa. Anche se non ti meriti un bonus.»

«Te l'ho detto. Questa è quella regolare.»

Mi fece una boccaccia. «Sei sempre stato un baro.» Poi mi afferrò la testa, tirandola verso di sé per un bacio feroce. E ci perdemmo l'uno nell'altra. E sì, la mia domanda originale riguardo la notizia ricevuta a cena era stata completamente messa da parte. Sono un uomo, dopotutto. Quando si trattava di sesso con una bella donna, era facile sviarmi.

Tentai di nuovo più tardi, mentre tenevo il suo corpo nudo contro il mio. Emilia premeva la schiena contro il mio torace. «Okay. Quella parte sul farmi sentire bene. Quella era completamente azzeccata.» Sospirò.

Le baciai il collo, anch'io crogiolandomi nella sensazione piacevole del post-orgasmo. «Bene.»

Emilia appoggiò la testa, usando il mio bicipite come cuscino. «Mi addormenterò tra dieci secondi netti.»

«Prima che ti addormenti...»

«Mhmm?»

«Volevo essere sicuro che non fossi stressata per la notizia di tua madre a cena. Non hai detto niente.»

Rimase zitta per un po', tanto che pensai che non avrebbe risposto. Stavo chiedendomi se fosse il caso di chiederglielo ancora quando, finalmente, respirò profondamente e si voltò per guardami in faccia.

«Non so che cosa pensare. È spuntata dal nulla.»

Le tolsi una lunga ciocca di capelli scuri dalla faccia, mettendogliela dietro l'orecchio. «Beh, dovresti pensarci, almeno leggere la lettera. Non c'è pericolo, no?»

«A volte il pericolo è sapere.» Fece un respiro profondo. «Per esempio, sono sempre stata a mio agio con l'idea informe che mio padre fosse un bastardo. Ma sentire che ha ignorato mia madre, mentre io ero malata. *Seriamente* malata. Quella... quella è la realtà.»

«Ma non si tratta di tuo padre. È tuo fratello.»

«Chi dice che non sia tale e quale?»

Scrollai le spalle. «È un rischio che devi correre, ma sembrava che a tua madre fosse piaciuto molto.»

Quando espirò sembrò quasi una risata. «Mia madre... non sono sicura di fidarmi del suo giudizio in materia.»

«Cosa?» le chiesi perplesso. «La stai ancora giudicando basandoti su un errore che ha fatto venticinque anni fa?»

Emilia scosse la testa. «No, no. Non è quello che intendevo. Volevo dire che il suo senso di colpa potrebbe portarla ad accettarlo anche se non è una brava persona. Penso che si senta in colpa perché sono cresciuta senza una famiglia. Desidera talmente che ne abbia una che ha raccomandato questo tizio. Dopotutto è per metà del bastardo.»

«Ma lo sei anche tu.»

Lei mi guardò storto. «Stai parlando apertamente solo perché hai già ottenuto il sesso stasera. E quindi non hai più bisogno di circuirmi.»

Le baciai il naso. «Penso che potrebbe essere un bene per te leggere la lettera. Non credo che ci sia niente di male. La leggerò per primo, per controllare, se vuoi.»

Emilia allungò una mano e si mise a tracciare dei ghirigori sul mio torace. Mi faceva il solletico. «Forse. Ci penserò.»

La baciai di nuovo. «Okay. Non dimenticare che domani abbiamo quella riunione con la wedding planner.»

«Certo... verrà nel tuo ufficio?»

«Sì. Avevo già l'agenda piena, quindi l'unico modo per inserirla era a pranzo.»

Annuì. «Sto per addormentarmi. Sarà meglio che lo faccia anche tu, altrimenti mi trasformerò in una moglie bisbetica prima del tempo.»

Sorrisi. «Accidenti. Quello proprio no. Mi metterò a leggere. Dormi.»

Quando si fu addormentata, e controllai attentamente, mi alzai e andai a lavorare nel mio ufficio fino alle ore piccole, assicurandomi di lasciare la grande busta di Kim proprio in mezzo alla scrivania di Emilia.

Lo facevo spesso ultimamente, lieto di riuscire a nascondere a Emilia che stavo lavorando e quindi evitando di farla preoccupare.

Quella sera, rimasi alzato per ore, continuando a fare ricerche sul modo di evitare l'accordo pre-matrimoniale. Trovai che il CDA non poteva legalmente obbligarmi a firmare un accordo o richiedere che la mia sposa lo firmasse. Quella era la buona notizia. La legge era dalla *mia* parte.

La cattiva notizia? Rientrava perfettamente nei loro poteri mettere in atto la minaccia di esautorarmi come AD della società per la rottura del dovere fiduciario, se si fosse arrivati a tanto.

Cominciai a compilare una lista di riferimenti legali e avvocati da consultare. Lo avrei fatto. Per lei. Per noi.

Ma richiedeva che restassi alzato fino a tardi alla sera, a scrivere email, fare ricerche e leggere documenti legali e verificare ogni limitazione legale. Era stancante, ma stava funzionando. Riuscivo quasi a gestire quella sensazione di impotenza e rabbia.

E stavo programmando di fare la mia prossima mossa mentre gestivo una società, pianificavo un matrimonio e tenevo a bada un CDA persistente. Niente di più facile.

***

«*Adam.*» Qualche giorno dopo si sentì un urlo in tutto il magazzino della sezione Ricerche e Sviluppo mentre ero con parecchi sviluppatori e i capi dei team artistici in una riunione tecnica per definire un sistema agile di sviluppo.

Conoscevo quella voce. La ignorai, continuando a parlare. «Dato che siamo ben lontani dai nostri obiettivi iniziali...»

«Adam.» La voce adesso era più vicina. I suoi passi echeggiavano sul pavimento di cemento del magazzino. Tutti quelli che erano intorno a me guardarono Jordan che veniva verso di me, avvolto nella sua nuvola nera temporalesca.

«... le esigenze sono cambiate» continuai. «E questo significa scadenze più ristrette.» Reagirono tutti lamentandosi. «Mi dispiace, gente, ma...»

Jordan ora era in piedi all'esterno del gruppo, con le mani sui fianchi e un'espressione burrascosa sul volto. «Ti devo parlare per un minuto.»

«Appena avrò finito qui» risposi impassibile.

Vidi la sua bocca che si muoveva, ma non disse niente. *Bene.* Il gruppo guida stava prendendo appunti e i pochi membri delle squadre artistiche, tra cui William, mio cugino, stavano sussurrando tra di loro. Ignorai l'atteggiamento piuttosto ovvio di Jordan e continuai con la riunione, prendendomi tutto il tempo.

Non avevo nemmeno mai guardato verso Jordan. Una volta finito e congedata la squadra, Jordan s'incaricò di mandar via la gente con un secco «Se volete scusarci, per favore.»

Il gruppo si divise in gruppetti che tornarono alle loro scrivanie o si attardarono ai margini del grande magazzino, fuori dalla portata d'orecchi, per discutere come dividersi e lavorare sul problema. Jordan prese il telefono, che mi sbatté prontamente davanti alla faccia. Mostrava lo stesso allegato che aveva ricevuto per email l'intero Consiglio nemmeno mezz'ora prima.

«Susan mi ha mandato questo programma per la riunione del CDA, e dice che porterai un "ospite" che si chiama J.B. Kensington. Vuoi veramente farlo?»

Annuii. «Esatto.»

Jordan si guardò intorno per assicurarsi che gli altri non fossero abbastanza vicini per sentire. Io mi chinai all'indietro sul mio sgabello, braccia incrociate sul petto, completamente indifferente alla tempesta che vedevo sul punto di scoppiare sopra la testa del mio DF al limite della sopportazione.

Jordan s'infilò il telefono nella tasca davanti. «Un accidente di squalo di avvocato, Adam? Hai perso completamente la testa?»

Strinsi gli occhi ma non mi mossi mentre lo fissavo. «E che cosa diavolo ti aspettavi? Il Consiglio convoca una riunione imprevista per discutere di questa... faccenda. Mi avete messo alle strette. Come pensavi che avrei reagito?»

«È questo il problema. Stai *reagendo* invece di agire. Guarda» disse a denti stretti, «Devi smetterla. Credimi, ho già fatto io tutte le ricerche possibili per conto tuo. Se i membri del Consiglio s'innervosiscono, *faranno* pressioni. Stai facendo un gioco pericoloso.»

Contrassi i muscoli delle braccia. «So tutti dei giochi. E questo non lo è.»

«Questo è un atteggiamento del cazzo e non è da te, o, almeno, non lo è di solito. Portare un avvocato alla riunione del CDA è decisamente troppo.» L'espressione sul suo volto era a metà tra il disgusto e l'esasperazione. E mi fece solo arrabbiare di più. Sentivo il calore salirmi da sotto il colletto. «Ricordi l'avvertimento che ti ho dato sulla tua cocciutaggine? Bene, adesso sta mostrando la sua brutta faccia. E le previsioni non sono ottimistiche.»

«È una minaccia?» Mi alzai in piedi, sentendomi di colpo agitato, con lui che mi guardava dall'alto mentre ero seduto e, sì, anche perché sentivo il bisogno di intimidirlo. Avrebbe funzionato meglio se non fossimo stati praticamente alti uguali.

I miei movimenti dovevano essere stati più bruschi di quanto avevo inteso perché parecchie delle persone intorno voltarono di colpo la testa verso di noi. Quando li fissai, distolsero discretamente gli occhi.

Jordan stava scuotendo la testa, incredulo. «Non farlo. Non sono qui per minacciarti, te l'ho detto. Ti sto guardando le spalle...»

Strinsi i pugni e mi sforzai di rilassare i muscoli. «Belle parole, ma non è così.»

«Sono *affari*, Adam. È il mio lavoro, proteggere i tuoi interessi.»

«E i tuoi.»

Jordan sbatté gli occhi. «Proteggere gli interessi di *questa* società.»

«Gli interessi della *mia* società.»

Jordan strinse le labbra. «Credo che il CDA non sarebbe d'accordo con la tua definizione.»

«Fanculo il CDA. Un'altra cosa che mi hai convinto a fare che ora rimpiango.»

Jordan sembrò lottare per non sbuffare. «Farò finta di ignorare quello che hai detto.»

Alzai le sopracciglia, cambiando posizione. Era ridicolo, ma sentivo il petto gonfiarsi. Jordan strinse gli occhi, studiando il mio atteggiamento. Sapevo che mi stava valutando con attenzione. Si morse il labbro inferiore e mi diede una breve occhiata in faccia.

«Se tu mi avessi *veramente* coperto le spalle, non starei lottando con quegli stronzi riguardo alla mia vita e alle mie finanze private che non sono affari loro. La *mia* società. La *mia* vita. Restatene fuori!» A quel punto stavo urlando.

Jordan mi fissò negli occhi. «Sei incredibile.»

«Un *amico*, avrebbe usato la sua influenza sul consiglio per mettere fine a questa storia» dissi. «Invece hai preferito mettere i tuoi sentimenti personali davanti a ciò che è giusto e gettare il tuo *amico* nella fossa dei leoni.»

Jordan tese le mani a palmo in su. «Chi lo sta facendo? Cristo santo, Adam.» Gesticolò rigidamente con la mano destra. «Smettila di ragionare alla cazzo di cane.»

Il calore sotto il mio colletto esplose come una supernova. In un lampo, mi lanciai contro di lui, afferrandogli la camicia. «Vaffanculo, non sto ragionando alla cazzo di cane.»

Ed eravamo lì in quel magazzino, con le facce a pochi centimetri di distanza e un mucchio di testosterone nell'aria. Sentivo il sangue scorrere forte nelle vene, il cuore battere come un tamburo. Ed ero *a tanto così* dal prendere a pugni Jordan. Il mio miglior amico.

Fu in quel momento che sentii la presenza di una terza persona. Le mani su ciascuno di noi, che ci spingevano, allontanandoci l'uno dall'altro. Qualcuno, fortunatamente, grosso quanto noi. Mio cugino, la voce della ragione.

«Piantatela. *Subito*» ci ordinò Liam, nel suo tipico tono monocorde, con un'insolita sfumatura di autorità. La tensione mi lasciò, come se si fosse rotto l'incantesimo.

Lasciai immediatamente andare la camicia di Jordan e feci un passo indietro. Quando finalmente tornai cosciente di ciò che avevo intorno, le poche persone che erano rimaste nel magazzino sembravano sul punto di darsela a gambe in tutta fretta. In un attimo, l'intero posto fu vuoto, eccetto noi tre.

Jordan era rosso in viso, respirava forte con un'espressione "che cazzo" in volto. Sinceramente, se avessi potuto vedermi allo specchio, avrei probabilmente visto la stessa espressione sul mio. Gesù, che cosa avevo che non andava?

Liam si spostò tra noi due. «Se volete veramente farla fuori alla vecchia maniera, allora prendete le spade e mettetevi un'armatura. Faremo un duello nella palestra di arti marziali europee. Ma una cosa è certa, non dovreste sfidarvi davanti ai dipendenti.»

Cazzo. Mi passai le mani tra i capelli, con gli occhi fissi al suolo. Jordan si spostò, come se cercasse di vedere oltre Liam.

«Non ho intenzione di tirare di scherma» borbottò Jordan. «Ma vorrei che ascoltasse i consigli di *un amico*. Non posso aiutarlo se decide di mettersi contro il Consiglio.»

Chiusi gli occhi e li massaggiai attraverso le palpebre. «Capito.» Resistetti all'impulso di allungare la mano e dare una pacca a William sulla spalla, perché non gli piaceva che lo toccassero senza preavviso. «Grazie, amico.»

«Non ringraziare me. Ringrazia lui per non averti colpito» disse Liam. «Ha un gancio sinistro potente.»

Jordan rise. Dopo una pausa, imbarazzante come poche, finalmente ingoiai il rospo. «Jordan, mi dispiace, amico.»

«Sei un po' teso. Sono sicuro che lo sarebbe chiunque stesse per affrontare l'imminente disastro del matrimonio.»

Gli mostrai il medio e ridemmo entrambi. Quel gesto senza parole indicava che le cose tra di noi sarebbero tornate normali. Prima o poi.

Liam ci stava guardando, palesemente confuso. Jordan fece un passo indietro dicendo che doveva andare a fare due passi per rilassarsi. Avrei voluto farlo anch'io. Mi aspettavo che Liam se ne andasse per i fatti suoi, ma lui continuò a guardarmi con evidente curiosità.

Lo guardai negli occhi e lui non li distolse bruscamente come faceva di solito. Era migliorato parecchio riguardo al contatto con gli occhi, anche se ovviamente non era ancora una delle cose che preferiva. Sospettavo che fosse l'effetto della presenza di Jenna nella sua vita.

«Perché state litigando, tu e Jordan?»

Sospirai e mi strofinai la fronte. «È una lunga storia. Roba del CDA.»

«Oh. Bene, ero serio quando ho parlato di fare un duello con la spada, se ne avete bisogno. Posso chiedere al mio maestro di organizzarlo.»

Sospirai e mi voltai per uscire dal magazzino. Liam mi seguì. «Grazie per l'offerta. Penso che vada bene così.» *Speravo* che andasse bene. Quel diverbio non aveva risolto niente.

«È così che tu e Jenna risolvete le vostre dispute?» gli chiesi scherzando. «Con la scherma?»

«No, ovviamente no.» Liam scosse la testa. «Quando discutiamo, ciascuno dei due presenta le sue ragioni. Non so come, è lei che alla fine ha sempre ragione, o comunque io finisco per dargliela. Poi abbiamo un rapporto sessuale. Quindi alla fine non mi interessa chi ha vinto e chi ha perso.»

Mi misi a ridere. Qualcuno aveva scoperto le gioie del sesso riconciliatore dopo una bella litigata.

Più tardi quel giorno, non molto prima della riunione del CDA, incontrai il mio avvocato nel mio ufficio, in modo palese. Ma non lo portai con me alla riunione.

L'agenda della riunione era chiara e succinta. Avevano intenzione di darmi l'ultimatum che mi aspettavo. Ma mi avrebbero dato tempo per rispondere.

E quella poteva essere o non essere una buona cosa.

Capitolo Sei
Mia

«Eccoti qua.» April aprì la porta con un enorme sorriso sul volto. «È parecchio che non ci vediamo. Non è che tu sia occupata o roba simile.»

Feci un passo avanti e l'abbracciai. «Già, con tutto quel gozzovigliare che sto facendo.» Feci una smorfia. «E la mia selvaggia vita sociale e la relazione con i testi di medicina.»

«Sembra proprio come la mia vita, solo che i miei sono libri di economia. Stiamo veramente vivendo il sogno, eh? *Il club delle ragazze dei miliardari.* Dovrebbero fare un reality.» Mi fece segno di entrare nella casa che divideva con Jordan, una splendida casa sulla spiaggia, direttamente sul Wedge a Newport Beach, e, guarda caso, solo a un paio di chilometri da casa nostra.

«Entra. Ho una pila di riviste. Anche se ovviamente avresti potuto ordinarne una tonnellata anche tu.»

Alzai le spalle. «La wedding planner me l'aveva offerto. Ma detesto uccidere gli alberi e non mi faceva impazzire praticamente niente di quello che mi ha mostrato. Qualcuno deve averle fatto avere il memorandum sbagliato perché pensa che si stia sposando un principe degli Emirati Arabi o qualcuno di simile. Devo tirare il freno e organizzare un matrimonio più normale.»

Le sopracciglia scura di April si arcuarono perfettamente sopra i suoi limpidi occhi azzurri. Era veramente splendida. E dolce. E intelligente. Jordan aveva fatto un mucchio di cose stupide nella sua breve vita ma April era la scelta intelligente che rimediava quasi a tutte le altre.

«Me le ha passare Sid, la mia vecchia compagna di stanza. Penso che stesse cercando di farmi capire che non approva che Jordan ed io viviamo nel peccato. Ah, i ragazzi d'oggi!» Alzò teatralmente gli occhi al cielo. «Comunque, sono di sua sorella. Si è sposata di recente con una bella cerimonia, quindi ci potrebbero essere delle belle idee.» Poi le brillarono gli occhi, pieni di malizia. «*Potrei* tenerle in giro giusto per fare uno scherzo a Jordan. È piuttosto divertente cominciare a sfogliare la rivista *Spose*, quando mi sta irritando.»

«Mi piace il tuo modo di pensare. Tienilo in riga.» Dando un'occhiata alla pila di riviste che aveva indicato, sospirai. «Mi servono idee per il matrimonio, subito.»

«Sei piuttosto vicina alla scadenza, vero? Ma il resort non ha un organizzatore? Perché non accettare quello che offrono normalmente? *E*, tra parentesi. Grazie, veramente. Non vedo l'ora di andare a St. Lucia per il nuovo anno. Non potevi scegliere meglio. Mi sono sempre piaciuti i matrimoni in posti esotici.»

Mi lasciai cadere sul suo divano e presi una rivista dalla pila sul tavolino. Sfogliandola pigramente, alzai le spalle. «Non ho mai pensato molto alla cerimonia. Ho gusti piuttosto semplici. Mi fa piacere che ci sposiamo a St. Lucia. Adoro quel resort e ho dei ricordi speciali di quel posto, ma... devo confessarti che sono stata contenta quando Adam lo ha suggerito, più che altro perché sapevo che avrebbe limitato la lista degli invitati.»

«Hai almeno scelto il vestito?»

Sorrisi. «Sì. È favoloso. Vuoi vederlo? Ho l'ultima prova tra qualche settimana.» Presi il telefono e le mostrai la foto che mi ero fatta allo specchio.

«Santo cielo. È meraviglioso. Mi piacciono i dettagli argento sul bianco.» Mi guardò e poi guardò di nuovo la fotografia, restando a bocca aperta. «Oh mio Dio. Sono così gelosa in questo momento. Non vedo l'ora di vedere la faccia di Adam quando ti vedrà con questo vestito.»

«Adam è stato molto più... attento ai particolari di me... riguardo a tutta la faccenda.»

April piegò di lato la testa mentre mi restituiva il telefono. «È strano e il contrario del solito. Generalmente sono gli uomini che non vogliono averci niente a che fare.»

«Sì, è strano. Non era così concentrato fino a poco tempo fa. Ma nelle ultime settimane, è diventata quasi un'ossessione. Dice che vuole che abbia una cerimonia perfetta. Continuo a ripetergli che è un ricevimento e purché ci divertiamo, a chi interessa che tipo di fiori c'è o quant'è alta la torta. Capisci che cosa intendo dire? Io voglio dei bei ricordi.»

April sembrò preoccupata. «Voi due non state litigando per questo, vero? Non voglio fare la ficcanaso. Io...» Scosse la testa.

«No. Va tutto bene. So che è normale discutere dei matrimoni.»

April annuì. «Stavo per dire che voi due ve la state cavando piuttosto bene, visto quanto siete indaffarati entrambi. Sarebbe un crimine se, oltre a tutto, aveste pure una relazione perfetta. Immagino che ci sia sempre qualche intoppo per strada. Sinceramente non so come fate a far funzionare tutto così bene. Tu studi tutto il giorno e il fine settimana. Lui è in viaggio o lavora diciotto ore al giorno.»

«Abbiamo i nostri piccoli trucchi. Rubiamo un sacco di piccoli momenti. E ci scambiamo un sacco di messaggi.»

«Oh, messaggi sexy. A Jordan piacciono» disse, scoppiando a ridere.

Feci una smorfia. Ci avrei scommesso. E avrei preferito continuare a vivere senza saperlo.

«No. In effetti, Adam ha vietato i messaggi sexy per ragioni di sicurezza. Ma flirtare è okay. Poi ci sono le videochiamate quando è fuori città. Siamo sempre in contatto.»

April fece una faccia disgustata. «Che noia. Immagino che i nerd informatici siano paranoici su quel tipo di cose.»

Probabilmente a buona ragione.

«Ce la caviamo bene per la maggior parte del tempo. Ultimamente però, è particolarmente stressato e non penso che si tratti *solo* del matrimonio.»

April mi guardò sbattendo gli occhi. «Mi chiedo se non si tratti di qualcosa al lavoro, perché è così anche Jordan.»

Smisi di sfogliare la rivista, chiudendola e ricordai che le poche volte in cui era stato tirato in ballo Jordan, Adam aveva bruscamente cambiato argomento oppure aveva fatto un commento enigmatico, e spesso non molto gentile. E quello strano spettacolo qualche settimana prima quando Adam si era precipitato fuori dall'ufficio per andare a una cena di lavoro, senza nemmeno curarsi che dovesse parteciparvi anche Jordan. «Dici che non vanno d'accordo?»

April spalancò gli occhi. «Adam e Jordan? Io…» Guardò nel vuoto, come se stesse riflettendo. «È parecchio che non si trovano al di fuori dall'ufficio. Non corrono più insieme. Avevo immagino che fosse per via di tutti i nuovi progetti che hanno in ballo ora che sono pieni di soldi grazie alla quotazione in borsa.»

«Lo stress da lavoro probabilmente c'entra, ma... non so. Ho una strana sensazione, su entrambi.»

«Posso chiedere a mio padre se ha notato qualcosa quando lo vedrò il prossimo fine settimana. L'unico problema è che mio padre è notoriamente riservato quando si tratta di lavoro. Ma dato che si tratta di Jordan potrei riuscire a farmi dire qualcosa.»

Appoggiai il gomito sullo schienale del divano, appoggiando il mento sulla mano. «Forse dobbiamo semplicemente farci coraggio e chiederlo direttamente agli uomini.»

«Penso che preferirei mangiare un sandwich di burro di noccioline e senape.»

Sogghignai. «Io preferirei fare i gargarismi con la salsa piccante.»

«Io preferirei portar fuori la sua tavola da surf con l'alta marea dopo una tempesta tropicale.»

E la conversazione finì lì con noi due che ridevamo e pensavamo alle cose che avremmo preferito fare piuttosto di metterci in mezzo a due bambinoni in una impasse emotiva.

Poi ci spostammo su argomenti più importanti, per esempio la pettinatura e quali scarpe e gioielli sarebbero andati bene con quel vestito.

Tutta quella roba da ragazze.

Più tardi, gettai la pila di riviste sul sedile del passeggero della mia auto e andai a studiare nella biblioteca dell'università per la maggior parte del pomeriggio, prima di finire a casa di Heath e Kat dopo l'ora di cena.

Heath mi salutò, silenzioso, con la faccia impassibile mentre Kat usciva, abbandonandomi quasi immediatamente. Qualche minuto dopo mi mandò un messaggio. *Scusa, in questo momento non riesco nemmeno a stare con lui. Credo che abbia veramente bisogno di parlare con te da solo.*

Da quel messaggio, immaginai che non andassero molto d'accordo.

C'era qualcosa nell'aria?

Preoccupata, seguii Heath che andò ad accendere il computer, senza dire una parola e si collegò a Dragon Epoch.

«Devi vedere questo» mi disse quando gli chiesi che cosa stava facendo.

Fragged, il suo mercenario, era nella zona dei principianti, le stesse vecchie porte della città dove quasi tutti i personaggi cominciavano la loro vita di avventure a Yondareth.

«Guarda questo nuovo personaggio accanto al generale SylvanWood.»

«Il Banditore?» Mi curvai sopra la sua spalla per vedere meglio il monitor. «Che diavolo è? È per un evento speciale o roba simile?»

«No, aspetta. Guarda che cosa succede quando lo saluti.» Heath manovrò il suo personaggio perché si mettesse davanti al Banditore.

Fragged dice: "Salve, Banditore."

Il Banditore dice: "Il gran signore di tutte le terre sta per sposarsi. La sua fortunata sposa? La principessa Emma."

Uh... rilessi la schermata e poi tornai a guardare Heath. «Come hai fatto a trovarla?»

«Non è ancora stata pubblicizzata. Non è difficile da trovare come quella maledetta missione segreta dell'anno scorso. Ho la sensazione che sia in fase di implementazione e non sarà pubblicizzata fino al prossimo aggiornamento. Guarda qui… una volta che seguo la catena di dialoghi, mi offre una missione.»

Il Banditore ha offerto a Fragged la missione del matrimonio di lord Sisyphus.

Mi raddrizzai. «Aspetta, *lord Sisyphus*. È il personaggio pubblico di Adam.»

Heath si voltò a studiarmi. «Già e si sta sposando, giusto. Con la "Principessa Emma"…»

Restai a bocca aperta per la sorpresa. «Ha inserito una speciale missione matrimonio nel gioco? Non me ne ha nemmeno parlato. Pensi che volesse che fosse una sorpresa?»

Heath scrollò esageratamente le spalle. «Non ne ho idea. Adam è pieno… di sorprese, voglio dire.»

Finsi di guardarlo storto. «È una specie di avvertimento?»

Heath scosse enfaticamente la testa. «Oh no… no! Niente ripensamenti, Bridezilla!. Niente per cui possa dare la colpa a me! Volevo dire che è un tipo riservato.»

Ripiegai le braccia sul petto. «Da quando è una novità? Non so ancora dove andremo in viaggio di nozze.»

«Come farai a sapere cosa mettere in valigia? Bikini o tuta da sci o scarpe comode?»

«Incaricherà la nostra shopper di preparare le valige per entrambi.» Sbuffai e Heath borbottò qualcosa sui problemi dei ricchi.

«È veramente preso da questo matrimonio.» Heath si strofinò la guancia, riflettendo. «Praticamente sta facendo la parte della sposa. Direi che è uno spreco e un peccato che non gli piacciano gli uomini.»

Mi stiracchiai, avevo i muscoli tesi e indolenziti. «Gli piacciono troppo le tette.» Mi battei sul petto. «Le mie, per essere precisi.»

Heath si mise una mano davanti alla faccia. «Grazie, non ho bisogno di visualizzarlo.»

«Allora, hai intenzione di preparare un po' di popcorn? Questa è una serata-cinema, giusto?»

«Come comanda milady.» S'inchinò. Lo seguii in cucina e lui infilò una busta di popcorn nel microonde mentre io prendevo una bottiglia di birra dal frigo per lui e una di acqua minerale per me.

Ero sul divano, con il telecomando in mano, quando arrivò con una ciotola di bontà salata e burrosa. Feci scorrere le alternative elencate. «Allora, che cosa ti piacerebbe vedere? Repliche classiche? L'ultimo della Marvel? Commedia romantica?»

Heath fece un versaccio all'ultima proposta.

«Figurati.»

«Che ne dici dell'ultimo film d'azione di Jack Eversea? È *così* sexy.»

«L'ho visto la settimana scorsa.»

«Oh, okay.» Mi morsi il labbro e gli diedi un'occhiata di sottecchi. «C'è un documentario di viaggi su Dublino.»

Heath s'irrigidì ma non disse niente. *Uh, bella mossa, Mia. Discreta come una granata in una leziosa saletta da tè.*

Osai dargli un'occhiata e quando riuscii a guardarlo negli occhi disse: «Qualcosa con un mucchio di inseguimenti in auto ed esplosioni».

Scossi la testa. «Sei proprio un maschiaccio.»

Ma restai sul documentario su Dublino. Restammo entrambi seduti a fissare lo schermo. «L'hai sentito di recente?»

Heath prese una manciata esagerata di popcorn e se la ficcò in bocca, masticando rumorosamente. Io aspettai.

Finalmente, dopo aver ingoiato tutta quella roba, spinse la ciotola verso di me ed io la presi. «No» mormorò.

«È indaffarato.» Alzai le spalle. «Sono sicura che se lo chiamassi su Skype...»

«La connessione a casa di sua madre fa schifo e sembra che non possa trovare la privacy di cui ha bisogno per parlare su Skype con me in un Internet cafè. Non è ancora uscito allo scoperto in Irlanda e sono sicuro che il cielo cadrebbe se qualcuno della sua cerchia scoprisse che stava con un uomo americano.» La voce di Heath era secca, impassibile, scura e amara come cioccolato fondente.

«Non tutti sono coraggiosi come te, Heath. Ti ci sono volute due palle gigantesche per rischiare come hai fatto tu, conoscendo i tuoi genitori. E avevi solo sedici anni quando sei uscito allo scoperto.»

Heath bevve un lungo sorso di birra, senza parlare.

«Dovresti andare in Irlanda.»

«No» rispose in fretta.

«Perché no?»

«Se non riesce nemmeno a parlare con me su Skype in privato, come diavolo pensi che farebbe se mi presentassi alla sua porta? Con la sua *cattolicissima* madre che gli aleggia alle spalle e i suoi sei fratelli minori tutti intorno a lui? Non ho intenzione di forzargli la mano, Mia. Non ho intenzione di obbligare nessuno a passare ciò che ho passato io quando sono uscito allo scoperto. E sicuramente non obbligherò *mai* nessuno a dichiararsi gay.»

Scossi la testa. «Ovviamente no. Ma non potresti semplicemente essere un amico? Andare in Irlanda ed essere lì per lui mentre piange la morte del padre e rimette in piedi la sua famiglia?»

Heath strinse le labbra e mi guardò con la coda dell'occhio. «Se mi avesse voluto lì me lo avrebbe chiesto.»

Mi voltai verso di lui, appoggiando la ciotola di popcorn sul divano in mezzo a noi. «Heath, ti vuole là. So che è così.»

«Oh?» Aveva tutti i muscoli contratti. «Sai qualcosa di Connor che io non so?»

Spostandomi per guardarlo in faccia, feci un respiro profondo. «L'ho chiamato la settimana scorsa, sì. Volevo fargli le mie condoglianze. Avevamo mandato dei fiori e volevo sapere come se la stavano cavando lui e la sua famiglia. È anche amico *mio*. E mi ha chiesto di te. Nei dettagli.»

Heath mi guardò storto. «Allora perché mi hai chiesto come stava? Hai notizie più recenti tu di me.»

«Gli manchi.»

Silenzio,

«E lui manca a te.»

Lui borbottò qualcosa e si strofinò la nuca. «E con questo?»

«Heath, non fare l'idiota cocciuto. Impara da chi ha quasi perso l'uomo che ama perché *era* un'idiota cocciuta. Sei stato testimone di quella catastrofe. Per favore, impara dai miei errori e non ripeterli con Connor. Vai in Irlanda. So che hai del tempo libero.»

«Stavo tenendomi da parte quei giorni di vacanza per il tuo matrimonio.»

Oh merda.

Risucchiai il fiato e poi espirai lentamente. «Hai il mio permesso di saltare il mio matrimonio.»

Heath mi guardò come se fossi pazza, incrociando le braccia massicce sul torace ampio. «Ah, davvero?»

Deglutii il nodo che mi si era improvvisamente formato in gola. Il pensiero che non ci fosse mentre ci sposavamo mi faceva quasi venire la nausea e sarei voluta scoppiare in lacrime. Ma… era un sacrificio che avrei fatto volentieri per la sua felicità. «Sì, davvero. Faremo un mucchio di fotografie. E poi potremo parlare in videochat subito dopo. È okay.»

«*No*. Non è okay. Non ho intenzione di perdermi il tuo matrimonio. Come minimo dovrò assicurarmi che ci arrivi in un sol pezzo e che ti sposi veramente. Ci avete già messo troppo tempo.»

«Heath.» Gli afferrai la spalla per scuoterlo. «Devi andare a prendere Connor.»

«Non posso *prenderlo* se non vuole farsi prendere.» Quella spalla muscolosa divenne di pietra sotto la mia mano. «Lui resterà in Irlanda.»

Sbattei le palpebre. «Temporaneamente.»

«No. Sta cercando un lavoro. Non te l'ha detto? Ha bisogno di far soldi per aiutare la sua famiglia. Ha ancora dei fratelli giovani.»

«È…» Scossi la testa. «È così triste.»

«Lui non sembra triste.» Si scrollò la mia mano dalla spalla. «Probabilmente non era poi così pazzo di me.»

Scossi la testa. «Ero all'aeroporto quando vi siete salutati. Lui *singhiozzava* Heath. Non dire che non era pazzo di te. Sono stronzate. Quando gli ho parlato la settimana scorsa…»

Senza preavviso, la grande mano di Heath scese di colpo, spazzando via la ciotola di popcorn e mandandola a sbattere contro la parete sotto la TV. Il popcorn si sparse dappertutto, rimbalzando sul muro e piovendo sul pavimento e sul tavolino.

Heath era in piedi e urlava. «Mia. Maledizione. Non cercare di farmi la predica. Hai incasinato la tua vita e l'hai resa uno spettacolo di merda. Tu sei stata *fortunata* che sia andato tutto a posto. *Ora* pensi che tutti possiamo avere la tua stessa fortuna?»

Ansimai e mi tirai indietro, senza fiato, come se mi avesse dato un pugno nello stomaco. Mi ci volle un momento di silenzio sbalordito e un vigoroso sbattere di palpebre per superare la sensazione di dolore e ricordare che Heath era ferito e che si stava sfogando con me solo perché poteva farlo. Perché ero un punching ball sicuro. E perché non aveva nessun altro con cui farlo.

«Io… io voglio che tu sia felice, Heath. È tutto ciò che voglio.» La mia voce si affievolì in un sussurro con gli occhi che cominciavano a bruciare per le lacrime represse. Di colpo, così com'era apparsa, la sua rabbia svanì.

Crollò sul divano accanto a me e mi abbracciò, piangendo. «Mi dispiace. Cazzo, mi dispiace.»

Gli restituii l'abbraccio, quasi soffocando tanto mi stringeva. Heath era una montagna d'uomo. Quella breve esplosione di violenza mi avrebbe spaventato se fosse venuta da chiunque altro non fosse quello che consideravo mio fratello. Sapevo di essere al sicuro con lui. Sempre.

Mi stava cullando, avanti e indietro, con le braccia strette, tirandomi con lui come fossi una bambola di pezza. «Dio, faccio schifo. Mi dispiace» continuava a ripetere.

Ora la sua voce si stava spezzando e aveva la testa sulla mia spalla, il corpo scosso da violenti singhiozzi. E, inspiegabilmente, cominciai a piangere anch'io. Non succedeva tutti i giorni di sentire il proprio miglior amico andare in pezzi tra le tue braccia, il suo cuore sbriciolarsi in mille frammenti.

L'avevo già fatto in passato, l'avevo aiutato a raccogliere i pezzi e anche se a Heath piaceva pensare di essere un duro, quando amava, lo faceva con tutto il suo cuore. Era tutto lì, senza inibizioni, pronto per essere calpestato e schiacciato. Senza paura per le conseguenze. E anche se ciò poteva significare rotture molto più dolorose, sapevo che se io mi fossi comportata allo stesso modo con Adam fin dall'inizio, probabilmente avremmo potuto evitare alcuni degli enormi problemi che avevamo dovuto affrontare dopo.

Fortunatamente, come diceva Heath, ero nata sotto una buona stella. Ero stata *molto* fortunata. Adam ed io avevamo avuto una seconda possibilità e stavamo imparando giorno dopo giorno come farla durare per sempre. Ma questo non voleva dire che Heath e Connor non potessero avere una fortuna tutta loro.

Lo tenni stretto senza parlare per lunghi minuti, probabilmente più di mezz'ora, mentre lui piangeva sulla mia spalla. Non cercai di farlo smettere, non lo cullai, non lo trattai come un bambino.

Ero lì per lui. Una presenza silenziosa. Piansi con lui. Rivissi i momenti in cui il mio cuore si era spezzato. Semplicemente lo capivo.

Adam ed io non avevamo mai dovuto preoccuparci di cose come la famiglia, la religione, le credenze o qualcuno che ci odiava semplicemente per via della persona che amavamo. Non riuscivo nemmeno a immaginare come sarebbe stato.

I genitori di Heath non gli parlavano da quasi un decennio. Connor doveva mantenere segreta la sua identità sessuale, senza mai poter veramente dire chi era alle persone che amava di più al mondo. Ed io non potevo fare a meno di pensare quanto fosse crudele.

Heath aveva ragione. Io ero fortunata. E non avevo alcun diritto di dargli consigli, dall'alto della mia posizione, dove non avevo mai dovuto preoccuparmi di queste cose. La gente non si sarebbe mai opposta al diritto di Adam e mio di amarci e sposarci.

Quindi, quella sera, ci tenemmo stretti e cercai di fare del mio meglio per essere una buona amica.

E sperare. Sperare che un giorno sarebbe stato felice, anche lui, con l'uomo che amava.

Non guardammo mai il film. Dopo una lunga chiacchierata, aver ripulito tutto, aver fatto un'altra ciotola di popcorn, prendemmo le carte e giocammo a Munchkin. Perfetto per farsi una bella risata.

Quando arrivai a casa erano passate le nove e, miracolo dei miracoli, il mio beneamato era arrivato a casa prima di me. Comunque era nel suo ufficio, davanti al laptop e probabilmente stava ancora lavorando.

Ed era esausto. Non riusciva nemmeno a nascondermelo. Si era tolto il completo che portava in ufficio, ed era appetitoso, come sempre, con un paio di pantaloni da ginnastica e una t-shirt nera (un mio regalo) con la scritta *Sono un programmatore, per risparmiare tempo, facciamo semplicemente che ho sempre ragione.* Mi avvicinai da dietro e gli misi le braccia intorno al collo, sbaciucchiando le guance ruvide di barba

Lui si chinò all'indietro, agganciandomi intorno al collo per tirarmi giù per un bacio sulla bocca. «Com'è andata la serata con Heath?»

Mi rialzai, dando un'occhiata eloquente al laptop. «Stai ancora lavorando?»

Adam si passò alla svelta una mano tra i capelli, come per lisciarli. Stava tentando di eliminare i segni di averli tirati o di averci giocherellato, un'abitudine che aveva quando era frustrato.

«Stai ancora avendo problemi con quella roba dell'IT? Quel tizio non ti sta ancora aiutando?» gli chiesi prima che potesse formulare una risposta.

Annuì. «Alan mi ha veramente deluso. Ho continuato ad aspettare che risolvesse i suoi casini, ma non è all'altezza della situazione. Capisco che la sua vita personale sia finita nel cesso, ma posso solo aspettare fino a un certo punto che torni quello di prima.»

«Scommetto che quando ti sei messo a scrivere il tuo primo programma, non avresti mai immaginato di dover gestire la gente invece di essere il solito, normale "computer geek".»

Adam sospirò. «A volte vorrei veramente poter tornare a quei giorni. Solo io e il mio PC e le mie righe di codice in C.»

«*Ma...* in quei giorni, speravi di creare il gioco che sognavi e che milioni di persone ne godessero. E adesso è qui, ed è una realtà.»

«Sì, ma un uomo solo non può farcela.»

«Nemmeno *tu.*» Mi tirai indietro per guardarlo meglio in faccia. Sembrava pallido, tirato. Aveva occhiaie scure sotto i suoi meravigliosi occhi neri. Gli passai la mano sulla guancia ruvida. «Ed è il motivo per cui ti circondi di gente fichissima e ti disfi dei perdenti. Se non condividono la tua visione, lasciali andare. Come, purtroppo, dovrai probabilmente fare con Alan. Ma se sono in gamba, tieniteli stretti. Come… Jordan, per esempio.»

Sentii la sua mascella stringersi sotto la mano e gli occhi scuri divennero di ghiaccio. Ciò nonostante, non sapevo chi avesse innescato quella reazione, il direttore informatico o Jordan? Forse entrambi. Per allentare la tensione, distolsi gli occhi, piegando la testa per vedere lo schermo del suo computer. Lui lo chiuse in fretta. Si spense con un clic ed io fissai Adam, alzando un sopracciglio.

«Stronzate di lavoro. Devo veramente smettere per stasera.»

«Già, altrimenti non dormirai. Ti girerai e rigirerai per qualche ora come la notte scorsa. E quella prima. Poi finalmente rinuncerai e scenderai di nascosto dal letto verso le tre o le quattro del mattino, sperando che non me ne accorga.»

Fece una smorfia. «Colpevole.»

«Non dormi. Stai lavorando tantissimo come sempre. Stai cominciando a sembrare uno straccio.»

Alzo le sopracciglia, indignato. «Uno straccio?»

«Sì.» Annuii. «Sei sotto pressione. Troppa. E con questo matrimonio…»

Adam strinse immediatamente gli occhi. «Non ho intenzione di *rimandare* il matrimonio.»

«Non ho detto che dovremmo rimandarlo. Ma *sono* preoccupata per te. Per la tua salute.»

Adam rise, chinandosi indietro e indicandomi di sedermi in braccio a lui. «Sono perfettamente sano. Vuoi che te lo dimostri adesso?»

Sorrisi. «Uh, uh.» Mi sedetti piano sulle sue gambe, sistemandomi comodamente mentre le sue braccia mi circondavano la vita e lui mi baciava la guancia. «Solo, non dare per scontata la salute.»

«Sai che non è così» mormorò. Non aveva bisogno di dire altro. Dopo ciò che avevamo passato l'anno prima, non c'era bisogno di parole tra di noi. Avevamo imparato nella maniera più difficile che la salute non era una cosa da dare per scontata finché era troppo tardi.

«Andiamo a letto.» Lo baciai. «Ti farò un massaggio oppure potremmo sederci nell'idromassaggio, se preferisci. Bello e rilassante. Per una volta, hai bisogno di fare una buona nottata di sonno.»

Adam sorrise. «L'idromassaggio va bene. Penso che riuscirai a convincermi se indosserai quel bikini bianco e nero.»

Ammiccai. «Magari farò senza...»

Adam si morse il labbro. «Ancora meglio.»

Qualche minuto dopo, eravamo nella vasca idromassaggio nel portico di casa nostra. Tenemmo le luci spente, dato che il portico dava sulla baia posteriore. Al buio era sufficientemente privato e ci godemmo il silenzio, guardando le luci sull'acqua con le bollicine che ci accarezzavano.

Adam si avvicinò a me e mi mise un braccio intorno alla vita, rilassandosi con un sospiro soddisfatto quando la mia pelle nuda premette contro la sua.

«Allora... doveva essere una sorpresa?» Finalmente trovai il coraggio di fargli la domanda che mi bruciava sulla lingua.

«Che cosa?»

«La nuova missione.»

Adam rimase in silenzio per un po', con la testa appoggiata a un cuscino sul pavimento dietro di noi. «Ci sono nuove missioni a ogni aggiornamento. Dovrai essere un po' più precisa.»

«La missione del Matrimonio di lord Sisyphus.»

Adam si mise a ridere. «È veramente una bella idea.»

«Allora è stata tua l'idea?»

«È stata?» Alzò la testa verso di me, perplesso. «Sono confuso.»

«La missione è già nel gioco. L'ha trovata Heath e me l'ha mostrata.»

«Forse mi sono perso quel memorandum» disse, aggrottando la fronte.

«Vuol dire che non sei tu quello che dà l'ok a ogni singola nuova missione che viene implementata?» gli chiesi scherzando.

«E tu pensi che sia indaffarato *adesso*?» rispose ridendo.

«Qualcuno l'ha inserita per farti una sorpresa, allora?» Appoggiai la guancia sulla sua spalla calda.

«Non ne ho idea. Sinceramente. Qualcuno probabilmente mi sta giocando uno scherzo.»

«Beh, il testo della missione descrive l'imminente matrimonio di lord Sisyphus e della "Principessa Emma".»

Si voltò verso di me e sogghignò, con la testa che ricadeva contro il cuscino e il braccio che mi stringeva più forte in vita. «Lord Sisyphus è un fortunato figlio di puttana. La principessa Emma è sexy, ma è anche impertinente e intelligente. Con una buona dose di sarcasmo. E ho già detto che è sexy? Specialmente quand'è seduta accanto a me, nuda.»

Ma anche con quell'invito, non avevo intenzione di lasciar perdere. Non capitava spesso di riuscire a farlo parlare delle missioni del gioco. «Allora, che cosa pensi che riguardi questa missione?»

Adam alzò le spalle. «Di come lui assuma una wedding planner? Come la sua fidanzata sia completamente indifferente riguardo a tutti i suoi grandi programmi e al fatto che intenda scrivere il suo nome in cielo?»

«Pfui» dissi. «Molto divertente. Non sono *indifferente* solo perché non condivido tutto il tuo *entusiasmo*.»

Adam rimase in silenzio per un bel po'; sembrava stesse riflettendo. «Vedrò che cosa riesco a scoprire chiedendo in ufficio domani.»

«Okay. Sono molto eccitata. Non si vede?» Mi voltai e gli mordicchiai la clavicola.

Adam sorrise, baciandomi la fronte.

Mi ricordai di colpo la conversazione che avevo avuto con April. «Allora…»

Adam si voltò a guardarmi quando esitai. Dovevo chiedergli di Jordan e del lavoro proprio quando sembrava si stesse *finalmente* rilassando? Sbattei gli occhi. Sembrava controproducente, se volevo che si lasciasse andare abbastanza da fare una buona nottata di sonno.

Mi presi un appunto mentale di chiederglielo il giorno dopo.

«Allora?» ripeté lui, come invitandomi a continuare.

«Allora, ti sta aiutando a rilassarti?» improvvisai.

«Sì… sì.» Fece un respiro profondo, come per convincermi che si stava veramente rilassando.

«Bene. È quello che pensavo. Forse tutto quello che ci serve è avere una routine rilassante la sera.»

«Tu sai che cos'altro sarebbe veramente utile per farmi addormentare, vero?»

«Un massaggio?»

«Un orgasmo.»

Scoppiai a ridere. «Sei così fottutamente prevedibile.»

Mi tirò verso di sé, in modo che fossi cavalcioni sopra di lui. «E a te piace.»

Lo baciai. «Sì.»

E mi piaceva… quella stabilità, la prevedibilità, era casa mia. Adam era la mia costante, la mia stella polare. Era la roccia solida sotto il mio mare continuamente in movimento. E non era più lui negli ultimi tempi. Lo sapevo. Aveva preteso troppo da se stesso e sapevo che era ora di avere *quella* conversazione. Ma non quella sera.

Non quella sera.

Capitolo Sette
Adam

Arrivato finalmente il fine settimana, ero bloccato a casa dato che avevo promesso a Emilia che mi sarei preso almeno un giorno, *tutte le ventiquattr'ore,* come aveva detto lei, lontano dal lavoro. E questo significava niente telefonate, niente messaggi, email e niente laptop.

Secondo lo spirito di quella promessa, riservai la giornata ai programmi per il matrimonio. Emilia aveva cercato di dissuadermi e dirottarmi verso qualcosa di divertente. L'avrei accontentata con una passeggiata sulla spiaggia o una bella cena fuori, più tardi.

Ma quella mattina sarebbe stata dedicata completamente al matrimonio, tutta la mattina, che lei protestasse o meno.

Ironicamente, fui io che la beccai a lavorare, quando misi la testa nel suo studio dopo aver finito il mio allenamento mattutino. «È un libro di testo quello che vedo?»

Lei lo chiuse in fretta, togliendo le gambe dalla scrivania. «Lettura rilassante. Puramente per il mio piacere, te lo assicuro.»

Attraversai a piedi nudi la stanza, con le dita che affondavano nel folto tappeto. Afferrai il libro che stava leggendo e poi la fissai. «E ti piace molto leggere *Interpretazione rapida degli ECG?*»

Lei mi guardò facendo una boccaccia, come faceva sempre quando la beccavo in flagrante. «Uh. È *affascinante*. Non riesco a smettere. Non vedo l'ora di vedere come finisce.»

Alzai un sopracciglio, scettico e lei cominciò a ridere.

«Sai cos'altro c'è di affascinante?» le chiesi con un sogghigno eloquente. «Programmare il nostro matrimonio.»

Il suo sorriso divenne mogio, ma non disse niente.

Le tesi la mano. «Venga con me, signorina.»

Quando mi afferrò le dita, la tirai fuori dalla sedia. Mi seguì dall'altra parte del corridoio, nel mio ufficio. «Sarei più eccitata se mi stessi portando in camera per una sveltina.»

«Più tardi.»

«Pfui.»

«Volevo avere la tua opinione sui colori.» Presi il raccoglitore della wedding planner e mi voltai.

«Colori?» Emilia si rabbuiò. «Facciamo qualcosa di semplice. È la ragione per cui abbiamo deciso di andare a St. Lucia, ricordi. Abbiamo l'hotel tutto per noi per il ricevimento.» Mi rivolse un'occhiata implorante, occhi grandi, castano dorato, occhi imploranti che di solito ottenevano tutto ciò che volevano da me. *Di solito*. «Non sarebbe molto meglio lasciare che la wedding planner si metta in contatto con il coordinatore degli eventi del resort? Dato che entrambi siamo così indaffarati? Quei due possono sistemare tutto. Noi arriviamo e ci divertiamo da matti. Semplice.»

Sentii crescere la frustrazione e serrai le mandibole, cercando di essere paziente. «È il nostro matrimonio, Emilia.»

Lei si allontanò, passandomi pigramente una mano su e giù sul braccio. «Okay. Farò la brava.»

Sogghignai. «*Questa* non me la bevo nemmeno per un secondo.»

«Beh...» Emilia ammiccò furbescamente. «Vinci comunque. Ti piace quando faccio la cattiva.»

«Sì, ma non proprio adesso. Dobbiamo prendere qualche decisione importante.» Indicai la sedia accanto alla mia. «Siediti.»

«La cosa più importante è che lo condividiamo con la nostra famiglia e i nostri amici, che ci divertiamo e che torniamo a casa marito e moglie. Giusto?»

Sfogliai in fretta il raccoglitore per cercare la pagina giusta. «Dovrebbe essere un giorno perfetto. Determinerà l'andamento di tutto il resto della nostra vita insieme.»

E lei non lo sapeva ancora, ma la cerimonia e il ricevimento che sarebbe seguito avrebbero dovuto rimediare a tutte le stronzate che circondavano questo matrimonio. Me ne sarei assicurato io. Ero deciso che delle nozze spettacolari avrebbero rimediato almeno in parte a quelle difficoltà, se avessimo dovuto alla fine firmare quel cazzo di documento, nonostante i miei sforzi per evitarlo.

Emilia sospirò, incrociando le gambe e stravaccandosi nella sedia accanto a me, come uno studente impaziente in fondo a una classe. «È una *festa*. La gente mangerà, ballerà e si ubriacherà. Fai un sacco di foto divertenti. Poi tu ed io ci diremo delle cose molto dolci, balleremo, ci ficcheremo in bocca a vicenda un pezzo di torta, berremo champagne prima di salire in camera nostra e scopare come conigli.»

Le diedi un'occhiataccia e le sue sopracciglia arrivarono fino a metà fronte. Era l'occhiata di disapprovazione che rivolgevo a un dipendente che non raggiungeva gli obiettivi, o a un amico che mi stava irritando o esagerando (Jordan per esempio). La donna con la quale stavo programmando di passare tutto il resto della mia vita, di solito non riceveva quell'occhiata.

Emilia sbatté gli occhi, apparentemente confusa dalla mia reazione. Quando restai in silenzio, balbettò. «Sta-stavo pensando. Non sarebbe divertente andare all'aeroporto con solo i passaporti e i vestiti che abbiamo indosso? Potremmo scegliere una qualunque destinazione e volare... qualche settimana dopo torniamo, riposati, abbronzati e sposati. Non sarebbe figo?»

Cadde un pesante silenzio ed Emilia sembrò preoccupata mentre io ribollivo d'irritazione.

Alla fine decisi di mettere da parte il raccoglitore e incrociai le braccia. «Allora, tua madre sarebbe d'accordo? E la mia famiglia? Tu stessa hai detto che la cosa più importante è condividere quel giorno con la nostra famiglia e gli amici. Pensi veramente che sarebbero contenti di perdere quel momento delle nostre vite?» Strinsi talmente forte le mandibole che mi fece male la testa. «Oppure per te non è così importante?»

Arrossì. «Certo che è importante per me. E...» Fece un respiro profondo, cose se stesse cercando di frenare la rabbia prima che esplodesse. Non diversamente da quello che stava succedendo a me. «Mi dispiace. Dicevo così per dire. Non volevo farti arrabbiare.» Spostò lo sguardo per fissarlo sul raccoglitore che avevo messo da parte. «È *molto* importante per me. Ma organizzare il matrimonio mi stressa.»

«È il motivo per cui me ne sto occupando io» dissi con calma.

Emilia annuì in silenzio. Si rilassò tra le mie braccia ed io ripresi il raccoglitore.

Emilia si chinò verso di me e mi mise la mano sulla gamba. «Va tutto bene?»

Sì, ero rigido. In quei giorni la tensione era una compagna costante. Emilia spalancò gli occhi e si leccò le labbra.

«È il giorno più importante della nostra vita.» Il mio tono di voce era tagliente come una lama. Perfino io riuscivo a sentirlo. Emilia deglutì forte, visibilmente.

«Ci saranno un mucchio di giorni importanti nella nostra vita» disse piegando la testa.

Dentro di me il risentimento ribollì, facendomi scottare la pelle. «Allora non t'importa?»

Emilia si tirò indietro. «Certo che m'importa.» Si spostò sulla sedia, osservandomi attentamente. «Ma sarei più che entusiasta di diventare tua moglie anche in tribunale, o in qualche sdolcinata cappella a Las Vegas.»

Ci stava provando, ma le sue parole non facevano niente per alleviare la mia irritazione. «Okay… ti sta bene Las Vegas allora? Una cerimonia celebrata da Elvis? So che hanno delle cappelle drive-in.»

Emilia fece una smorfia. «Sai che cosa intendevo dire… o forse no. Volevo solo dire che sposarti è di per sé un premio.» Fece per prendermi la mano, ma la tirai indietro. «Sono eccitata ed è tutto ciò di cui ho bisogno. Tu. Io. Un po' di champagne. Una persona che celebri la cerimonia. Le persone che ci vogliono bene. Tutto il resto è superfluo.»

«Tutto il resto crea dei ricordi meravigliosi. E anche le fotografie…»

Emilia sembrò avvizzire. «Qualunque cosa tu decida sarà meravigliosa.»

«Quindi se deciderò di farti percorrere la navata con un bikini di maglia di ferro?»

Mi fulminò con gli occhi. «Sarà meglio che non ti azzardi.»

Finalmente mi misi a ridere. Le sue labbra si mossero appena mentre mi osservava. Sembrava stesse studiandomi, come se avesse notato qualcosa per la prima volta.

«Che c'è?» le chiesi.

Lei scosse la testa e alzò le spalle. «Niente. Non avevo idea che fossi così interessato ai matrimoni. Cioè, non sei mai sembrato così interessato ai particolari dei matrimoni cui abbiamo partecipato insieme.»

«Voglio che quel giorno sia degno di te.»

La sua fronte tornò di colpo liscia e si morse il labbro. «Questa... questa è la cosa più dolce di sempre. Così carina.» Si chinò in avanti e mi mise le braccia intorno al collo, tirandomi verso di lei. L'abbracciai anch'io, dandole un bacio sul collo e godendomi il profumo di vaniglia della sua pelle.

Chiusi gli occhi, riconfermando quel giuramento. *Sarebbe stato* un giorno degno di lei. Sarebbe stato il mio modo di dimostrarle ciò che significava veramente per me, anche con quell'accordo del cazzo. Se avessi dovuto cedere, allora *quella* era una cosa che potevo controllare. E, forse, quel matrimonio epico l'avrebbe aiutata a dimenticare tutte le altre stronzate, documenti e contratti che non c'entravano nulla con le nozze e il matrimonio.

Tutte le volte che ci pensavo mi ribolliva il sangue.

«Allora dimmi che cosa dobbiamo decidere oggi» disse Emilia dopo una lunga pausa e un'occhiata eloquente al raccoglitore.

«Devo sapere che colori preferisci e quante damigelle avrai.»

«Damigelle?» Emilia mi guardò come se avesse paura di darmi una risposta che non avrei approvato. «Volevo chiederlo a una sola persona.»

«Kat?» presi una matita e un blocchetto, pronto a prendere appunti.

Emilia si dimenò per un momento. «Uhm, no. Heath.»

Mi fermai per un momento, ripetendomelo prima di scriverlo nell'elenco delle cose da fare della wedding planner. Emilia si chinò verso di me per sbirciare la lista.

«Come fai ad avere tempo per tutto? È questo su cui lavoravi di notte quando scendevi dal letto?»

Sorrisi. «Pensi che ti stia tradendo con il raccoglitore della wedding planner?»

«Penso che tu stia cercando di fare il suo lavoro. La paghiamo un bel po' di soldi.»

Scossi la testa. «Lei sta facendo bene il suo lavoro. Ma ha bisogno di informazioni da noi e tu non rispondi alle sue email.»

Emilia scosse la testa, distogliendo gli occhi. «Mi dispiace. Ma tu sembri un po' stanco e parecchio stressato…»

«Sto *bene*» sbottai e poi feci un respiro profondo, ordinandomi di calmarmi. «Senza offesa, ma Heath sarà una damigella d'onore veramente orrenda.»

«Lui sarà l'amico d'onore. O magari potremmo chiamarlo il fratello della sposa.» Rise un po' incerta, come se fosse uno sfogo nervoso. «Pensa come sarebbe carino vedere Heath e Jordan che camminano insieme lungo la navata. E che si abbracciano teneramente in tutte le foto.»

Storsi la bocca. «Non ho chiesto a Jordan di essere il mio testimone.»

Emilia si voltò di scatto a guardarmi. «Oh? Perché no. Chi hai scelto? William?»

Scrollai le spalle. Mio cugino era una possibilità, ma non era un incarico che avrebbe gradito. L'avrebbe fatto, ovviamente, se glielo avessi chiesto. Sfogliando il raccoglitore, cercai un modo di cambiare argomento, continuando però a ottenere tutte le informazioni di cui avevo bisogno.

Toccai la busta che conteneva tutte le varie tavolozze dei colori. *Perfetto.* «La prossima cosa sulla lista sono i colori.» Estrassi le tavolozze dalla busta e le stesi sul tavolo davanti a lei.

Sinceramente non me ne fregava niente di che cosa avrebbe scelto. Purché scegliesse *qualcosa.* Qualcosa che le piaceva.

Distolse di colpo gli occhi da me mentre mi stava studiando e fissò le tavolozze. Indicai il primo cartoncino. «Questo è nei toni delle gemme, quattro colori diversi. Dice che è un insieme bello e drammatico per un matrimonio durante le feste. Oppure c'è qualcosa più di stagione, azzurro e argento o rosso e bianco. Poi c'è la tavolozza metallica.»

Emilia si strofinò la nuca e avrei giurato che stesse per alzare le spalle. Se lo avesse fatto avrei perso il controllo. Ma non lo fece. Indicò l'ultimo cartoncino. «Mi piace quello argento e oro. Stanno bene insieme e sembrano giusti per un matrimonio all'ultimo giorno dell'anno. Festoso.»

Sospirai sollevato. *Bene.* Finalmente stava cooperando. «Anch'io preferisco questo.»

«Bene, allora è deciso per quello. Abbiamo finito?»

«Sì...»

Il suo sorriso si allargò mentre si alzava. «Okay. Adesso ti obbligherò a divertirti. Sarai a San Jose per metà settimana. Mi devi un po' di divertimento prima che tu parta e debba passare giorni senza vederti.»

Mi afferrò la mano e mi tirò via dalla sedia.

«*Divertimento.*» Feci una smorfia, solo per provocarla. La seguii fuori dalla stanza e lungo il corridoio.

«Già, sembri allergico al divertimento in questi giorni.» Si voltò e camminò all'indietro davanti a me, per guardarmi continuando a tenermi le mani mentre andavamo verso le scale.

Scossi la testa. «Mi fa venire una terribile orticaria.»

«A meno che il *divertimento* sia il sesso.» Si mise a ridere. «Allora l'allergia sparisce del tutto.»

Mi fermai di colpo. «Sesso? È una grande idea… vorrei averci pensato io.» La tirai con me verso la camera da letto.

«Pensi solo a quello.» Mi tirò indietro, ridendo.

Io la spinsi in avanti, poi la schiacciai contro la parete. Tenendole la testa ferma la baciai forte. «Come fai a saperlo?»

Rise ancora e mi spinse via. «Più tardi. Consideralo la tua ricompensa perché uscirai e passerai la giornata facendo qualcosa di *divertente* con me.»

La seguii giù dalle scale, conscio che anche se l'aveva detto ridendo, c'era un'ombra di verità in quelle parole. Pensava che meritassi una ricompensa perché lasciavo il lavoro e passavo del tempo con lei. Una normale giornata di divertimento senza scopo.

E non mi aveva mai risposto seccamente, non si era mai mostrata irritata. Fui invaso dal senso di colpa, pensando a che cosa doveva farle pensare. E giurai di fare meglio.

CAPITOLO OTTO
MIA

ADAM SAREBBE DOVUTO ARRIVARE A CASA QUELLA SERA. Era stato assente solo tre notti e quattro giorni. Non tanto come per altri viaggi, ma comunque... Succedeva regolarmente che cominciassimo ad avere una routine di normalità e poi, altrettanto velocemente, lui dovesse partire. Qualche volta era la costa est, ma più spesso, recentemente, era la Silicon Valley. Il vantaggio era che il volo era più breve e il fuso orario era lo stesso.

Ovviamente, Adam tendeva a stipare due settimane di lavoro in un soggiorno di quattro giorni nel nord della California. Correva da una riunione all'altra, da un giro in una fabbrica a un'altra riunione. E se riusciva a mangiare che non fosse durante un pranzo di lavoro o una cena per ampliare la rete di contatti, io ero in classe o in laboratorio o in un gruppo di studio. Faticavamo a trovare un momento per parlarci su Skype o chiamarci, a parte le email di gruppo alla nostra wedding planner.

Ma, come avevo detto ad April, trovavamo sempre il modo di restare in contatto, per quanto la situazione fosse folle.

Quindi, quella settimana ci sbizzarrimmo con i messaggi.

In un certo senso, era come i vecchi tempi, quando ci eravamo appena incontrati e ci parlavamo nella chat di Dragon

Epoch. Gli mandavo un messaggio… a volte su una cosa qualsiasi. E lui poteva rispondere immediatamente oppure ore dopo.

Una normale conversazione che avrebbe preso pochi minuti a casa, con il caffè al mattino, oppure una breve chiacchierata a letto, poteva prolungarsi per una giornata o più.

Io: *Stavo pensando ai vezzeggiativi. Quando saremo sposati, dovremmo avere dei vezzeggiativi*

Lui: *Cosa? Davvero? Come Ciccina?*

Io: *No, non quello.*

E il suo cellulare, lo strumento con cui lavorava costantemente, l'apparecchio che spesso lo distraeva quando eravamo insieme, diventò il veicolo che usava da lontano per flirtare e scherzare con me.

Era facile cogliere l'ironia.

Lui: *Mogliettina, donnina?*

Io: *Solo se vuoi che rimuova le tue parti maschili. In modo doloroso.*

Lui: *Ahi. Okay… Vostra Maestà? Amoruccio? Tettine dolci?*

Io: *Tettine dolci? Sul serio?*

Lui: *Okay, forse no. Ma sono dolci. Le tue tettine, intendo.*

Io: *Di sicuro non Tettine Dolci.*

Avere quell'uomo nella mia vita, *amarlo*, significava accettarlo con tutti i suoi difetti e le sue fissazioni insieme a tutte le qualità che lo rendevano la persona più vicina alla perfezione per me. Quindi, non avendo altra scelta, trasformai il mio nemico, il suo telefono, nel mio alleato.

Gli mandai una fotografia, senza la testa, proprio di quelle tettine che stava lodando.

Lui mi rimproverò, come faceva sempre ogni volta che gli mandavo una fotografia osé.

Falle nella sicurezza, *bla bla*. Non era sicuro. *Bla bla*.

Il mio fidanzato era un nerd informatico. Io correvo il rischio perché se non era sicuro mandare *a lui* foto osé, *chi* era al sicuro?

La sua risposta, prevedibilmente, fu: nessuno.

Tornò su quell'argomento qualche ora dopo quando ero in classe.

Lui: *E se ti chiamassi Mia Dea?*
Io: *Fuochino*
Lui: *Tu come mi chiameresti? Io suggerirei Iron Man. Risponderei se mi chiamassi Iron Man.*
Io: *Mmm...*
Lui: *Oppure RoboCock*

Avevo la bocca piena di tè quando arrivò quel messaggio, ore dopo, mentre studiavo. Quasi spruzzai l'intero contenuto della mia bocca sul telefono *e* sul libro di testo aperto.

Tipico di Adam. Probabilmente me l'aveva mandato nel bel mezzo di una noiosa riunione di cervelloni.

Io: *Amico, non ti chiamerò mai così.*
Lui: *No?*
Io: *Nooo... quello te lo devi conquistare*
Lui: *È a questo che serve la luna di miele.*

Aveva una risposta d'effetto per tutto. Non mi meravigliava che stessimo così bene insieme. E mi ricordò che c'era *un altro* argomento di cui stavamo discutendo. La luna di miele.

Io: *E andremo... dove?*
Lui: *È ancora una sorpresa.*
Io: *Tu e i tuoi segreti. Sei un sadico.*
Lui: *Potrei sicuramente esserlo. Sono un miliardario con un passato tormentato. Non è la ricetta perfetta per un sadico?*

Quasi dimenticai di togliere la sua maglietta arrotolata dal letto prima che tornasse a casa. Ogni giorno la nostra governante rifaceva il letto e infilava la maglietta sotto il mio cuscino, pronta per coccolarmi la notte. Ma accidenti se l'avrei fatta scoprire di nuovo ad Adam. Non aveva bisogno di altre munizioni con cui prendermi in giro. Se la cavava perfettamente anche senza.

Quel pomeriggio, quando tornai a casa dopo il laboratorio di virologia, mi sedetti alla mia scrivania e ammonticchiai tutti i miei appunti in un angolo. Come facevo dal giorno in cui Adam aveva messo lì la grossa busta di Glen Dempsey, la fissai, chiedendomi se sarebbe stato quello il giorno in cui l'avrei finalmente aperta per vedere che cosa conteneva. Mi avrebbe fatto male guardare e vedere che tipo di informazioni aveva raccolto per me il mio fratellastro?

Non ero obbligata a leggere la sua lettera personale, no?

Picchiettai con le dita la liscia superficie di marmo. La sedia scricchiolava mentre mi dondolavo, facendo congetture su che cosa potesse contenere. Di che cosa avevo paura?

Forza Mia. È ora di comportarti da adulta.

Mi sedetti diritta, presi la busta e l'aprii prima di cambiare idea. Era piuttosto spessa. Tirai fuori tutto e appoggiai la pila di carte accanto ai libri di testo. Presi immediatamente la lettera, che era in cima, e la voltai a faccia in giù prima di controllare il resto dei documenti.

C'erano non solo la storia clinica completa di Glen, ma anche quella di mio padre, Gerard. E anche delle note sulle mie due sorellastre.

Secondo la legge, Glen aveva il diritto di condividere con me le sue informazioni mediche. Ma come aveva fatto a ottenere quelle di Gerard? Rimuginai sulla questione finché notai la firma di Gerard sul modulo di consenso al rilascio della sua cartella clinica. Il padre di Glen, *nostro* padre, doveva aver finalmente consentito a darmela. Che cosa gli aveva fatto cambiare idea? Quando la mamma lo aveva informato che avevo il cancro, lui non aveva fatto una piega.

Perplessa, guardai i documenti. Per avere sessant'ani, Gerard era un uomo piuttosto sano, con una storia di diabete e malattie cardiache dal lato paterno della sua famiglia.

Quando arrivai in fondo alla pila di documenti, fui stupita di trovare i risultati di un test genetico completo di Glen, e quello delle sue sorelle, insieme a note manoscritte su cosa veniva dalla loro madre e cosa dal loro padre.

Era un'enorme quantità di informazioni e probabilmente gli ci era voluto un mucchio di tempo per raccoglierle, riunirle e annotarle. Sapevo che non era stato Gerard a farmi avere le informazioni.

Stavo assimilando tutto, battendo pigramente sulla pila di carta con il gommino della mia matita, quando sentii la porta d'ingresso che si apriva e si chiudeva al piano di sotto. Misi da parte le carte, con attenzione in modo da non perdere il segno. Poi balzai fuori dalla sedia.

Adam salì le scale a rotta di collo come al solito, due gradini per volta ed io gli andai incontro nel corridoio fuori dalla nostra stanza. Lui lasciò cadere la valigia e mi prese tra le braccia.

«Tettine dolci» disse, dopo un lungo, lento bacio.

Non riuscii a restare seria, scoppiai a ridere. «Non cominciare nemmeno, Drake.»

«Ti ho fatto ridere, no?» Mi studiò il viso come se vedesse ogni centimetro per la prima volta, dalla fronte al mento, dall'orecchio sinistro a quello destro. Lo tirai verso di me per un altro, intenso, bacio. Dio, mi *era mancato*. «*E* lei mi ricompensa con un altro bacio. È bello essere il re.»

«Pensavo tu fossi Iron Man?»

«Puoi chiamarmi in tutti i modi che vuoi, solo non chiamarmi in ritardo a letto… *o* a cena.»

Sorrisi. Non riuscii a farne a meno. Adam aveva scoperto il segreto per far sì che continuassi ad amarlo alla follia: farmi ridere tutti i sacrosanti giorni. «E a quel riguardo, la cuoca ha lasciato la cena nel forno. Hai fame?»

«Andiamo.»

Chiacchierammo con un piatto di zucca spaghetti biologica con una salsa cremosa al pesto e punte di asparagi. Gli parlai del lavoro di preparazione che dovevo fare per il corso pratico del giorno dopo e lui mi parlò dell'ultimissimo dramma con il reparto IT e il suo disastroso direttore, Alan. E tutte le crisi cui aveva dovuto porre rimedio da settecento chilometri di distanza. «Hai intenzione di licenziarlo?» gli chiesi, sorseggiando il mio bicchiere di vino rosso dolce.

Adam alzò le spalle. «Alan è con me fin dall'inizio. Quasi quanto Jordan. La sua vita è un disastro e può succedere a chiunque. *Ma* ho deciso di dargli una tabella di marcia e un ultimatum. Se non rispetterà le scadenze, sì, è fuori.»

«Non tocca al CDA decidere? Puoi prendere quel tipo di decisioni senza di loro?»

Adam si rabbuiò e distolse gli occhi, mangiando gli ultimi bocconi e ripulendo il piatto. Lo guardai perplessa. C'era qualcosa in ballo. Il modo in cui stava serrando le mandibole, il lieve rossore all'altezza del colletto. Sembrava *furioso.*

Finsi di non notarlo. Gli avrei estorto la verità più tardi, poco ma sicuro. «Beh, immagino che possa licenziarlo. Dopotutto avevi licenziato Jordan.»

«Non è vero. Si era dimesso lui quando mi ero rifiutato di licenziarlo.»

«Bah. Jordan è un rompiballe.» Sogghignai. «Dovevi impegnarti di più.»

Ci mettemmo a ridere entrambi.

«Sai una cosa?» gli chiesi una volta svuotato il bicchiere.

Aveva gli occhi puntati sul bicchiere che avevo in mano e mise da parte forchetta e coltello. «Mhmm. Vediamo... vuoi un altro bicchiere di vino?»

«No.»

«Ti senti super-arrapata dopo *quel* bicchiere di vino?» I suoi occhi scuri brillavano divertiti e, forse, un po' speranzosi.

Gli mostrai la lingua. «Ti piacerebbe.»

«Allora che cosa dovrei indovinare?»

«Ho finalmente aperto la busta di Glen.»

Inarcò le sopracciglia, sorpreso, ed io gli elencai ciò che conteneva.

«E la sua lettera? Che cosa diceva?»

«Non l'ho ancora letta.» Scossi la testa. «Ci stavo pensando quando sei entrato in casa.»

«Dovresti leggerla.»

«Non subito… sei stato lontano per quattro giorni.»

Adam coprì la mia mano con la sua, intrecciando le nostre dita. «Non ci vorrà molto per leggerla. Non sei almeno un po' curiosa?» Si chinò verso di me quasi come se mi stesse implorando, come se mia madre non fosse l'unica triste perché la mia famiglia era molto piccola. «Specialmente dopo aver visto tutte le informazioni che ha raccolto per te?»

Sorrisi. «Okay. Finalmente mi hai fatto ragionare.»

Sparecchiammo e poi Adam mi seguì sulle scale, nel mio studio. Si sedette sul divano sotto la finestra. Io presi la lettera dalla scrivania e mi sedetti accanto a lui, che mise un braccio sullo schienale, mentre io mi appoggiavo alla sua spalla.

«Pronta?» mi chiese.

«Sì… dammi un secondo.»

Adam appoggiò la testa contro il cuscino e fissò il soffitto, lasciandomi un po' di privacy mentre leggevo la lettera. L'alzai, con le mani non troppo ferme, e cominciai a leggere.

Ciao Mia,

Questa è probabilmente la lettera più imbarazzante che abbia mai scritto, specialmente considerando che avrebbe dovuto cominciare con la frase. "Sono tuo fratello. È bello conoscerti attraverso questa lettera." Non so che cosa ti stia passando per la testa in questo momento, ma ho avuto l'opportunità di parlare di te con tua madre, quindi credo di poter indovinare.

Prima di tutto, ed è la cosa più importante, lasciami dire che io non sono mio padre. E sono fermamente convinto che non si sia comportato bene con te, e la cosa mi rattrista. Sarei lieto di rispondere a qualunque domanda tu possa avere su di lui, nel caso decidessi di incontrarmi di persona. Ma lui non è il motivo per cui ti sto scrivendo, a parte il fatto che siamo imparentati suo tramite.

Ho il sincero desiderio di conoscerti e mi interessa la tua salute. So che sei in remissione dal cancro. Non riesco nemmeno a immaginare come possa essere stato, ma posso provare empatia, specialmente giovane come sei. Mi fa male pensare a tutto quello che hai dovuto superare.

Nell'interesse di non farla troppo lunga, lasciami chiudere con questo... Mi piacerebbe conoscerti meglio, ma mi rendo anche conto che potresti non essere pronta per fare questo passo. È completamente comprensibile. Potrai contattarmi quando vorrai. Non farlo perché lo desidera tua madre o perché a me piacerebbe. Fallo solo per te.

Ti auguro solo tanta felicità, buona salute e successo in tutto ciò che intraprenderai.

Dal tuo fratello maggiore,
Glen Dempsey

Con un sospiro, passai la lettera ad Adam che la lesse alla sua solita velocità della luce.

Una volta finito, alzò gli occhi scuri, che non rivelavano niente. «Allora, che ne pensi?»

Scrollai le spalle. «La prima impressione? Sembra una brava persona.»

Adam piegò la testa, guardandomi e nel contempo facendomi sapere in quel suo modo sottile che era d'accordo con le mie conclusioni.

«E sembra che voglia veramente conoscermi.»

«Sì. Hai intenzione di incontrarlo?»

Alzai le spalle. «Immagino di dover decidere se voglio veramente farlo. Forse?»

Adam annuì e mi ridiede la lettera.

La lessi ancora in fretta. «Per ora potrei mandargli un'email… per ringraziarlo delle cartelle e per tutto il disturbo che si è preso raccogliendo le informazioni. Grazie a lui probabilmente so più io della storia medica di mio padre di quanto sappiano quelli cresciuti con un padre al fianco.»

«Sì, il donatore biologico di sperma non è più un mistero.» Poi la sua voce si spense in una lunga pausa. Si schiarì la voce e si spostò sul divano per guardami in faccia. «Hai trovato… hai trovato precedenti di cancro dalla tua parte di famiglia?»

Aveva fatto la domanda in modo così tranquillo, calmo. Con una nonchalance studiata che sapevo essere la tipica maschera dietro la quale nascondeva un certo livello di ansia, specialmente su quell'argomento.

«Niente cancro da quello che ho visto.»

Annuì, con la faccia ancora impassibile. «Qualcos'altro di cui preoccuparsi?»

«Solo le solite cose che affliggono la maggior parte della popolazione americana. Diabete, problemi cardiaci e tutta quella roba simpatica.»

Adam aggrottò la fronte per un momento prima di alzarsi e andare a guardare la cartelletta sulla scrivania. «Ti dispiace se do un'occhiata?»

«È una lettura *avvincente*» gli dissi seccamente.

Lui scrollò le spalle, imbarazzato. «Te la ridarò presto.»

Mi chiesi che cosa avesse intenzione di farci, a parte archiviare il tutto nella sua memoria fotografica. Mentre mi sedevo al laptop per mandare una breve email a Glen, pensai al comportamento serio di Adam quando si trattava della mia salute.

Aveva senso, ovviamente. A volte quando ci riferivamo a quell'anno buio, l'anno in cui avevo avuto il cancro ed ero a malapena riuscita a superare le ancor più piacevoli cure del cancro, era in toni sommessi. E non discutevamo quasi mai la perdita terribile che avevamo dovuto sopportare per arrivare a quel punto.

Ne avevamo pagato entrambi il prezzo. E, in qualche modo, soffrivamo entrambi della nostra forma di disturbo da stress post traumatico. Da lì, il controllo regolare ma sottilmente dissimulato del seno nella doccia e le domande sottili ma non poi così sottili su come mi sentivo. Il fatto che avesse incaricato la sua assistente di fissare i miei appuntamenti con il medico il primo giorno in cui scadeva il termine per farlo. Grazie a Maggie, non avevo mai mancato un appuntamento.

Come al solito, Adam stava assumendo il controllo o si stava aggrappando all'illusione di averne una briciola quando si trattava di questo problema. Ma sapevamo entrambi che non avevamo nessun potere. Potevamo essere diligenti e vigilare. Ma non c'erano garanzie. E la sensazione pesante, nauseante in fondo al mio stomaco mi diceva che erano i miei problemi di salute ad aver causato quell'inquietudine in lui. Ma quando si amava qualcuno, dovevi prenderlo con tutto il suo bagaglio. E una parte del mio bagaglio riguardava la salute. Quindi, ok. *In salute e in malattia...*

Guardai fuori dalla porta da dove Adam era sparito con le carte. E aprii il laptop e composi l'email di risposta per Glen Dempsey.

***

«Esistono gli sposi Godzilla?» chiesi alle ragazze sedute al tavolo con me: April, Jenna, Alex e Kat. Ci eravamo incontrate in un albergo vicino per un brunch domenicale per discutere i dettagli della festa di fidanzamento che avevano insistito per organizzare per me. Le ragazze si erano messe tutte eleganti, mettendo decisamente in ombra la futura sposa che non aveva letto il memo e si era presentata in jeans, un maglione e tacchi. Colpa mia.

«Sì, sono la controparte delle Bridezilla» disse Alex. «Mio fratello maggiore era così quando si è sposato, un tipico matrimonio messicano cattolico. Gli sposi Godzilla si atteggiano a indifferenti e non vogliono sapere niente dei particolari delle nozze e poi mettono il veto sulle cose qualche giorno prima della cerimonia, e tutto deve ruotare intorno a loro.»

«Oh.» Giocherellai con la macedonia di frutta tropicale con cocco fresco grattugiato. No, decisamente Adam non era così. Da quando era tornato dal viaggio, avevo ricevuto in copia una quantità di mail tra Adam e la nostra wedding planner mentre definivano i più infimi dettagli.

Leggevo la maggior parte delle mail quando ci riuscivo. Seriamente, *quando* trovava il tempo? Io ero rimasta indietro nel leggere le novità e poi c'era stato un silenzio assoluto. Avevo immaginato che significasse che avevano definito tutti i particolari e che fossimo a posto, finché non avevo sentito Adam al telefono che parlava con lei e faceva riferimento alle email più recenti, che decisamente non avevo visto. Con non poca sorpresa, avevo scoperto che ero stata tolta dal giro e che Adam si consultava con me solo quando non poteva farne a meno. Come decidere l'abbigliamento di Heath. Per esempio.

«Il tuo futuro maritino ha una personalità di tipo alfa» mi fece notare April, sorseggiando il suo calice di cocktail mimosa.

«Non mi dire, Sherlock» la prese in giro Kat, facendo segno al cameriere di portarle il suo *terzo* cocktail mimosa. «Definire Adam un tipo alfa è come dire che l'acqua è bagnata.»

April alzò le spalle. «Intendevo dire che è naturale che prendesse il controllo. Fa' conto che sia l'AD di questo matrimonio. E tu sei il presidente del CDA.»

Alzai le sopracciglia, sentendomi già un po' brilla dopo il mio unico Bloody Mary. «Quindi il capo sono io, giusto?»

April sorrise radiosa. «Ovviamente. Probabilmente si rende conto che hai parecchio in ballo con il test per l'abilitazione e vuole renderti le cose più facili. Considerati fortunata. Jordan non vuole nemmeno dire la parola che inizia con la M in mia presenza. Non che debba temere che io mi precipiti. Quel ragazzo, a volte…» Scosse la testa.

«A volta hai voglia di prenderlo a pugni in faccia?» Mi misi a ridere. «Anch'io.» Il sorriso di April svanì, mentre studiava il mio bicchiere vuoto. Lo indicai, seguendo il suo sguardo. «È l'alcol che parla. Non voglio *veramente* prendere Jordan a pugni in faccia.» *La maggior parte del tempo, almeno.*

«Non in faccia, Mia. È troppo carino.» Il suo sorriso era tornato.

Qualche minuto dopo, mi scusai dicendo che dovevo andare alla toilette e feci un cenno ad April.

«Quando avremo finito qui, parleremo assolutamente della festa di fidanzamento» disse Jenna. «Assolutamente. Appena avremo smaltito i cocktail.»

April mi seguì in bagno e si voltò a guardarmi, in attesa, una volta entrate.

«Sei riuscita a scoprire se c'è qualcosa in ballo tra Jordan e Adam?» le chiesi.

April fece una smorfia. «Sì. Jordan non parla. Ma c'è sicuramente qualcosa in ballo. Tutte le volte che salta fuori il nome di Adam diventa nervoso e comincia a imprecare.»

«È quasi esattamente la reazione di Adam. Penso che dovrò ingoiare il rospo e chiederglielo stasera. Ero sicura al novantanove percento che avrebbe chiesto a Jordan di essere il suo testimone, ma non l'ha fatto ed è stato evasivo quando gliel'ho chiesto. Ti farò sapere se scopro qualcosa. Quegli stupidi ragazzini devono darsi un bacetto e far pace!»

April distolse gli occhi, ridacchiando e poi, di colpo, arrossì furiosamente.

«Che c'è?»

«Li stavo immaginando che si baciavano e facevano pace. Era … mmm… sexy.» Scoppiammo entrambe a ridere.

Una volta tornate al tavolo, mi tempestarono di domande sul mio abito da sposa. Passai in giro la stessa foto della prova che avevo mostrato ad April settimane prima. Anche Kat l'aveva già vista.

«A me piacerebbe uno di quei nuovi vestiti a più gradazioni di colore con le sfumature più scure sulla gonna» s'inserì Jenna. «Io lo sceglierei nelle tonalità del verde, o del viola.»

«A me piacerebbe fare qualcosa con quelle applicazioni di pizzo in 3D e le perline di cristallo. Le hai viste? Sono belle da morire» tubò April.

«Devo far sapere a William e a Jordan che voi due avete già scelto gli abiti per le nozze?» dissi sarcastica, alzando gli occhi dal telefono dopo aver mandato un messaggio. «Sono sicura che sarebbero *felicissimi* di saperlo.»

Gli occhi grandi di April divennero ancora più enormi e Jenna mi rivolse un sogghigno.

«Ah, lo so… mi assicurerò che ci siano due bouquet e so esattamente dove lanciarli. Sono sicura che i vostri uomini andranno in deliquio.»

«Parlando di sclerare… hai già detto ad Adam che intendi mantenere il tuo cognome da nubile?» chiese Kat, mangiucchiando un pezzo di salmone sul pane tostato.

Prima che potesse rispondere, s'inserì April. «Hai intenzione di mantenere il tuo cognome? Non puoi farlo! A meno che tu non voglia aggiungere anche il suo. Quello va bene. Ma vorrai avere lo stesso cognome dei tuoi figli, giusto?»

Sospirai. Non avevo voglia di parlarne, specialmente con Alex. Non avrei basato quella decisione su una cosa incerta. «Ho vissuto tutta la mia vita con quel cognome. Ho fatto cose meravigliose con quel cognome. È il cognome sul mio certificato di laurea al college. Perché dovrei liberarmene? Inoltre mi sono sempre immaginata come dottor Strong. Dottor Drake sembra strano. E non cominceremo nemmeno a discutere di Strong-Drake con un trattino… quello proprio no.»

Jenna si mise a ridere. «Sì, quello sembra un po' ridicolo.»

La guardai ironica. «Drake sarà anche il *tuo* cognome, un giorno, quindi non insultarlo.»

Jenna arrossì furiosamente. «Torniamo a *te* e al *tuo* matrimonio…»

«Sai che cosa fa la maggior parte delle donne d'affari?» disse April, con la forchetta alzata a mezz'aria, come un puntatore. «Prendono entrambi i nomi legalmente e usano il cognome da nubile per lavoro e quello da sposata per la vita sociale. Quindi potresti essere il dottor Strong al lavoro e la signora Drake quando accetti gli inviti ai galà o roba simile.»

Già, perché sapevamo tutte che avrei partecipato a *tanti* galà tra le lezioni, il laboratorio e gli esami. Ma *era* una buona idea. «È una soluzione perfetta. Ne parlerò con mister Tipo Alfa in persona stasera.»

April mi sorrise, chiaramente felice di essermi stata d'aiuto.

Poi finalmente tornammo alle cose serie e parlammo della festa di fidanzamento. Poiché che non ci sarebbe stato un grande ricevimento locale per il matrimonio, la festa di fidanzamento prevedeva un bel pranzo con ottimo cibo e intrattenimento dal vivo in un ristorante sulla spiaggia. Le ragazze si presero volentieri il compiuto di organizzare tutto. Buon per loro.

Finalmente ci avviammo verso casa. O meglio, ci portò un autista. Qualcuno ci aveva pensato e l'aveva organizzato, considerati tutti i cocktail con il brunch.

Si erano divertite tutte. E adesso era il momento di smettere di procrastinare e arrivare in fondo alla faccenda Jordan-Adam.

Capitolo Nove
Adam

«Jordan vorrebbe vederti oggi» disse la mia assistente, Maggie, durante la nostra solita riunione della tarda mattinata.

Mi strofinai la testa, temendo che mi stesse venendo un'emicrania. Stavo da schifo e sapevo che la mancanza di sonno si stava facendo sentire. Ma dopo il mio allenamento mattutino, a quella sensazione di malessere generale si era unito un dolore forte alla spalla. *Perfetto.* Dovevo aver stirato un muscolo o risvegliato una vecchia lesione.

Ed era lunedì. E avevo una settimana infernale davanti a me, inclusa un'altra riunione del CDA. Il mio avvocato non mi aveva dato buone notizie per quanto mi riguardava, ma non volevo rinunciare, e stavo attivamente cercando altre opinioni.

Avevo intenzione di portarlo con me in ogni caso, alla prossima riunione. Era ora di prepararmi alla battaglia. Mi ero preso un appunto mentale di tirar fuori il mio libro preferito e rileggerlo. *L'arte della guerra* poteva non essermi stato utile quando l'avevo applicato alle relazioni personali, ma era decisamente applicabile al mondo degli affari.

E dato che mi aspettavo presto un ultimatum, era ora. *Vincerà colui che, preparato, aspetterà di cogliere il nemico impreparato.*

«Non ho tempo» sospirai.

«Sta diventando irascibile. Si è lamentato perché hai cancellato già due appuntamenti.»

«Per favore, informalo che fare l'AD di questa società è un lavoro impegnativo» ringhiai.

Maggie scosse la testa. «E se gli mandassi tu un'email?»

«E per che cosa pago *te*?» le chiesi con un sorrisetto storto.

Maggie emise un lungo sospiro, condito con un sorriso. «Bene. Gli manderò io la mail. Ma ascolta meglio quando vengono da te.»

Maggie e Jordan molto spesso non la vedevano allo stesso modo, quindi pensai che non sarebbe stato difficile per lei togliermelo di dosso. E se Jordan avesse fatto lo stronzo con lei... non era un problema mio.

«Assicurati di menzionare che oggi sto facendo un controllo dei risultati del reparto IT. Dovrebbe tenerlo lontano.»

«Posso almeno ammorbidirlo con un'ora domani o in qualunque momento più avanti questa settimana?»

Solo se puoi avvisarmi in anticipo, così posso annullarlo prima. Quasi lo dissi ad alta voce. Invece, annuii per placare *lei*. Mi interessava di più che non placare Jordan.

«Venerdì pomeriggio» dissi. «Nel tardo pomeriggio.» Avrebbe dovuto mandargli un messaggio chiaro. Non me ne fregava un cazzo di lui.

Quel problema, insieme al dramma continuo nel reparto IT con il direttore lavativo, era sufficiente a innescare un'emicrania. Ma, ovviamente, l'offensiva dei piani per il matrimonio stava continuando. Il lavoro stava diventando una fatica ingrata. Di solito mi piaceva, parecchio, ma di recente tutto era cominciato a sembrare vuoto e senza scopo.

Faceva schifo. E ogni giorno faceva *più* schifo.

Maggie mi stava guardando con gli occhi stretti. «Ti senti bene? Non hai una bella cera.»

Mi sfuggì il fiato con un sibilo. «Sto bene. Qui abbiamo finito, giusto?» Aprii il mio laptop.

«Sì, abbiamo finito. A quanto pare ho delle email da scrivere.» Maggie si alzò e poi si voltò verso di me prima di uscire. «Bevi un po' d'acqua, Adam, e magari fai un pisolino. Non vorrai ammalarti…»

La congedai agitando una mano, già assorto nel mio laptop.

Più tardi quel giorno, andai nel reparto collaudo, ricordando che non ero arrivato in fondo a quella storia della missione a sorpresa. Emilia me l'aveva chiesto di nuovo la sera prima. Gli sviluppatori avevano una scadenza e di solito evitavo in loro reparto in quei periodi. Si confondevano quando mi vedevano aggirarmi intorno e non riuscivano a concentrarsi sul loro lavoro.

Ma i collaudatori conoscevano ogni missione nel gioco, quindi potevo facilmente risolvere il mistero in quel reparto.

Solo che quando entrai nella loro sezione, soprannominata "la tana", era mezza vuota.

«Che…» Ispezionai la stanza, notando la mezza dozzina di postazioni che di solito erano presidiate da collaudatori di giochi drogati di caffeina.

Un ragazzo alto e magro, Lucas, il mio capo collaudatore, balzò fuori dalla sua sedia e trotterellò da me con un sorriso. «Ehi, Adam. Che cosa ti porta in questa landa desolata?»

«Ehi. Ero nelle vicinanze, in effetti. Come va?» Battei un pugno con lui. «Sono andati tutti a prendersi un taco, oggi? Pensavo che lo faceste di venerdì.»

C'erano alcuni collaudatori alle console, con le cuffie, attrezzature e software per il collaudo. Essendo occupati, nessuno di loro mi aveva notato entrare anche se riconobbi i capelli rosso fuoco di Katya, la nostra amica e, da un anno, nostra dipendente.

«La maggior parte del gruppo è andata a visitare la nuova struttura di backup del server» spiegò Lucas. «Era in calendario per oggi. Non è stata una tua idea?»

Annuendo, mi strofinai la fronte, notando l'insorgere di quello che sarebbe stato un mal di testa epico. «Sì. Avevo dimenticato che fosse oggi.»

Lucas rimase in silenzio, aspettando mentre cercavo di schiarirmi la testa e poi massaggiavo la spalla che mi faceva male. Gesù, ero un maledetto disastro. Forse avrei ceduto e avrei preso un sonnifero quella sera. Le due-tre ore di sonno per notte si stavano facendo sentire.

Dopo una pausa lunga e imbarazzante, nella quale imitai un nonnetto artritico con i miei dolori e le mie fitte, mi chiese: «Posso fare qualcosa per te?»

«Sì. C'è questa nuova missione nel gioco e non ricordo di averne discusso l'implementazione.»

Lucas esitò. «Dovrebbero poterti aiutare gli sviluppatori.»

«Lo so, ma siete voi che testate ogni missione, quindi dovreste conoscerla anche voi.»

Lucas indicò la sua postazione di lavoro ed io lo segui al tavolo dove stava lavorando. Si sedette e si collegò al database. «È online?»

«Sì a quanto pare, o almeno la prima parte.»

«Come si chiama?»

«La missione del matrimonio di lord Sisyphus.»

Lucas fece una smorfia, esitò e poi mi diede un'occhiata curiosa. Si raddrizzò senza aver scritto niente. «Ah, *quella*.»

«La conosci?»

«L'ho testata» ammise, alzandosi dalla sedia come se non vedesse l'ora di scappare da quella stanza.

«*E...* puoi darmi qualche informazione? Chi l'ha implementata, quando? A che punto è?»

Lucas mi diede un'attenta occhiata. «È arrivata con un gruppo di ordini dal reparto sviluppo, segnati urgenti, quindi mi sono incaricato io di fare tutti i test.»

«E da dove veniva?»

Lucas alzò le spalle. «Da dove vengono tutti. Dallo Sviluppo.»

Non occorreva essere uno scienziato, o un programmatore, per rendersi conto che era deliberatamente evasivo. Misi le braccia conserte. «Qualcuno degli sviluppatori mi sta facendo uno scherzo? Che cosa fa la missione?»

Lucas spalancò gli occhi. «Uh. Io... io non dovrei rivelarti quest'informazione.»

Sbattei gli occhi. «*Cosa?*»

Dietro di me sentii qualcuno che si alzava dalla sua postazione e si avvicinava lentamente a noi. Io ero troppo occupato a infilzare il giovane Lucas con un'occhiata gelida.

Naturalmente, lui era sempre più a disagio. «Sì, quella... mhmm... è arrivata con quell'ordine. Confidenziale.»

Nonostante il mal di testa e la giornata frustrante, sorrisi. «Forza, amico, basta con le stronzate. Puoi dirmelo.»

«Ehi ragazzi» ci interruppe Kat. «Che c'è, Adam?» Mi diede un piccolo pugno proprio sulla spalla che mi faceva male. Nascondendo una smorfia, anche se aveva fatto un male d'inferno, le feci un cenno, poi riportai l'attenzione su Lucas.

«In effetti, tu sei l'*ultima* persona a cui posso dirlo. Mi hanno informato che la missione è stata messa lì per te.»

«*Per* me?»

Kat ci stava guardando e speravo che fosse abbastanza saggia da restar fuori dalla conversazione.

Lucas continuò. «Forse è il regalo di nozze degli sviluppatori per te. L'ho testata io la settima scorsa. È divertente. Dovresti provarla.»

Sbuffai, mettendomi le mani sui fianchi. «E secondo te quando avrei il tempo per farlo?»

«Mi dispiace, Adam. Ce l'ho sul mio ordine di lavoro.»

«Sono il tuo capo» gli ricordai con la voce impassibile. Si sarebbe potuto sentire cadere uno spillo. Kat si spostò, osservando Lucas con un'espressione tra il preoccupato e il divertito. Rimisi le braccia conserte, continuando a fissarlo. «Sono il capo del tuo capo.»

Lucas impallidì visibilmente, poi si schiarì la voce. «Penso che se...»

«Sono il capo del capo del tuo capo» lo interruppi.

«Adam, stai esagerando» s'intromise Kat.

Mi voltai a darle un'occhiataccia. «Sono anche il *tuo* capo.»

Ma lei non si fece intimidire. «Sì, ma io sono la migliore amica del *tuo* capo, alias la tua futura moglie, quindi vinco io. Sei così scorbutico oggi.»

La fissai, con l'irritazione che svaniva di colpo, o forse ero troppo stanco per continuare a restare irritato. Inoltre era stupido alienarsi un dipendente su una stupida missione e un mistero. Specialmente se era stata progettata perché la risolvessi io.

Kat ed io scoppiammo a ridere esattamente nello stesso momento.

Sembrò che Lucas potesse svenire dal sollievo. «Questa è la cosa più imbarazzante che mi sia mai capitata.» Ci stava guardando nervosamente.

Sogghignai. «Se ti licenziassi, non sarei più il tuo capo...»

Lucas sgranò gli occhi e impallidì. Sarebbe stato un peccato se se la fosse fatta sotto per la mia battuta, quindi risi e gli misi una mano sulla spalla. «Sto scherzando, amico.»

«Sarà meglio, se non vuoi che ti denunci all'ufficio del personale» disse Kat. Lei e Lucas si scambiarono una lunga occhiata e in quel momento perfino io notai il messaggio inespresso che passava tra di loro. Non avevo idea di che cosa fosse. Sembrava fossero buoni amici. Forse era una cosa privata.

Quando smettemmo di ridere. Kat continuò. «Sembri esausto. Forse hai bisogno di fare un pisolino, o rilassarti con la missione. Se Jedi Boy dice che è buona, allora è probabile che lo sia.»

Lucas restò a bocca aperta e guardò Kat con gli occhi socchiusi, ma lei sembrò non notarlo.

«Va bene, allora me ne vado.» Ero a metà strada verso la porta quando mi voltai a guardarlo. «E, oh, Lucas... che la Forza sia con te.» Gli feci OK con le dita, ammiccando esageratamente.

Dato il suo nome, Lucas Walker, *mai* Luke, come sottolineava spesso, detestava i riferimenti a Star Wars. E più li detestava più lo tormentavano facendoli. E dato che ero il suo capo, il capo del suo capo e il capo del capo del suo capo, non osò ribattere.

Ma Kat sghignazzò, e fu la mia ricompensa. «Me ne devi uno, junior» gli disse quando ero quasi uscito.

Con un sorriso che quasi mi aiutò a dimenticare che il resto di me stava andando a pezzi, lasciai il reparto collaudo e tornai in ufficio, in tempo per la teleconferenza, cui sopravvissi appena.

Forse Emilia aveva ragione. Forse stavo abusando del mio corpo e la stavo pagando. Mi presi un appunto mentale di cercare di andare a letto presto quella sera. Forse ne sarebbe valsa la pena, solo per vedere la sua faccia sbalordita.

Capitolo Dieci
Mia

Feci nuovamente tardi con il laboratorio di virologia e poi il gruppo di studio sulle malattie infettive. Buon Dio, il secondo anno di medicina era un divertimento unico.

E anche se non sarei arrivata a casa fin dopo le nove, sapevo che probabilmente avrei battuto la mia dolce metà di un paio d'ore. Restava sempre fino a tardi in ufficio dopo essere stato fuori città.

Quando i miei impegni scolastici erano aumentati, Adam l'aveva preso come un tacito permesso di ricominciare a fare lo stacanovista. E il nostro tempo insieme ne stava soffrendo.

Mentre andavo in camera, mi fermai nel mio studio a lasciare i libri e controllare le mail. Mi aspettava una risposta da mio fratello. Mi sembrava ancora strano usare quel termine, *mio fratello*. La lessi immediatamente, ma esitai prima di rispondere.

Voleva che ci incontrassimo. Una parte di me lo desiderava, un'altra parte era troppo spaventata.

Forse se Adam fosse venuto con me. O mia madre.

O entrambi.

Era ridicolo, perché era solo un uomo. Di che cosa avevo paura? Avrei dovuto rifletterci e quella sera ero troppo stanca.

Accesi la luce e feci un salto quando notai Adam a letto. *Che dormiva.*

Che ca…?

Controllai la sveglia… erano passate da poco le dieci. Non andava mai a letto così presto. Che cosa stava succedendo?

Spensi in fretta la luce, per non svegliarlo. Poi passai la mezz'ora seguente camminando in punta di piedi per la stanza, sbattendo contro i mobili al buio e imprecando sottovoce mentre mi preparavo per andare a letto.

Finalmente, esausta probabilmente come lui, rinunciai a studiare a letto come facevo di solito, mi accoccolai contro di lui e mi addormentai presto anch'io. Adam era andato a letto senza la maglietta, e dormiva con le sole mutande. Se non fossi stata mezza morta anch'io, avrei potuto essere tentata di svegliarlo per un po' di sesso.

Invece, mi girai e mi addormentai di colpo. Solo per essere svegliata qualche ora dopo da lui che si girava e rigirava. Stava ancora dormendo profondamente, ma aveva scalciato via il lenzuolo e la coperta e stava tremando.

Mezza addormentata anch'io, afferrai il lenzuolo attorcigliato intorno alle sue gambe e lo tirai su per coprirlo. Gli sfiorai il braccio e mi bloccai di colpo.

Era caldo.

O meglio, stava bruciando.

Gli misi il dorso della mano contro la fronte e lui si spostò, gemendo, ancora addormentato.

«Adam» dissi sottovoce e lui non si mosse. Quindi scesi dal letto e andai direttamente in bagno, all'armadietto dei medicinali e presi il sofisticato termometro da orecchio. Dubitavo che ce ne fosse uno in casa prima che mi ammalassi *io*. Da tipico scapolo in buona salute, Adam non aveva probabilmente mai pensato ad attrezzare la casa con il necessario per il primo soccorso. Ovviamente ci avevo pensato io per lui.

Feci un rapido controllo del termometro digitale per verificare che le batterie funzionassero, poi tornai in camera.

Adesso Adam era sdraiato sul fianco e tremava. «Adam, devo misurarti la febbre.»

La sua sola risposta fu un borbottio incoerente, quindi mi chinai e gli ficcai il maledetto termometro nell'orecchio. Adam mi schiaffeggiò via la mano, e non gentilmente. Gli afferrai la spalla e lo scossi, notando ancora un a volta il calore che emanava.

«Adam, *svegliati.*»

Aprì gli occhi, lentamente. Quando mi vide sopra di lui con uno strumento medico in mano, si mise seduto di colpo.

«Che c'è?» abbaiò.

«Stai bruciando.» Indicai il termometro che avevo in mano. «Ti devo misurare la febbre.»

Lui si strofinò la fronte. «Sto bene.»

Ma anche da quelle due parole, notai che la sua voce sembrava diversa, roca, un po' spessa. Come se la gola gli facesse male.

«Hai un virus o qualcosa. Non me lo sto inventando. Hai la febbre, lascia che te lo metta nell'orecchio.»

Lui prese il termometro e lo spostò, insieme alla mia mano, il più lontano possibile dalla sua testa. «Tu non mi ficcherai delle cose dentro. Dovrebbe essere l'opposto.»

«Non fare il somaro.» Sospirai, e gli rimisi il termometro accanto alla faccia. Avevo appena capito che Adam sarebbe stato un paziente infernale. Come avevo fatto a non immaginarlo?

«Adam, stai tremando e battendo i denti. Ora, a meno che tu voglia che resti qui tutta la notte finché ti addormenterai di nuovo, lascia che ti controlli la temperatura.»

«Okay, okay» disse. «Purché mi prometta che mi lascerai in pace se è normale.» Mi chinai e gli spinsi il termometro nell'orecchio. «*Ahi.* Quel timpano mi serve ancora.»

«Non fare il bambino.»

Qualche secondo dopo, sentii il bip del termometro. Lo estrassi, lessi lo schermo digitale e quasi lo lasciai cadere per lo shock. «Porca vacca!»

«Che c'è?»

«Hai quaranta di febbre. Troppo, decisamente troppo. Devi avere un virus o un'infezione.»

Adam gemette forme. «Non ho tempo per avere un virus.»

«Non ci puoi fare niente.»

Lui si appoggiò al cuscino, con i capelli umidi di sudore. «Gesù, mi sento di merda.»

«Ed è così da tutto il giorno, vero? È per questo che sei andato a letto così presto. Avrei dovuto capirlo.» Misi il termometro sul suo comodino. «Resta qui. Tornerò subito.»

«Ti posso garantire che non andrò da nessuna parte.» Si strofinò la fronte, con gli occhi chiusi.

Andai all'armadietto dei medicinali e presi un flacone di paracetamolo e una bottiglia d'acqua dal ripostiglio.

Adam non era a letto quando tornai, ma apparve quasi subito venendo dal bagno.

«Hai vomitato?»

«No, ho fatto pipì.»

Gli diedi due pillole e la bottiglia. «Ecco, prendile subito e se la temperatura non sarà scesa entro mezz'ora, faremo un viaggetto al pronto soccorso.»

Fece una smorfia, prese le pillole e la bottiglia e mandò giù tutto. «Non ho intenzione di andare al pronto soccorso.»

«Sì, invece, se lo dico io.» Gli indicai il letto. «Hai la febbre pericolosamente alta. Ora, te la senti di fare una doccia tiepida o preferisci che ti passi addosso una salvietta bagnata?»

Adam si lasciò cadere sul letto con un gemito, massaggiandosi il collo. «Nessuna delle due alternative. Ed è grave che stia rifiutando una spugnatura da te. Perfino se avessi indosso un costume da infermiera sexy.»

«Senti il collo rigido?»

«No, ma mi fa male. È un'influenza.»

«Sono io la studentessa di medicina, non tu.» Salendo sul letto dalla mia parte. Mi sedetti accanto a lui. «Mal di stomaco o pancia?» Premetti sulla sua spalla in modo che si sdraiasse piatto sul letto.

«Beh, *tu* stai diventando un po' un mal di pancia.»

Cominciai a palpargli lo stomaco e l'addome. Toccai un punto gonfio e Adam grugnì.

«La tua voce sembra strana. Hai mal di gola?»

«Mal di gola, mal di testa, dolori dappertutto, l'intero pacchetto... Ahi.» Si scostò di colpo quando controllai le ghiandole del collo.

«Mhmm, sensibili.»

«*Sensibili?* Mi hai fatto un male cane!»

«Ti ho a malapena toccato. Le tue ghiandole sembrano palle da golf. Sei stato vaccinato contro la parotite?»

«Paro... che?» disse. Sembrava di nuovo esausto.

«Orecchioni» gli risposi.

«Sì, ho fatto tutte le vaccinazioni da bambino.»

«Allora probabilmente è mononucleosi.» Lo coprii con il lenzuolo. «Ma non si può diagnosticare senza un esame del sangue.»

Adam si lasciò andare contro il cuscino. «Faccio un pisolino.»

Mi chinai e gli baciai la guancia bollente. «Ho intenzione di ficcarti quest'affare nell'orecchio tra venti minuti. Ti avviso.»

Adam brontolò qualcosa di incomprensibile in risposta, già semiaddormentato.

Quando ricontrollai, la sua temperatura si era abbassata ben di un grado. Sollevata, impostai una sveglia per tre ore e mezza dopo, quando avrei potuto dargli dell'altro farmaco. Avrei potuto farne a meno. Restai sveglia per assicurarmi che fosse coperto quando cominciava a tremare ma scoperto quando sembrava aver caldo. Invece di dormire, rimasi seduta a leggere un libro di testo sul tablet tenendo attentamente d'occhio il mio paziente non tanto paziente.

Al mattino, si sentiva peggio eppure, follemente (ma la cosa non mi sorprendeva), voleva andare a lavorare. Minacciai di sbarrare la porta con il mio corpo o attaccarmi fisicamente alla sua gamba così che dovesse trascinarmi. Nel suo stato non sarebbe stato in grado di opporre resistenza, anche se ci avesse provato.

Ciò che *veramente* mi fece capire che si sentiva di merda, però, fu il fatto che *non* discutesse quando lo sfidai.

Mi ci vollero parecchi giorni prima di convincerlo ad andare dal medico. E ogni giorno diventava sempre più scorbutico, ma sempre più malato.

Dopo la mia unica lezione di quel giorno, arrivai a casa la mattina tardi, andai nel suo spogliatoio e presi qualche vestito. Mi misi di fianco al letto con i vestiti che avevo scelto. Adam sembrava solo semi-cosciente, aveva la barba di tre giorni e un colorito cinereo.

«Forza, malatino, è ora di vestirsi.»

Lui s'illuminò, tirandosi su. «Mi sento meglio oggi. Penso che potrei andare a lavorare per qualche ora.» Si sedette e si portò la mano alla testa.

«Fa ancora male?»

«Sì.»

«E la tua temperatura è alta nonostante stia prendendo una montagna di pillole. Hai tenuto giù qualcosa?»

«Puah.» Sbatté gli occhi e spostò le gambe giù dal letto. Immaginai che la promessa di poter lavorare l'avrebbe convinto a lottare, anche mezzo morto, per portare il culo giù dal letto. Peccato per lui che non stessimo andando in ufficio. Non avevo intenzione di dirglielo finché non fosse stato vestito e pronto per andare.

«Quindi niente cibo. Hai bevuto l'acqua che ti ho lasciato accanto al letto, però, e va bene.»

Adam fece una smorfia. «Mi costringe ad alzarmi e andare a fare continuamente pipì.»

«Hai bisogno di liquidi.»

Si alzò, allacciando i pantaloni. «Se non mi sentissi come se fossi caduto dal quinto piano, i tuoi modi da dominatrice mi ecciterebbero da matti.»

«Ti piace giocare al dottore?» Mi misi le mani intorno alla vita. «Che ne dici di un pompino galattico quando ti sentirai meglio?»

Adam si fermò. «Un pompino perché sto meglio? Wow. Quest'ospedale mi piace già.»

Sorrisi. «Bene, perché è lì che stiamo andando. Adesso.»

Mi bloccò. «Io vado a lavorare.»

«Col cazzo che ci vai.» Mi misi le mani sui fianchi, in piedi davanti a lui. «Ti sei *visto* allo specchio? Vuoi che i tuoi dipendenti urlino e scappino terrorizzati quando ti vedono arrivare? Il capo zombie. Il ritorno degli AD morti viventi?»

Adam sbatté gli occhi. Sembrava doverci pensare, come se non fosse in grado di elaborare un concetto così complesso nel suo stato.

«Tu andrai dal medico, Adam.»

«Ma tu *sei* un medico.»

Scossi la testa. «Non ancora. Ti porterò al centro medico dell'università.»

«Non puoi rapirmi e portarmi dove non voglio andare. Non siamo *ancora* sposati.»

Lo fissai stringendo gli occhi. «Posso essere cocciuta quanto te, Adam Drake. Più cocciuta.»

Esitò, ma non gli diedi il tempo di elaborare un piano di fuga. Tirandolo per la mano, me lo trascinai dietro. «Vieni. Andiamo.»

Non ci furono ulteriori discussioni. *Uomini.* Così testardi, anche quando erano quasi in punto di morte.

Andammo a Orange, nella struttura dove avevo ricevuto la maggior parte dei trattamenti per il cancro e dove ora stavo studiando per diventare un medico. Quando arrivammo, l'infermiera prelevò il sangue ad Adam prima che gli assegnassero una sala visite. Adam si sedette, in mutande, rifiutandosi di indossare il camice di carta che gli avevano offerto. Mi lanciava occhiatacce, con le braccia conserte. Voltai la testa verso la parete, fingendo di ammirare le stampe artistiche mentre in realtà stavo cercando di evitare di ridere davanti al suo broncio.

Era carino quando recitava la parte del paziente riluttante.

Una volta ricomposta, mi voltai. «Beh, è un bel cambiamento… tu sul lettino ed io quella sana.»

«Già. Esilarante» rispose. Avrebbe aggiunto ancora qualcosa ma il medico bussò ed entrò. Era probabile che fosse un medico che conoscevo, ma fui piacevolmente sorpresa di vedere che era una dei miei insegnanti, la dottoressa Sharma.

Fu sorpresa di vedermi, come dimostrato dagli occhi sgranati e le sopracciglia inarcate. «Mia, salve» disse, guardando di nuovo il suo tablet dove probabilmente c'era la cartella di Adam, che mi diede un'occhiata. Sembrava… nervoso.

Gli chiesi sottovoce. «Vuoi che esca?» Lui scosse la testa. «La dottoressa Sharma è una dei miei insegnanti.» E a lei dissi: «Adam è il mio fidanzato. Ha la febbre alta da tre giorni. Linfonodi ingrossati. Dolori muscolari, nausea. Emicrania, ma quella è una ricorrenza abituale.»

Il medico guardò il tablet. Poi si avvicinò a lui. «Il test per la mononucleosi è risultato positivo.»

Adam imprecò sottovoce e distolse gli occhi. Io mi spostai per massaggiargli la schiena. «Va tutto bene. Devi riposare e prenderti cura di te.»

«Beh, faremo un'ecografia per controllare se ci sono gonfiori interni, ma, fondamentalmente, sì, ha un'infezione virale. Niente attività fisica e niente lavoro finché non la autorizzerò io.»

Adam si sedette eretto alla menzione del lavoro. «Per quanto tempo? Una settimana? Due?»

La dottoressa prese la sonda dall'ecografo e lo alzò. «Vediamo come va dentro, poi potrò darle una stima più precisa. Ora si sdrai.»

Spremette un po' di gel sugli addominali perfetti di Adam, e lui risucchiò il fiato.

«Mi dispiace per il freddo» si scusò la dottoressa Sharma e Adam alzò gli occhi al cielo mentre io cercavo di non ridere.

Il medico passò la sonda sull'addome di Adam prima di voltare lo schermo verso di me. La dottoressa Sharma, a quanto pareva, non perdeva mai un'occasione per insegnare.

«Che cosa vedi?» mi chiese

Mentre mi chinavo per vedermi meglio, sentivo lo sguardo minaccioso di Adam. Chiaramente non si stava divertendo. Gesù, era scorbutico.

Fissai lo schermo socchiudendo gli occhi. «Wow»

«Wow cosa?» ringhiò Adam.

«Uh uh.» La dottoressa annuì.

Mi rivolsi ad Adam. «La tua milza è estremamente gonfia.» Indicai la sua parte sinistra, in fondo alla cassa toracica. «Puoi perfino vederla se distendi l'addome. È probabilmente il motivo per cui ti faceva così male la spalla l'altra sera.»

«La milza? Esiste davvero?»

La dottoressa Sharma si mise a ridere. «È uno dei rischi della mononucleosi. Certi tessuti s'infiammano, come le sue ghiandole. Anche altri organi interni, come la milza, o il fegato. Lei ha un caso acuto di mononucleosi. Ha lavorato molto più del solito ultimamente? Stress? Mancanza di sonno?»

Diedi un'occhiata ad Adam, che rimase in silenzio a fissare il soffitto, con le mandibole serrate e la bocca in una linea sottile.

«Tutte e tre» risposi io. «Adam è... uhm... un lavoratore compulsivo.»

La dottoressa Sharma tolse la sonda e la rimise sull'ecografo. «Bene, adesso ha l'ordine del medico di rallentare.»

«Rallentare quanto?»

«Riposo a letto per almeno due settimane.» Scrisse qualcosa nella cartella. «Potrà alzarsi solo per andare in bagno. Sonno e fluidi, il più possibile. Mangi quando se la sentirà. Poi voglio rivederla. Dopo, almeno altre due settimane senza lavorare.»

Adam scosse la testa. «Quattro settimane? Non è possibile. Ho una società da gestire.»

La dottoressa Sharma aprì la bocca per rispondere poi la richiuse, dandomi un'occhiata eloquente. Un altro momento di insegnamento, a quanto pareva. «Adam, se non lo farai, la tua salute potrebbe, più che probabilmente, essere compromessa in permanenza.»

«Pfui» grugnì Adam. «E il nostro matrimonio. È tra soli due mesi.»

«È molto probabile che non te la sentiresti comunque di lavorare, almeno per le prossime settimane.» Presi una salvietta e gli tolsi il gel dallo stomaco. «Lavorerò io con la wedding planner. Tu hai bisogno di riposare o prolungherai solo la malattia. Poi starai male proprio quando dovremmo sposarci, quindi immagino che dovremo rimandare il matrimonio.»

Quello attirò la sua attenzione. Gli occhi stretti dicevano tutto. *Sul mio cadavere.*

Intervenne la dottoressa Sharma. «Dall'aspetto della sua milza, c'è parecchia infiammazione all'interno. Può causare un danno permanente ai suoi organi e tessuti se non starà più che attento con la convalescenza.»

«Cazzo.» Questa volta non mormorò.

«Inoltre» continuò la dottoressa. «Niente sforzi per almeno sei settimane, e niente attività sessuale.»

«Lei di sicuro sa come colpire un uomo quando è a terra» replicò Adam ed io scoppiai a ridere.

Gli presi la mano, che era veramente calda. «Andiamo a casa a vediamo di farti guarire.»

«Mi hai tolto tutto il divertimento» si lamentò quando la dottoressa Sharma uscì e dopo essersi vestito.

«Ascolta, bello. Io sono qui per farti seguire gli ordini. Non voglio che il mio novello sposo svenga sull'altare.»

«Niente sesso?» Fece una smorfia. «Quello è veramente stato un colpo basso.»

Stralunai gli occhi. «In questo momento, te la sentiresti veramente di farlo?»

«No, effettivamente no» ammise. «Ma me la sentirò di nuovo. E presto.»

«Oh, dai. Ce la farai. Un mucchio di coppie si astengono fino al matrimonio.»

Adam scosse la testa. «Fanculo.»

«Non essere scurrile.»

«La mononucleosi non è la malattia del bacio? Io ti bacio in continuazione. Perché non sei malata anche *tu*?»

«L'ho già fatta, quando ero alle medie. È raro prenderla più di una volta, e di solito non è forte come la prima volta. Comunque, per sicurezza, non ti bacerò sulla bocca per un po'.»

Lo accompagnai fuori dallo studio e guidai io fino a casa, anche se la cosa lo irritava. Normalmente guidava lui quando eravamo insieme, ma chiaramente non era in condizioni di farlo, considerando il mal di testa e la nausea.

Il poveretto era un disastro. E se si sentiva male come sembrava, sarebbe stato fuori combattimento per un bel po'. Ma, accidenti, era scorbutico quando era malato. E mi venne in mente che non lo avevo mai visto malato, nemmeno un raffreddore. Aveva il sistema immunitario di un alligatore.

«Nessuna di quelle cose è possibile, lo sai» dichiarò mentre guidavo.

«Nessuna di quali cose?» Gli diedi un'occhiata mentre uscivo dalla superstrada verso Newport Boulevard.

«Niente lavoro, niente allenamento. *Specialmente* niente sesso.»

«Adam, devi prenderlo seriamente. Ed essere vigile e fattivo riguardo al recupero. Altrimenti niente matrimonio. *Non* sto scherzando.» Lui fece un lungo sospiro. «In questo momento non te la senti comunque di fare niente. Quando comincerai a sentirti meglio, ma sarai ancora malato, *quello* sarà il vero test.»

«Sì, morirò di noia. Sarà *tanto* meglio.»

Alzai le spalle. «È il tuo corpo che ti dice di rallentare e di smettere di abusarne.»

«Il sesso non significa abusare del proprio corpo» ringhiò a denti stretti.

«Sei arrabbiato con me? Io sono in perfetta salute e ora devo farne a meno anch'io. Ma non mi senti lamentarmi.»

Mi guardò con la coda dell'occhio, come se avesse avuto un'idea scaltra e fosse veramente contento di sé. «Possiamo fare altra *roba,* no?»

Mi morsi il labbro ma non risposi.

Restò a bocca aperta. «*No?*»

«No, a meno che non ti dispiaccia, mhmm… non finire.»

«*Cosa?* Vuoi dire niente orgasmo?»

«Esatto. Qualunque cosa vigorosa, perfino un orgasmo, può sforzare la tua milza, almeno quando è super gonfia com'è adesso.»

«Ma mi *serve* veramente la milza?» piagnucolò. Arrivammo e parcheggiai l'auto con attenzione.

Risi, aprii la portiera e scesi. Aspettai che scendesse anche lui prima di continuare. «La milza filtra il sangue e lo purifica. Rimuove i microbi e le cellule ematiche vecchie o danneggiate. E fa funzionare il tuo epico sistema immunitario.»

Adam mi seguì al cancello che si apriva sul ponte verso Bay Island, dove vivevamo. «Beh, il mio epico sistema immunitario questa volta non ha fatto un gran bel lavoro.»

Gli passai il braccio intorno alla vita e attraversammo il ponte verso casa. «Poverino… smettila con le lamentele, okay. Quando io…»

Adam alzò la mano. «Non osare giocare la carta del cancro con me.»

Gli sorrisi. «Le batte tutte.»

«Bah» disse, passandomi una mano sul viso. Non obiettò nemmeno quando presi l'automobilina elettrica alla fine del ponte per percorrere la breve distanza fino a casa nostra. E quello mi confermò che si sentiva da schifo.

«Penso che tu debba fare un bel sonnellino lungo e poi ti preparerò qualcosa da mangiare.»

«Bleah… niente cibo.»

«Oh no.» Scossi la testa. «Tu insistevi a ficcarmi in bocca pezzi di pane tostato quando facevo la chemio. Mangerai almeno quello.»

«Uffa. Che cos'è questa? Una vendetta?»

Scossi la testa, ridendo. «È una rivincita.»

«Molto divertente.»

Più tardi lo guardai dormire, assicurandomi di controllare la sua temperatura, ancora alta, ma sotto i 38, un livello accettabile. Lo lasciai dormire per tutto il tempo che voleva e mi assicurai che avesse sempre liquidi freschi da bere sul comodino. Poi mi misi a letto con lui, appoggiandomi ai cuscini per poterlo tener d'occhio mentre studiavo.

Il quel momento, stava abbastanza male da non essere niente più di uno scorbutico brontolone. Ma sapevo di dover essere pronta per quando si sarebbe sentito meglio. Perché sarebbe tornato a essere il solito Adam testardo e avrebbe cercato di ignorare gli ordini del medico. Almeno avevo il matrimonio con cui ricattarlo per assicurarmi che si comportasse bene.

Poteva essere una cattiveria, ma se avessi perseverato, avrei avuto uno sposo sano al mio matrimonio esotico, lontano e probabilmente esagerato.

Capitolo Undici
Adam

NELLA STESSA SETTIMANA IN CUI STAVO MALE DA morire, licenziai il mio direttore informatico *e* ricevetti un ultimatum da parte del CDA. Avevo sei mesi per firmare un accordo pre- o post-matrimoniale con la mia sposa legale oppure avrei dovuto affrontare la valutazione di un comitato. Se avessero deciso che stavo violando il dovere fiduciario, mi avrebbero rimosso come amministratore delegato della Draco Multimedia Entertainment.

Questo sì che era un triplo smacco. Fanculo la mia vita.

La cosa peggiore era che, per la prima volta nella mia vita, *da sempre*, non avevo voglia di fare altro che restare a letto, dormire e fissare il soffitto. Perfino allungare la mano per prendere un bicchier d'acqua e mettermi abbastanza diritto da poter bere era troppo. Emilia risolse il problema comprandomi parecchie tazze isolate con lunghe cannucce flessibili in modo che potessi bere restando sdraiato. Ero un patetico rudere.

Emilia mi stava troppo addosso, tanto che dovetti cacciarla dalla stanza, ordinandole di andare a studiare dove doveva, nel suo studio.

Durante quella prima settimana rimasi appeso con le unghie al bordo del precipizio. Ma la situazione migliorò. *Lentamente.*

La settimana seguente arrivò Jordan con documenti vari. Passava da me mentre andava o tornava dall'ufficio. Il suo sguardo non incontrava mai il mio, ed io preferivo così. C'era decisamente un mucchio di gelo tra di noi.

Emilia lasciò correre quella minima quantità di lavoro, ma mi sorvegliava come un Rottweiler. Se osavo aprire il laptop, che, stranamente sembrava non essere mai dove l'avevo lasciato, appariva immediatamente, pronta a richiuderlo.

Dio santo, mi stava facendo impazzire.

L'unico momento di pace che avevo era quando era all'università, ed era la maggior parte del tempo. E mi mancava dopo un'ora o due, nonostante mi irritasse quando c'era. Era uno scenario senza possibilità di vittoria. Mi sentivo come un personaggio di Star Trek, con il mio test privato della *Kobayashi Maru.*

Niente mi rendeva felice. O tutto mi rendeva depresso. Non avevo ancora deciso quale alternativa fosse quella giusta.

Alla fine della seconda settimana, quando cominciavo a sentirmi leggermente meglio, venne a trovarmi Heath, una completa sorpresa. Immaginai che fosse venuto per discutere il suo ruolo nella cerimonia di nozze. Stranamente arrivò in un momento in cui sapeva perfettamente che Emilia era in classe.

A quel punto, riuscivo a restare seduto. Quindi ci mettemmo sul portico fuori dal mio ufficio ed io bevetti la limonata (il medico mi aveva proibito l'alcol). Quella donna era al primo posto nella mia lista degli stronzi in quei giorni. Okay, al secondo posto dopo Jordan. O forse anche più giù, se contavo il resto dei bastardi nel CDA.

Cercai di non pensarci mentre scambiavo chiacchiere imbarazzate con Heath chiaramente imbronciato. Emilia non scherzava quando mi aveva detto quanto fosse depresso per il fatto che Connor restasse in Irlanda. Dieci minuti alla sua presenza e avevo bisogno di tornare a letto, seriamente.

Parlammo di roba a caso, il gioco, qualunque cosa. In realtà non avevo quasi mai passato del tempo da solo con Heath, ed era triste perché era un amico, pressappoco da quando ero amico di Emilia. Ero a *tanto così* dal suggerire che prendessimo i laptop e giocassimo invece di restare lì e cercare di conversare.

«Mia dice che non hai idea di chi abbia implementato *La missione del matrimonio di lord Sisyphus* o perfino di che cosa faccia» disse Heath mentre, a occhi socchiusi, guardava dal balcone le barche a zonzo per la baia.

«Sì... mi sorprende che l'abbia scoperta» risposi. «Alcune persone ne hanno parlato sui social media. La chiamano la nuova missione segreta, ma il clamore non è ancora iniziato.»

«Voci di popolo dicono che la catena della missione è spezzata. La gente non riesce ad andare oltre il dialogo iniziale con colui che propone la missione.»

Mi grattai la guancia. «Uh. È strano. Il tizio al reparto collaudo dice che funziona perfettamente. L'ha testata lui stesso.»

Heath alzò le spalle e bevve un altro sorso di limonata. Le sue spalle si afflosciavano sempre più, man mano che passavano i minuti. «Forse dovresti provarci, visto che sembra che tu abbia più tempo che cose da fare.»

Mi massaggiai il collo, che mi faceva ancora un male cane. Ma dato che non mi stavo rasando, mi prudeva anche. Era un dilemma che non riuscivo a risolvere, come tutto il resto.

«Sì, forse lo farò.»

Passarono ancora alcuni minuti e Heath cominciò ad agitarsi, quindi gli diedi una via d'uscita dicendogli che mi sentivo stanco e non era una bugia. In quei giorni ero *sempre* stanco. Heath si frugò in tasca cercando le chiavi, ma invece di seguirmi in modo che potessi accompagnarlo almeno fino al pianerottolo, giocherellò con il portachiavi. Poi mise due chiavi sul tavolo di fuori prima di voltarsi e seguirmi.

Le riconobbi immediatamente. Avevano una forma particolare, con un ovale asimmetrico e la parola *Porsche* incisa a grandi lettere. Restai fermo, senza spostarmi quando me lo chiese.

«Perché?» Indicai il tavolo. «Perché stai lasciando qui le chiavi della tua auto?»

«Sono le chiavi della *tua* auto. Ti sto restituendo la Porsche. È parcheggiata in un punto sicuro da questa parte di Edgewater Street. Non puoi mancarla. Sono sicuro che Mia sarà in grado di spostarla nel parcheggio.»

Sbattei gli occhi. «L'auto è tua. Ho firmato il passaggio di proprietà. La guidi da oltre un anno.»

Abbassò la testa quando si rese conto che non lo avrei lasciato passare finché non si fosse spiegato. «Te la restituisco. Ti ringrazio, amico… ma non posso prendermene cura come merita. E divento nervoso tutte le volte che la parcheggio. Ho sempre paura che qualche stronzo la graffi o che qualche uccello ci caghi sopra. Non riesco a divertirmi quando la porto fuori. Mi sta facendo venire l'esaurimento nervoso. Non assomiglia a una donna?» Alzò le spalle. «Sarà per quello che mi piacciono gli uomini.»

Ero perplesso mentre cercavo di seguire il suo ragionamento. Heath adorava quell'auto quasi quanto me. Se l'era quasi fatta addosso quando gliel'avevo regalata. *E* la paragonava a una donna. Era attaccato a quell'auto. Decisamente.

«Non ho intenzione di riprenderla.» Incrociai le braccia sul petto. «È tua. Una volta che regalo qualcosa, è definitivo. Dovresti saperlo oramai.»

«Per favore prendila, Adam. Non posso… adesso non posso.» Gli tremava la voce mentre lo diceva. Distolsi gli occhi per lasciargli un po' di dignità, riconoscendo lo stato vulnerabile in cui si trovava in quei giorni.

«La prenderò a una condizione.» Lo guardai negli occhi. «Siamo d'accordo che è ancora tua e che la terrò per un po' per te. La guiderò e farò fare la manutenzione come facevo prima. Ma è tua. E tu verrai a riprenderla una volta che ti sentirai pronto.»

Heath esitò. «Dico di sì solo perché non ho la forza di discutere con te in questo momento.»

«Bene. Non ne ho la forza nemmeno io. Ora… come vai a casa?»

Heath alzò il telefono. «Ho appena chiamato un Uber.» Mi fermò quando feci per accompagnarlo. «Va bene così. Conosco la strada. Devi andare a letto. Hai un aspetto tremendo.»

Feci una smorfia. «Grazie. Temo che, nelle condizioni in cui mi trovo, potrei cadere dalle scale e dover forzatamente mancare altri giorni di scuola» dissi citando *Una pazza giornata di vacanza*.

Heath sorrise, solo con metà bocca, come se, depresso com'era, non potesse permettersi di mostrare completamente il suo divertimento. «Salve, Ferris Bueller» rispose a bassa voce.

Mi seguì fino al pianerottolo. Quando mi voltai e mi fermai, gli misi la mano sulla spalla. «Se mai avrai bisogno di qualcosa, io sono qui. E, ovviamente anche Emilia troverà sempre tempo per te. Lo sai.» Era imbarazzante e formale, ma penso che capisse il sentimento che c'era dietro.

Heath annuì, evitando di guardarmi negli occhi. «Grazie, amico. Lo apprezzo.»

E se ne andò. Lo guardai andar via e continuai a rimuginare. Avrei dovuto parlarne con Emilia quando fosse arrivata a casa, per tenerla al corrente della situazione. Avevo la sensazione che Heath avesse davanti a sé una strada molto lunga e sapevo abbastanza della depressione, avendola sperimentata con dei membri della famiglia già in giovane età, per sapere che Heath vi stava sprofondando.

Aveva bisogno di una rete di sostegno, ed era ciò che dovevamo essere per lui. Se solo fossimo riusciti a capire come.

Andai a letto per un lungo sonnellino, sbalordito che trenta minuti di conversazione con Heath mi avessero stancato tanto. Mi svegliai verso l'ora di cena. Un messaggio della cuoca mi informò che aveva lasciato la cena nello scaldavivande. Mi aspettava un altro messaggio di Emilia che mi informava che quella sera avrebbe fatto tardi. Era corsa a casa per controllarmi tra un impegno e l'altro, ma non aveva voluto svegliarmi perché stavo dormendo profondamente.

Dopo cena, ascoltai il consiglio di Heath e presi il laptop, dato che Emilia non era in giro per togliermelo dalle mani, e cominciai la missione aprendo un dialogo con il nuovo Banditore, che era accanto al generale Sylvan Wood.

FallenOne dice: "Salve, Banditore"

Il Banditore dice: "Il gran signore di tutte le terre sta per sposarsi. La sua fortunata sposa? La principessa Emma."

Il Banditore ha offerto a FallenOne La missione del matrimonio di lord Sisyphus.

Tu hai accettato La missione del matrimonio di lord Sisyphus.

Il tuo primo compito: Vai nel posto in cui sua signoria incontrò la principessa per la prima volta e lascia un mazzo di rose in quel punto.

Guardai lo schermo, perplesso, riflettendo. Come diavolo potevo sapere io, o qualunque altro giocatore se era per questo, dove questo personaggio fittizio, con il quale a volte giocavo per gli eventi ufficiali, aveva incontrato una principessa, inesistente se non per questa missione? Che diavolo di missione era? Dov'era la garanzia di qualità?

Sembrava... personale, però. Come se fosse applicabile a cose che solo io conoscevo. E lei, ovviamente. Poteva essere stata Emilia a implementarla?

Scossi la testa, rifiutando quasi immediatamente quella possibilità. Non era assolutamente possibile che fosse un'attrice tanto brava.

«Ehi.» Emilia entrò nella stanza buia. Non l'avevo sentita entrare né l'avevo vista accendere la luce in corridoio. Lì, sdraiato sul mio lato del letto, l'unica fonte di luce era il bagliore dello schermo del computer.

«Stai lavorando?» mi chiese senza preamboli, e un tono di voce leggermente accusatorio.

«No, Vostra Maestà. Sto giocando a DE.»

Restò a bocca aperta. «Ah. Non mi ero resa conto che giocassi ancora. Pensavo che avessi rinunciato quando abbiamo smesso di giocare come gruppo.»

«Sono mesi che non gioco, dall'ultima volta in cui abbiamo giocato insieme. Ma volevo arrivare in fondo a questo mistero di lord Sisyphus.»

Emilia accese la luce ed io socchiusi gli occhi. Entrò nella stanza, scusandosi mentre si toglieva la felpa. «È un mistero? Non sai ancora perché è lì e chi ce l'ha messa?»

«No.»

«Sei l'amministratore delegato della società. Non te lo possono nascondere, no? Dovresti pretendere delle risposte. Sei il capo di tutti.»

Evitai di guardarla, con la vergogna, la rabbia e l'imbarazzo che mi bruciavano nel petto. *Se solo avesse saputo...*

La notizia dell'ultimatum del CDA mi stava ancora pesando addosso come un'ancora. Non passava un'ora senza che ci pensassi o che inveissi.

Sospirando, chiusi il laptop a metà del gioco, sapendo che mi sarei scollegato automaticamente.

«Ti senti bene?» mi chiese. «Devo riempirti la bottiglia d'acqua?»

«Ho bisogno che venga qui e che parli con me per un po'.»

Emilia sorrise. «Okay.»

Si mise sul letto accanto a me e mi prese la mano. Le raccontai della strana visita di Heath e lei mi fece qualche domanda. Decise di andare a trovarlo e anche di parlare con Kat. Ma disse che era sprofondato nella depressione anche quando aveva rotto con il suo precedente boyfriend, anni prima.

Restammo in silenzio a lungo, ognuno perso nei suoi pensieri. Lei fissava il soffitto giocherellando con le mie dita. Ma sembrava molto attenta a non toccarmi in nessun altro modo.

Non ne avevo voglia in quei giorni.

Non me la sentivo di fare niente. Era troppo stancante perfino pensare.

«Stai bene?» La sua domanda sommessa interruppe il silenzio.

Alzai le spalle.

«Sembri giù. So che ammalarti e non poter far niente può essere estremamente difficile per una persona come te, quindi… volevo solo controllare.»

«Una persona come me?»

Emilia sorrise. «Sì. Quelli che sono costantemente in moto e non riposano mai. Quelli con troppi obiettivi e non abbastanza tempo.»

«Troppi obiettivi? È quello il mio problema?»

«Sto arrivando alla conclusione che non sei dipendente dal lavoro, ma dalla realizzazione, sei dipendente dall'arrivare a compiere la prossima grande cosa.»

Non mi piaceva quella parola, dipendente. Per me aveva troppe associazioni dolorose. Ma non si sbagliava. Il problema era che non avevo idea di quale sarebbe stata la prossima grande realizzazione e con tutte le difficoltà che avevo con la società, stavo cominciando anche a interrogarmi sulla direzione che volevo prendere.

«A volte mi sembra di stare a un crocevia. Come se qualcosa di grosso stesse per cambiare ciò su cui mi devo concentrare.»

Emilia si voltò a guardarmi a lungo. Cominciavo a sentire le palpebre pesanti. «Mi stavo chiedendo quando ti sarebbe venuta voglia di cominciare a cercare la prossima cosa grossa su cui lavorare.»

Aggrottai le sopracciglia. Emilia non era nemmeno sorpresa da quella notizia. Perché avevo la sensazione che mi conoscesse meglio di quanto io conoscevo me stesso? Mi portai la sua mano alle labbra e la baciai.

Lei si preparò per venire a letto e si addormentò in pochi minuti. E anche se anch'io ero completamente esausto, non riuscii a dormire. Restai sdraiato al buio a fissare il soffitto, sentendomi sempre più impotente e arrabbiato per la mia salute, la società, il mio futuro. Ero sull'orlo di un precipizio. In più di un modo. E quello mi portò solo un altro mal di testa.

Fanculo la mia vita.

Capitolo Dodici
Mia

PER UNA BOTTA DI SFORTUNA, L'INCONTRO DI ADAM CON il virus di Epstein-Barr mi costrinse a presentarmi da sola a una cena del vicinato. La buona notizia? Dovevo fare solo un paio di centinaia di metri coi tacchi alti, fino all'altra parte di Bay Island per partecipare. La cattiva notizia? La compagnia. Erano brave persone i nostri vicini… ma tutt'altro che la mia compagnia ideale.

Ci sono i pesci fuor d'acqua e poi ci sono… gli umani in visita a un pianeta alieno. Io ero Spock, l'unico vulcaniano nella Flotta Stellare. *Portami su, Scotty. Qui non c'è vita intelligente.*

Ovviamente mi sarebbe piaciuto annullare, citando la malattia di Adam come scusa. Ma Adam ed io ci eravamo già tirati indietro tre volte. Temevo che ci fosse una probabilità piuttosto alta di offendere i nostri vicini, anche con la scusa legittima della sua salute. Quindi ero lì, a sacrificarmi per la squadra. Speravo che il mio compagno di squadra mi fosse debitamente riconoscente.

Questi eventi erano già abbastanza penosi quando avevo Adam al mio fianco. Allora avevo qualcuno obbligato a sopportare il mio sarcasmo, di solito sotto forma di commenti mormorati che poteva sentire solo lui, che perlomeno fingeva di trovarli divertenti.

Ero lì, nel quartiere più esclusivo di Newport Beach dove ora vivevo. Ed ero una loro vicina di casa, la futura moglie e comproprietaria di una casa del quartiere, di "quel genietto tecnologico" come a volte avevo sentito parlare di Adam. In effetti, Adam era almeno un decennio più giovane di tutti loro. E anche se qualcuno tra di loro, come lui, si era fatto da solo, molti erano ricchi di seconda o terza generazione.

«Mia, è un piacere vederti» mi salutò Sonya, la mia ospite quando arrivai. Era la metà di una potente coppia politica. Appoggiò la guancia alla mia, e baciò l'aria. «Come va il fidanzato ammalato? Probabilmente la starà mettendo giù dura, come tutti gli uomini.»

«Sonya, sono contenta di vederti» dissi, consegnandole la bottiglia di vino insieme al burro gourmet fresco della nostra cuoca in un elegante contenitore di ceramica. Sonya commentò che non vedeva l'ora di assaggiarlo. Mi sentii meglio e quasi lasciai andare il fiato che stavo trattenendo. Per me, i regali per le ospiti erano fonte di stress per metà settimana. Era solo per caso, o perché avevo la fortuna di avere dei consiglieri eccezionali, come la cuoca di Adam o la sua assistente, che riuscivo a fare la cosa giusta.

Andai a stringere la mano al marito di Sonya, il membro della Camera dei Rappresentanti Alan Thurston, un uomo attraente più vecchio di lei di almeno quindici anni. «Grazie per l'invito. Adam è così dispiaciuto di non essere potuto venire.»

In verità, Adam era a casa a giocare a DE in pigiama, quello stronzo. Aveva pianto esattamente zero lacrime amare per il fatto che stessi andando senza di lui. Aveva giustamente rinunciato a prendermi in giro perché dovevo andare da sola.

Buon per lui. Ma si capiva che ci era andato pericolosamente vicino.

C'erano sei coppie in tutto, mi correggo, cinque coppie, io e il fantasma del mio compagno che era così crudele da aggiornarmi ogni tanto con un messaggio sui suoi progressi nella missione. Probabilmente sogghignava ogni volta che premeva invio, il maledetto.

Se non fosse stato così malato, il culo di Adam Drake sarebbe stato Alderaan ed io sarei stata la Morte Nera. Avrebbe sentito una *grande perturbazione nella Forza*, giusto…

Ciò nonostante, la cena fu piacevole. La casa, ovviamente, era favolosa, con una sala da pranzo tutta vetri che offriva un panorama stupendo. Chiacchierammo e la gente mi chiese dei programmi per il mio matrimonio e fece le solite battute sul "sacro vincolo del matrimonio". Ed io finsi di essere divertita, con la mia risata falsa.

Dopo cena, le cose diventarono pesanti. Tutti gli uomini erano rimasti a tavola e discutevano di affari e delle notizie correnti mentre le mogli si erano spostate sul divano per bere il caffè e spettegolare. Oh, quanto dovetti sforzarmi per evitare di alzare gli occhi al cielo pensando a quanto poco fossero cambiate le cose dal tempo di *Downton Abbey*.

Agli uomini mancavano solo i sigari e le giacche da camera per completare l'immagine. *Signore, non abbiamo fatto qualche progresso dal secolo scorso?* Avevamo ottenuto il diritto di voto, il diritto di possedere terreni e avere il nostro conto in banca. Eppure eccoci qui, separati per sesso a parlare del nulla.

«Mia, hai un aspetto stupendo. La tua pelle ha quello splendore rosato da futura sposa.» Sonya, la nostra ospite, si portò alle labbra la tazza di caffè (con più Baileys che caffè).

Io alzai imbarazzata la mano alla guancia calda. «Oh, grazie.»

«Forse è la gioia di non dover più andare all'università» aggiunse allegramente Susanna, la vicina che aveva la casa alla destra della nostra.

La guardai confusa. *Non andare all'università?* Di che diavolo stava parlando? La mia palese confusione la fermò e lei mi diede un'occhiata quasi comica.

«Non hai intenzione di abbandonare l'università? Mi dispiace. Pensavo che non avessi più bisogno di frequentarla.»

Non avessi più bisogno? Che diavolo? Perché pensava una cosa simile? Secondo lei stavo frequentando l'università e dedicandovi tutto quel tempo, energia e capacità mentali, solo per passare il tempo finché non avessi acchiappato un marito ricco? Forse tutta la sua "carriera" era ruotata sul catturare un uomo ricco. Ma non la *mia*.

Adam sarebbe stato il mio compagno ideale, anche se avesse avuto solo venti dollari sul conto. Ne ero sicura.

Quando risposi fu a denti un po' stretti. «Ho già fatto quasi un anno e mezzo… non c'è motivo di abbandonare adesso.»

Il sorriso restò immobile sul suo viso liscio, con la pelle che brillava di falsa abbronzatura. «Ma non sono solo i quattro anni di università. Dopo c'è l'internato e il tirocinio e poi la specializzazione.»

Continuavo a dimenticare che il padre di Susanna era un medico in pensione, un rinomato chirurgo plastico. Ma lei raramente permetteva agli altri di dimenticarlo. Stava *ancora* parlando. «Non riesco a immaginare come potresti fare tutto mentre cerchi di metter su casa, tieni in piedi un matrimonio e, ovviamente, hai dei figli.» Si accarezzò la pancia; aveva appena annunciato la gravidanza.

Lottai per evitare di mostrare quello che stavo pensando. Era naturale che venisse tirato in ballo l'argomento dei figli quando una donna stava per sposarsi, ma per me era un argomento penoso. E mi portò a pensare che Adam ed io non ne avevamo ancora discusso. Dentro di me gemetti. Un'ennesima difficile conversazione da avere in cima a tutti i problemi che riguardavano il suo lavoro e a quelli che aveva con Jordan.

Tante conversazioni da fare. Eppure non le avevamo fatte. Ci danzavamo attorno da professionisti.

Feci un respiro profondo. «Sì, mi rendo conto che sia un impegno pesante, ma sono veramente eccitata di poter essere un medico, un giorno.»

«E Adam è d'accordo con quel programma?» chiese Trish, una bionda impeccabile, che era rimasta in silenzio per la maggior parte del tempo. Trish era la più vicina a me per età eppure era cresciuta come *socialite*, ed era al secondo marito, il ricco magnate dei media, James Sinclair.

«Ovviamente» risposi, sorseggiando il caffè e guardandomi attorno per qualcosa, qualunque cosa cogliesse il mio sguardo in modo da poter cambiare argomento. «Oh, quel dipinto sopra la mensola è splendido. È un Corona del Mar?»

Sapevo che non era così. Non me ne importava un fico secco. Sonya mi corresse in fretta. Argomento cambiato.

Passarono a un argomento diverso per qualche minuto, poi tornarono a me. E questa volta erano consigli matrimoniali. *Perfetto.*

Oh, come l'avrei fatta pagare ad Adam.

«Non devi mai rifiutarti» mi consigliò Audra, la più vecchia del gruppo, sulla cinquantina. Era quella sposata da più tempo tra di noi, anche se era la seconda moglie di suo marito. Si diceva che fosse stata lei la rovinafamiglie responsabile per la fine del suo primo matrimonio.

«Intendi dire non essere mai in disaccordo?» Perché avrei fallito immediatamente. Nessuna meraviglia che fosse ancora sposata con il maritino. Perché liberarsi di una moglie zerbino?

«No, sto parlando del sesso.» Quasi sputai il caffè. «Verrà a casa tardi dal lavoro o da un lungo viaggio e vorrà fare sesso. Tu potresti essere stanca o non avere voglia. Ma non respingerlo mai. Se non otterrà ciò che vuole a casa, e se non è piccante ed eccitante, lo troverà altrove. Con facilità. Con *troppa* facilità.»

Quasi ingoiai la lingua. C'era parecchio che avrei potuto dire. Come per esempio, cosa sarebbe successo se fossi stata *io* a volerlo e lui fosse stato troppo stanco, o non avesse avuto voglia o soffrisse il jet-lag o qualunque altra cosa? Parità di esigenze sessuali.

«È quella la chiave» s'inserì Trish. «Trovare il modo di soddisfarlo, mantenerlo soddisfatto e minimizzare i conflitti. È questione di equilibrio.»

Un quarto d'ora di questa chiacchierata post-cena con le donne e il telefono mi stava bruciando un buco in tasca mentre speravo che suonasse. *Per favore, maledizione. Per favore.* Se avessi potuto mandare un messaggio mentale a Kat, tipo Jedi, nel modo in cui Luke faceva con Leia alla fine dell'*Impero,* la sua testa avrebbe risuonato tanto da rotolarle dalle spalle. Parecchio disperata, mi resi conto che all'orario prefissato mancava ancora un'ora. Merda. Un'altra ora di quella roba.

«Quanti anni hai? Ventiquattro?» chiese Sonya, riempiendo la tazza di caffè. «Hai ancora qualche anno. Ma prima di arrivare ai trenta, dovresti cominciare. Non credi Julia?»

«Botox?» La rossa, che avevo appena conosciuto, si ringalluzzì. «Oh Dio, sì. Io ho cominciato a venticinque. La miglior decisione che abbia mai preso.» Si passò un dito dall'angolo dell'occhio giù lungo la guancia, come per mostrare quanti dei suoi muscoli non funzionavano più per conto loro. Si voltò verso di me, con la faccia completamente inespressiva, di plastica. «Se vuoi una consultazione con la mia dermatologa, sarò lieta di darti il suo numero.»

Botox? Che ca... non potevano essere serie... ed ero sicura che la mia incredulità si vedesse sul mio volto perché Audra, che era seduta accanto a me, mi diede un colpetto sul ginocchio. «Non c'è bisogno che cominci così presto. Hai una pelle perfetta, ma è meglio prevenire. Devi programmare in anticipo altrimenti arriverai ai trenta e lui comincerà a guardarsi intorno.» Cenni affermativi tutti intorno, eccetto Julia, che sorseggiava schiva dalla sua tazza. «Perché è dappertutto. Continuamente. Direttamente in faccia. È veramente difficile per loro, sai. Devono costantemente dire no a ciò che viene offerto apertamente, sai che cosa voglio dire?»

Fai solo cenno di sì, Mia. Annuisci. Ma no... aggrottai la fronte, completamente perplessa. Non capivo a che cosa si stesse riferendo. «No.»

«Sesso, Mia. Donne» disse Trish. «Ci sono donne dappertutto, come avvoltoi che sentono l'odore della morte di un matrimonio da chilometri di distanza. E a volte, molte volte, non aspettano che un matrimonio finisca.» Tutte evitarono di guardare Audra durante questo discorso.

«Certamente Adam attirerà un sacco di attenzioni» aggiunse Sonya, con un sorriso sulle labbra.

«È già *così*» aggiunse Trish prima di voltarsi tutta allegra verso di me. «Il tuo futuro maritino è uno spettacolo per gli occhi.» Deglutii, sentendomi di colpo nauseata. «Sai che sta già succedendo, vero? Quando è in viaggio, per esempio, gli offrono il sesso su un piatto d'argento, ogni giorno.»

Sorrise davanti alla mia espressione sbalordita. «Non hai niente di cui preoccuparti adesso. È disperatamente innamorato. Assicurati che resti così. Gli uomini normali tradiscono continuamente. Succede anche quando non ricevono le stesse offerte dei nostri.»

Julia aggiunse la sua. «Ma a volte, passare sopra a una breve indiscrezione è il modo migliore per occuparsene quando succede. Invece di ingigantirla fuori misura.»

Ora riuscivo a malapena a deglutire. Adam ed io non eravamo ancora sposati, e loro avevano già previsto che mi tradisse e che io lo perdonassi. Ero a *tanto così* da vomitare la cena.

«A meno, ovviamente, che tu non abbia una clausola di tradimento nel tuo accordo pre-matrimoniale» aggiunse Audra, ridendo. «Allora puoi lasciarlo in mutande.» Le donne scoppiarono tutte a ridere, cogliendo l'attenzione degli uomini che si avvicinarono a noi. Naturalmente la conversazione passò a un argomento innocuo. *Grazie a Dio.*

Ma continuai a rimuginare le loro parole... cose a cui non avevo veramente mai pensato prima. Come il fatto che dozzine, montagne di donne con corpi da modella e capelli e pelle sempre perfetti offrissero continuamente sesso ad Adam. Nessuna di loro sarebbe tornata a casa da lui con un'informe divisa ospedaliera per cadere addormentata, esausta, prima ancora che potesse iniziare una conversazione.

Adam aveva già avuto una stalker semi-folle al lavoro. Cari, una stagista, era passata dall'avere una cotta per lui a nascondere un'ossessione da pazzoide che era cresciuta fino al punto in cui Adam aveva dovuto licenziarla per aver fatto alcune cose orribili e crudeli. Cose che erano state motivate dalla sua gelosia nei *miei* confronti.

Ma pensare che ce ne fossero dozzine o più da dove veniva Cari… e alcune non così pazze. E probabilmente molto più furbe. La maggior parte di loro non avrebbe badato alle sue tendenze da stacanovista. Avrebbero apprezzato ciò che vedevano anche oltre il suo mostruoso valore netto. E non migliorava le cose che Adam avesse un aspetto da stella del cinema.

Era veramente un pacchetto completo e fino a quel momento non avevo avuto nessuna difficoltà a vantarmi con me stessa che fosse *tutto mio.*

I dubbi, insidiosi con i loro sussurri sommessi, cominciarono ad alzare la voce. Lui era deciso che ci sposassimo *adesso.* Perché? Io ero completamente d'accordo. Ma e se, un giorno, io non gli fossi più bastata? E se, in un momento di debolezza, lui avesse ceduto anche a una sola di quelle molte tentazioni? Nessun uomo è perfetto, dopotutto…

Grazie al cielo, non molto dopo, la chiamata di Katya interruppe il mio rimuginare e mi permise di congedarmi dalla mia ospite. Dissi che dovevo andare a casa a controllare Adam. Uno dei mariti scherzò dicendo che avrei dovuto indossare un costume da infermiera sexy per rallegrarlo mentre mi occupavo di lui. Nessuno di loro sapeva che Adam rischiava la rottura della milza, quindi risi invece di condividere l'informazione personale sulla proibizione di far sesso che ci era stata imposta.

Mi trascinai a casa, persa nei miei pensieri. Premendo il pollice alla serratura biometrica, entrai e chiusi piano la porta alle mie spalle, poi salii le scale. Nella nostra stanza, Adam era a letto e stava ancora giocando sul laptop.

Ero così agitata che andai direttamente in bagno per calmarmi. Mentre mi toglievo gli orecchini e gli altri gioielli, mi fermai prima di togliermi il trucco. Immobile, fissai gli occhi castani preoccupati che mi guardavano dallo specchio.

Avrei dovuto farmi vedere con il trucco, prima di togliermelo? Avevo ancora un bell'aspetto. Di solito, in casa Adam mi vedeva con la faccia pulita. E se avesse pensato che ero troppo semplice e trasandata per via del modo in cui mi vestivo?

Sentii formarsi un nodo in gola, difficile da deglutire, che mi rendeva difficile respirare. Mi si seccò la bocca. In passato non mi avevano voluto… sapevo che cosa significava. Il mio stesso padre non mi aveva voluto e tutta quell'emozione era riemersa fresca grazie alla mia corrispondenza con Glen.

Sentii lo stomaco che si stringeva, in subbuglio per la nausea.

Un giorno Adam mi avrebbe respinto? Ricordavo di nuovo quella sensazione, quando lo *aveva fatto*. Qualche settimana dopo essermi ripresa dal cancro, mi aveva mandato da mia madre. Eravamo vissuti separati per mesi, senza sentirci. Ci *aveva* aiutato a guarire, ma io mi ero sentita depressa. Se mi avesse lasciato dopo esserci sposati, sarebbe stata quella sensazione moltiplicata mille volte. *Oh Dio.*

E che cosa sarebbe successo quando avrebbe voluto un figlio? E se non fossi stata in grado di darglielo? Avrebbe trovato una donna capace di farlo? Non avevo avuto un vero e proprio ciclo dopo la fine della chemioterapia. A volte un flusso leggero o qualche piccola perdita, ma niente che indicasse che la mia fertilità potesse tornare. C'erano buone possibilità che fosse andata per sempre.

Tra dieci anni, Adam avrebbe avuto quasi quarant'anni e avrebbe voluto un figlio. E avrebbe potuto trovare una cosina giovane che glielo avrebbe dato.

Ed io sarei stata tra le quinte, in attesa, a osservarlo con la sua nuova famiglia. Sarei stata la ex-moglie matura, che si rifiutava di scrivere un libro-verità su di lui o rilasciare interviste con la stampa? Sarei rimasta impassibile mentre il mondo guardava, e si faceva domande sulla mia umiliazione mentre soffrivo in silenzio?

Oh Dio. Mi chinai sul lavandino, aprendo il rubinetto, sentendo acutamente ogni singolo fallimento, reale o immaginario, storico o attuale. Nonostante le mie precedenti paure, mi gettai acqua fredda sul viso. Ma non fece altro che far colare il mascara. Come avrei potuto affrontare…

«Hai passato una bella serata?» Adam mi interruppe quando infilò la testa nel bagno. Rimasi lì, a fissarmi a bocca aperta nello specchio, con l'acqua che continuava a scorrere. Chiusi il rubinetto sbattendo gli occhi.

«Sì, certo» mormorai, evitando il suo sguardo nello specchio. «Come ti senti?»

«Cosa c'è che non va?»

Sospirai. Non volevo che vedesse il mio tumulto interiore finché non avessi capito meglio cosa stavo effettivamente provando. Ma nascondere queste cose ad Adam era ridicolmente difficile. Era troppo perspicace ed io non ero un'attrice abbastanza brava. «Sono stanca.»

Adam entrò in bagno e si spostò dietro di me, senza togliermi gli occhi dalla faccia, «Mi sembri… sconvolta.»

Aprii la bocca per prendere una scusa. Ma, inspiegabilmente, tutta quella baraonda di emozioni tornò a galla e, di colpo, mi ritrovai a riversargli addosso tutti quei turbamenti.

«Non credi che debba fare il Botox, vero?»

Adam mi guardò come se mi fosse spuntato un unicorno sulla fronte.

Tornai a guardare il mio riflesso nello specchio. «O forse dovrei truccarmi più spesso?» Mi passai le dita sulla guancia. «Pensi che mi vesta ancora troppo come una studentessa?»

Adam arricciò le labbra come se avesse assaggiato un limone. «Stai per caso guardando *Le vere casalinghe di Orange County*?»

Strinsi le labbra e i pugni, quasi pestando un piede per la frustrazione, pretendendo che mi prendesse sul serio nonostante le scempiaggini che uscivano dalla mia bocca. «Sono seria. È vero che le donne si offrono continuamente di far sesso con te?»

Adam aveva gli occhi fuori dalla testa. «Beh, anche se lo facessero, ho una milza semi-esplosiva, ricordi?»

«Non è divertente, Adam» piagnucolai. Poi, inspiegabilmente e con mio sommo imbarazzo, scoppiai in lacrime.

«Ehi» disse Adam, con la preoccupazione chiara sul volto, avvicinandosi per abbracciarmi. «Che diavolo sta succedendo?»

Senza parlare, mi voltai e singhiozzai contro la sua spalla, piangendo già la fine del nostro matrimonio a causa della sua infedeltà con almeno una mezza dozzina di donne fantasma, tutte più giovani di me almeno di decenni.

«Vieni qua. Vieni.» Mi persuase a uscire dal bagno, guidandomi a sedere sul letto accanto a lui. «Le Vere Casalinghe hanno colpito stasera?»

Scossi la testa, singhiozzando con le mani sul volto. «Non so se sono pronta. Non sono pronta per il tuo mondo.»

«Emilia!» La sua voce era ferma mentre mi toglieva i capelli dalla faccia. «Frena.»

«Non voglio lasciare l'università» borbottai piagnucolando.

«Che diavolo? Non devi abbandonare l'università. Stai dicendo cose senza senso.» mi passò le dita tra i capelli. «Chi ti ha detto che devi farlo?»

«Ma ci sono gli enti di beneficenza da gestire.» Il mio petto si alzò mentre incameravo più aria. «E... e... gli eventi da organizzare, e la tua fondazione...» A quel punto stavo singhiozzando così forte da non riuscire a respirare.

«*Emilia*» Era praticamente un ordine. «Calmati. Subito!»

Mi misi le mani sulla faccia, senza riuscire a controllare l'agitazione. «Non voglio essere la prima moglie, Adam.»

«Meno male, perché io intendo averne *una* sola.»

Adam allungò la mano verso il comodino, prese qualche fazzolettino dalla scatola e me li premette in mano. «Fai un respiro profondo e calmati.»

Percepii facilmente la preoccupazione nella sua voce mentre mi guardava riprendere lentamente il controllo delle mie emozioni. Mi asciugai la faccia, tirando su col naso, mentre Adam continuava ad accarezzarmi la schiena e i capelli.

«Ora» disse, quando rimasi in silenzio, per parecchi minuti eccetto qualche sporadico singhiozzo. «Parliamone con calma. Ovviamente ti hanno detto un mucchio di stronzate che ti hanno spaventato.»

«Non cercavano di essere cattive.» Scossi la testa. «A modo loro, cercavano di essermi utili, basandosi sulla loro esperienza. E mi ha aperto gli occhi su come dev'essere per te. Quando sei in viaggio o là fuori, dato che sei un miliardario e tutto il resto.»

«Sono sempre *io*. Sono sempre la stessa persona sia che sia qui o "là fuori". Sono sempre la stessa persona che hai conosciuto tre anni fa. E sì, il mio conto in banca potrà essere cresciuto, ma questo non significa niente.»

Mi voltai verso di lui, con i pugni stretti in grembo, appallottolando i fazzolettini. «No, è ingenuo e semplicistico da parte tua dirlo. Il tuo mondo *è* cambiato. Forse non lo vedi ancora, ma è *così*.» Adam s'irrigidì accanto a me e quando stava per interrompermi, continuai. «Tu fai parte di quella minuscola percentuale di super-ricchi e le donne ti daranno la caccia adesso ancora più di prima. E credimi, non mi piaceva quello che vedevo prima.»

«Quindi dovrei essere preoccupato perché gli uomini ti daranno la caccia? Sei bella, giovane, brillante. Ho visto il modo in cui gli uomini ti fissano quando usciamo insieme, perfino quando sono proprio lì accanto a te e do loro occhiate di fuoco. Dovrei essere preoccupato anch'io?»

Scossi la testa. «Non è la stessa cosa.»

«No? Perché no?» Mi mise la mano sotto il mento, alzandomelo per farsi guardare. «Stiamo per sposarci. Io devo fidarmi di te quanto tu devi fidarti di me.»

Alzai le spalle, dandogli ragione senza ammetterlo a parole.

Adam se ne accorse e mi tirò più vicino a lui. Io mi rilassai contro il suo torace. «Tanto perché lo sappia, nessuno può darmi la caccia se sono già stato catturato.»

Deglutii. «Non è così semplice. A un mucchio di donne, forse alla maggior parte di loro, non fregherà niente che tu sia già sposato. La tua fede nuziale potrebbe addirittura incoraggiarle.»

«Che importanza ha se a *loro* frega o no? A *me* interesserà il fatto di essere sposato, e dei voti fatti. Ed è tutto ciò che conta.

Una donna potrebbe avvicinarsi a me e denudarsi, e non mi importerebbe niente.»

Lo guardai storto. «Sei un tale bugiardo. La guarderesti.»

Adam alzò le spalle. «Sì, probabilmente. È una roba da maschi.»

«Lo è anche tradire.»

Adam scosse la testa. «Non per *me*. Ho un autocontrollo eccezionale, se ricordi bene. Non è stato facile non metterti le mani addosso per tutto quel tempo. Ma l'ho fatto. E adesso… tu ed io insieme siamo più di quello. Più della somma della nostra attrazione sessuale.»

Pensavo che lo intendesse come un complimento, ma ero perplessa. E a quanto pareva, lo si vedeva della mia espressione, perché Adam si spiegò.

«Voglio dire, noi siamo come una missione epica, questo algoritmo complesso di esperienze, ricordi, sentimenti e promesse reciproche e delle parti della nostra vita che abbiamo superato insieme. È un legame molto più forte del sesso.»

Mi staccai da lui per guardarlo. «E la cosa nuova e illecita non ti tenterà nemmeno un po'?»

Qualcosa in quello che avevo detto apparentemente lo preoccupò, perché aggrottò la fronte. «Non sto dicendo che non guarderò mai. Sarebbe stupido e irrealistico. E non ho intenzione di sparare cazzate perché allora tu non mi crederesti riguardo alle cose che considero serie.» Si passò una mano tra i capelli. «Calcolerò *sempre* il valore di ciò che perderei pesandolo contro un qualunque incontro nato da un impulso momentaneo. E *ogni singola volta*, quell'impulso momentaneo non varrà ciò che ho con te. *Mai*.»

Come poteva essere così romantico eppure così calmo e razionale allo stesso tempo? Non lo sapevo, ma il mio sorriso si stava allargando insieme alla mia autostima. E la mia fiducia in lui.

Sembrava che Adam stesse per dire qualcosa, ma poi ci ripensò. Quindi mi chinai in avanti e gli misi una mano sul braccio, invitandolo a dire ciò che aveva in mente.

«E... forse dovresti ammettere che parte di queste paure sono basate sulle tue esperienze personali. E le cose che le Vere Casalinghe hanno detto stasera hanno trovato terreno fertile nelle paure che già c'erano.»

Stava parlando di mio padre, il donatore biologico di sperma. Il traditore originale nella mia vita. Solo che mia madre era stata la giovane donna povera e ignara con la quale lui aveva tradito la sua famiglia. E poi l'aveva abbandonata per tornare da loro.

«Okay.» Annuii. «Riconosco che alcune delle cose che hanno detto hanno innescato le mie più recondite paure.»

Adam si rabbuiò. «Dentro di te stai ancora pensando che io possa andarmene?»

Mi morsi il labbro e ci pensai per un momento. «No, non *razionalmente*.»

Adam sorrise e mi passò il pollice sulla guancia umida. «Ti ho guardato vomitare e farti pipì addosso, a volte contemporaneamente. Se non mi ha fatto scappare quello, che cosa ci riuscirebbe?»

Alzai le spalle, distogliendo gli occhi. «I capelli grigi, le rughe, le tette cadenti?»

«Sarai più bella.» Scosse la testa, sospirando. «La maggior parte degli uomini che tradisce... lo fa a causa della propria scarsa autostima. Sono lusingati dall'attenzione che alimenta il loro ego. Tradiscono per riempire un vuoto senza fondo.»

«Non tradiscono perché hanno litigato con la moglie oppure lei è troppo stanca per mettersi elegante e essere affascinante o non gli sta sempre addosso?»

Adam alzò le spalle. «Qualcuno, probabilmente, sarà infelice a casa. Ci potranno essere volte in cui sarà difficile per noi. *Ma* abbiamo dimostrato di poter superare i tempi difficili, no? Dovresti credere di più in noi.»

Mi raddrizzai, di colpo preoccupata che pensasse che non credevo in noi. «Mi dispiace. Ci credo. Sinceramente. Questa storia nasce assolutamente dalle mie insicurezze.»

«Allora smettila, perché, come gli uomini, anche le donne hanno quel bisogno, di rinforzare la propria autostima e forse dovrei preoccuparmi che sia tu a tradire me.»

Alzai gli occhi e notai il sorrisino che gli aleggiava sulla bocca.

«Beh, in effetti, c'è il mio sessantacinquenne tutor di ricerca...»

Il sorriso spavaldo sparì dalla sua faccia ed io cominciai a ridere. Adam restò a bocca aperta ed io ricaddi sul letto. Dato che non si radeva da giorni, sospettai che intendesse darmi un'altra bella grattata, ma tesi il braccio, sbarrandogli l'accesso quando rotolò sopra di me.

«Aspetta. Ho un'altra cosa da chiederti.»

«Prima che metta in atto la tua punizione?»

Mi morsi il labbro e annuii, rivolgendogli il mio miglior sguardo da cucciolo.

Adam strinse gli occhi mentre mi studiava il volto, dagli occhi alle labbra, come se sospettasse che stavo cercando di lavorarmelo, cosa che in effetti stavo facendo. «Non mi fido di quello sguardo.»

«Che sguardo? Ho qualcos'altro da chiederti.»

Lui mi baciò il collo invece di darmi la minacciata grattata con la barba. Io sorrisi, riscaldata dalla fitta familiare che le sue labbra evocavano, dovunque mi toccassero. Cominciava a essere su di giri, ora che si sentiva meglio. Sfortunatamente, nonostante tutto il tempo passato da quando avevamo fatto sesso l'ultima volta, avrei dovuto farlo smettere. Ma per il momento me lo stavo godendo. Mi diede una scia di baci lungo il collo.

«Beh, le Vere Casalinghe stavano parlando di accordi pre-matrimoniali...»

Lui restò impietrito. Ci fu un'esitazione palese prima che riprendesse a baciarmi, senza fare commenti, «Sei assolutamente sicura che la mia milza sia ancora troppo gonfia? Perché ti posso assicurare che ci sono altre parti che si stanno gonfiando, adesso.» Mi mordicchiò l'orecchio e il desiderio mi travolse mentre chiudevo gli occhi. Accidenti, quella moratoria sul sesso mi stava uccidendo.

Strano che non avesse risposto alla mia domanda... ma quello fu il mio ultimo pensiero al proposito mentre mi trasformava in gelatina con la sua bocca bollente.

«Non possiamo, finché non vedrai il medico lunedì e lei ti dirà che è okay.»

«Maledizione.» Adam rotolò via. «E non posso nemmeno tradirti con la mia stessa mano.»

Mi tirai su, ridendo.

«Non è divertente» si lamentò.

«È maledettamente divertente. Non sei l'unico che si sente allupato.»

«Ti offrirei di alleviare le sue sofferenze, ma sei una donna crudele che si è presa gioco della mia sfortuna. Se soffro io, allora devi soffrire con me.»

Sghignazzai, rotolai sul fianco, guardandolo in faccia e alzai il palmo. «Ho una mano anch'io. Ed io *posso* tradirmi con questa.»

«Già. Tra quello e le mie mutande usate…»

«Maglietta! Era la tua maglietta! Gesù.»

Continuammo così per qualche altro minuto prima che Adam tornasse serio e mi guardasse a lungo. «Ti senti meglio?»

«Sì.» Sospirai. «Sono contenta di aver fatto questo discorso, malgrado fossi sconvolta quando è cominciato.»

«Ed io che mi sentivo sentimentale quando sei tornata a casa. È svanito tutto quando hai cominciato a piangere.»

Gli baciai la guancia. «Che cosa ti ha fatto diventare sentimentale?»

Adam indicò il suo laptop, appoggiato a un angolo strano sul comodino. «La missione. Riguarda completamente *noi*. Sei sicura che nessuno ti abbia fatto domande per ottenere i particolari della nostra relazione?»

Sbattei gli occhi, sorpresa. «No. Cioè… in che senso riguarda noi? Fammi vedere.»

Adam aprì il laptop e si collegò al gioco, spiegandomi a che punto era arrivato, sbrigando commissioni per aiutare lord Sisyphus a trovare e a fare la proposta alla sua futura sposa.

«All'inizio, diceva di andare dove l'aveva incontrata la prima volta, e per un momento sono rimasto bloccato. Poi ho pensato a noi e a come ci eravamo incontrati in quella sala conferenze in albergo. Ho fatto un tentativo e sono andato nella migliore locanda in città. Al piano di sopra, su un lungo tavolo, c'era un vaso che brillava. Ho cliccato e ho messo i fiori nel vaso.»

Sorrisi sentendolo parlare in un tono così animato. Era passato parecchio da quando si era divertito tanto giocando. Sospettavo che il gioco fosse stato *lavoro* per lui, per troppo tempo.

«*Impressionante.* E poi?»

«Dovevo trovare una mappa per un regno lontano chiamato Amah Dastam e aiutare a far arrivare là la principessa, per incontrare Sisyphus.»

«Amah Dastam? Amah Dastam.»

Adam mi guardò con attenzione. «Dillo in fretta.»

«Amah Dastam.» Annuii, mi si era accesa la lampadina. «Amsterdam. Porca vacca. È piuttosto inquietante. Poi che cosa viene? La principessa Emma metterà all'asta la sua verginità dopo aver scritto un manifesto polemico sull'argomento?»

Adam mi guardò, fingendosi arrabbiato. «Sarà *meglio* che non lo faccia.» Chiuse con forza il laptop, sbadigliando.

«Dovresti fare un sonnellino» gli dissi, sapendo che era comunque ora di dormire.

Adam mi rivolse il suo mezzo sorriso sghembo. Con quella peluria sul viso era diabolicamente bello e dentro di me maledissi il fatto di non potergli saltare addosso. Sarebbe stato il momento perfetto. *Accidenti al bando sul sesso.*

«Lo penso anch'io.» La stanchezza, palpabile come la sua, stava travolgendo anche me.

Qualche minuto dopo eravamo a letto, ma quando arrivai a rannicchiarmi accanto a lui per farmi coccolare, Adam si era già addormentato profondamente.

***

La mattina successiva, era già sveglio accanto a me, a letto, e batteva sulla tastiera quando rotolai verso di lui e aprii le palpebre.

Con la visione mattutina un po' annebbiata, colsi la cosa più strana sullo schermo del suo laptop. Un'animazione che mostrava quella che sembrava la traiettoria di un razzo che veniva lanciato da qualche parte dalla mappa della Florida (completa con indicazione dell'ora, angolo di lancio, stima dell'altitudine e altri numeri che scrollavano sullo schermo).

Mi schiarii la voce e gli chiesi, incerta: «Che cos'è?»

Sorprendentemente, Adam sobbalzò e poi chiuse di colpo il laptop, con un'espressione colpevole sul volto, come se l'avessi colto a guardare un porno hardcore di vecchiette. Dopo un attimo per riprendersi, fece una smorfia. Sembrava dispiaciuto che l'avessi visto... qualunque cosa fosse.

Mi misi seduta e lo fissai. «Che cos'era?» ripetei.

Lui alzò le spalle. «Niente. Non avresti dovuto vederlo.»

«Era porno aerospaziale o roba simile? Sembrava un razzo che venisse lanciato dalla Florida.» Mi lisciai i capelli in disordine con la mano. «La traiettoria? Le esplosioni sopra i Caraibi. Sembrava... complicato.» E poi sogghignai. «E *orgasmico*.»

Adam strinse le labbra riaprendo il laptop, questa volta con lo schermo girato in modo che non lo vedessi. «Non è niente.» Cliccò su un paio di tasti e regolò l'angolazione. A quel punto, tutto ciò che potevo vedere era un desktop vuoto.

Strinsi gli occhi. «A me sembrava qualcosa.»

Adam non disse niente, irritato.

Mi voltai verso di lui, con un nuovo, e allarmante sospetto. «Ha a che fare con il matrimonio, vero?»

Adam incrociò le braccia sul petto. «Non rovinare la sorpresa.»

Restai a bocca aperta. «A me quella non sembrava una *sorpresa*. Mi sembrava una vera e propria guerra nucleare simulata.»

Adam fissò il soffitto. «Non è un missile.»

«Allora che diavolo è?»

Adam si agitò per un momento. «È un razzo.»

«Come… fuochi d'artificio? Perché perfino io so che lanciare dei fuochi d'artificio dalla Florida non potrà far niente per noi a St. Lucia.»

La bocca di Adam si torse un po'. «Non sono *esattamente* fuochi d'artificio.»

«È *veramente* un razzo?»

«È una *sorpresa*.»

Mi chinai verso di lui. «Adam Drake, se non mi dici di che cosa si tratta, darò fuori di matto. Ti prometto, diventerò una belva. Hai intenzione di lanciare un razzo?»

Adam mi diede un'occhiataccia. «Sì.»

«A che scopo?» Oh Dio… *esagerato* non cominciava nemmeno a descrivere quella roba, a quel punto. «Ci lancerà sulla luna? Andremo *letteralmente* in luna di miele? Devo mettere in valigia la mia tuta spaziale?»

Adam sbuffò. «È un progetto speciale sul quale sto lavorando da un po'.»

«Tutto questo matrimonio è stato un progetto speciale… un progetto speciale sopra le righe. *Per favore* dimmi che cosa farà che cos'è questa storia del razzo.»

I bei lineamenti di Adam non rivelavano niente. «Dovrebbe lanciare un carico nell'alta atmosfera. Detriti innocui, inerti, che bruceranno al rientro producendo l'effetto di stelle cadenti. I nostri voti saranno pronunciati al tramonto e il carico verrà rilasciato in concomitanza.»

Silenzio. Sbattei le palpebre, cercando di digerirlo.

Adam mi diede un'occhiata. «Tutto bene?»

Lo guardai stringendo gli occhi. «Non lo so. Non so esattamente come dovrei reagire scoprendo che il mio fidanzato ha perso la sua benedetta testa.»

«Cosa? Non credi che sia fico?»

«Adam. Grandi nazioni non fanno bravate simili per l'apertura delle Olimpiadi. È fuori dal mondo...» Mi interruppi quando vidi l'espressione ferita sul suo volto. Sospirai e ricominciai con più calma. «Mi dispiace, ma...»

Adam alzò le spalle, rigido. «A te non interessa. Ricevo il messaggio forte e chiaro. È stancante cercare di essere l'unico eccitato per questo matrimonio.» Chiuse di nuovo di scatto il laptop, con la mandibola tesa. «Spero che sarai più eccitata per la vita matrimoniale in sé di quanto lo sia per la cerimonia nuziale.»

Fu il mio turno di mettermi sulla difensiva. Sentivo crescere la pressione e strinsi i pugni. «È ridicolo. Solo perché non mi interessa un ricevimento sopra le righe non significa in nessun modo che non voglia sposarti o che non mi emozioni sapere che staremo insieme per il resto delle nostre vite.»

Con le guance arrossate di rabbia, guardò fuori dalla finestra. Era così strano quel comportamento.

Ora si era alzato e stava camminando avanti e indietro. Notai che i pantaloni del pigiama e la maglietta gli cascavano un po' addosso. Era dimagrito durante la malattia. Mi presi un appunto mentale di parlarne con la cuoca. Ora che aveva ripreso a mangiare doveva aumentare il suo apporto calorico.

«Di che cosa si tratta? Che cosa sta succedendo? Forza. Se non puoi parlarne con me, con chi diavolo puoi parlarne?»

«Non ho perso la testa.» Adam si passò le mani tra i capelli. «Volevo che *tu* avessi una giornata tutta tua, in cui tutti i tuoi desideri si sarebbero realizzati e ti sentissi speciale, come una principessa.»

Mi morsi il labbro. Non avendo mai avuto il feticcio infantile delle principesse, né avendo particolarmente amato le principesse Disney, ero stata una ragazza diversa. Le mie aspirazioni tendevano verso la Signora del West, o, se proprio dovevo sceglierne una, la principessa Leia, leader ribelle. O forse Xena, la principessa guerriera. Ma le sue parole erano talmente dolci che mi tolsero il fiato.

Deglutii il grosso nodo che avevo in gola. Alzandomi, girai intorno al letto e tesi le mani per prendergli il viso. «È così dolce...» Adam alzò di colpo la testa e si spostò, voltandomi le spalle. Studiai le sue spalle curve, la postura rigida.

«Adam, stai superando Napster con questo matrimonio.» Mi riferivo al famigerato miliardario di Silicon Valley che era stato oggetto di pubblico ludibrio per aver speso circa venti milioni di dollari per la sua cerimonia nuziale sopra le righe, in stile antica foresta alla Tolkien, tra le sequoie del nord della California.

Adam mi guardò storto. «Dacci un taglio...»

«Hai intenzione di lanciare delle particelle nell'atmosfera, stai... facendo lo sa Dio che cos'altro. *Ho* letto le email, nonostante quello che pensi. Cuochi e pasticceri portati là su aerei privati. *Tu* non voli su un aereo privato se puoi evitarlo. Hai calcolato l'impatto ambientale di tutta questa roba?» Aprii le braccia, in un gesto di preghiera, scuotendo la testa. «Questa roba non sei *tu*. Non è *noi*. Questo matrimonio non dovrebbe dire come siamo noi come persone? Come coppia? Come la famiglia che stiamo per creare?»

Adam continuò a guardare fuori dalla finestra, con le mani sui fianchi. In momenti come quello, sapevo che provocarlo equivaleva a punzecchiare un orso di cattivo umore con un bastoncino appuntito. Di solito era meglio lasciarlo in pace a meditare. Adam, dopotutto, ero uno che rimuginava. E si stava irritando per le mie critiche costruttive. Okay, forse non erano costruttive come avrebbero potuto essere.

Ma, accidenti, non potevo lasciar perdere. Era anche il *mio* matrimonio.

«Tu ed io e questa nuova entità, *noi*, siamo più importanti di un ricevimento. E capisco che tu sia annoiato a morte adesso, senza il lavoro...»

«*Annoiato?*» sbottò, voltando di colpo la testa verso di me. «Pensi che lo stia facendo perché sono annoiato?»

Mi morsi il labbro. Sì, all'orso non piaceva molto il bastoncino aguzzo. «Beh, lavori talmente tanto, sempre, e immaginavo che non avessi idea di che cosa fare adesso che non puoi e che quindi stessi incanalando tutte le tue energie in... questo.»

Si voltò completamente verso di me, con le spalle rigide. Adesso era veramente incazzato. «Non farlo.»

«Cosa? Incolpare le tue abitudini lavorative compulsive? Perché no. Mi ero trattenuta dal dirlo solo perché avevo immaginato che questa volta il tuo corpo lo avesse fatto per me.» Indicai il suo pigiama, come per sottolineare la sua malattia, l'insorgere della mononucleosi e quanto avessero influito la sua tendenza a lavorare troppo e a dormire troppo poco.

«Okay, adesso mi stai facendo incazzare.»

«Se la verità ti fa incazzare, allora così sia. Non ho intenzione di girarci attorno. Questa volta il tuo corpo ha ceduto. Ma che cosa succederà quando comincerai a sentirti meglio? Ritornerai al tuo passo frenetico. Lavoriamo entrambi sodo e, fino a poco tempo fa, eravamo in grado di farlo funzionare. Ma di recente stava diventando maledettamente ridicolo.» Mi fermai solo per risucchiare aria sufficiente per continuare la mia tirata. «Non dormivi nemmeno nel letto con me. Voglio dire, mi sta bene passare in secondo piano rispetto al lavoro *qualche volta*, ma...»

Prima che potessi finire, si volto e uscì a grandi passi dalla stanza, con i pugni stretti lungo i fianchi.

Gli trotterellai dietro. «Adam, dove stai andando? Stavo parlando...»

«Me ne sto andando prima di dire qualcosa che poi rimpiangerò.»

«Ad esempio?»

Adam digrignò i denti. «Se lo dirò, poi lo rimpiangerò, ed è il motivo per cui sto uscendo dalla stanza.»

«*Fermati immediatamente.*» E lui si fermò, talmente bruscamente che quasi gli finii contro la schiena. Restò immobile come una statua, senza voltarsi verso di me.

Parlai alle sue scapole, alla spina dorsale rigida. «Sto *veramente* cercando di non essere una lagna, ma... accidenti. Diventa stancante in fretta quando il mio futuro marito sceglie costantemente il lavoro al mio posto. Mi piacerebbe essere al primo posto, anche se solo ogni tanto.»

Adam lasciò cadere la testa in avanti e si mise le mani sulla fronte. «Non hai un cazzo di idea di cosa ho scelto. Di come ho dovuto lottare per *noi*. Se lo sapessi non lo diresti.»

Mi allontanai di un passo. «Scusa, ma dico che sono stronzate.»

Adam sbatté di colpo la mano aperta sulla parete. Non fu un'esplosione violenta, ma fu rumorosa ed io sobbalzai. Adam si voltò a guardarmi e quella vena sulla fronte sporgeva talmente da creare tutta una nuova catena montuosa che la attraversava. Sì, era *incazzato*. L'avevo stuzzicato troppo.

Sbattei gli occhi e lui s'immobilizzò quando vide la mia reazione. Restammo lì per un minuto, forse due, a fissarci, meravigliati e attoniti per ciò che era appena successo. Non litigavamo in quel modo da molto, molto tempo.

Di colpo, scossi la testa, come se stessi svegliandomi da un brutto sogno. «Che cosa sta succedendo? Perché stiamo litigando in questo modo? Di che cosa si tratta *veramente*?»

Apparentemente esausto, Adam abbassò la testa, con le spalle curve. Usava la mano con cui aveva colpito il muro per sostenersi.

Fece un respiro profondo e alzò gli occhi, in guardia. Come se avesse alzato gli scudi e i phaser fossero regolati a uccidere.

Deglutii e mi feci forza, aspettando la sua risposta.

Capitolo Tredici
Adam

NON SAPEVO COME RISPONDERLE IN UN MODO CHE NON mi facesse cadere in un abisso più profondo di quello in cui mi trovavo già.

«Questa conversazione è finita» borbottai, andando verso il mio ufficio e sperando che Emilia non mi seguisse. Ovviamente sapevo che non sarebbe stato così, ma avevo esaurito tutta l'energia che avevo per quel giorno, e non erano ancora le nove del mattino. Lasciandomi cadere sulla sedia la guardai attraverso la porta aperta.

Avevo lasciato la mia attonita fidanzata in corridoio, che mi guardava meravigliata. Dopo un lungo momento, mi decisi a parlare. «Puoi andartene e possiamo darci una calmata e parlare più tardi. Oppure possiamo parlare adesso, ma ti avverto, sono ancora piuttosto incazzato.» Non avevo intenzione di ammettere che avevo dovuto sedermi per non cadere, ma probabilmente la mia stanchezza si vedeva comunque.

Emilia entrò lentamente, controllandomi con il suo occhio da aspirante medico.

«Sono d'accordo che probabilmente non dovremmo continuare la discussione. Ma devo saperlo e non può veramente aspettare. Che cosa intendevi dire?»

Evitai di guardarla negli occhi e mi strofinai la fronte, cercando di pensare a un modo per aggirare l'argomento. Era l'ultima cosa che volevo discutere con lei, specialmente in quel momento. Dopo tutta la vulnerabilità e l'insicurezza che mi aveva rivelato la sera prima.

E le sue parole: *non sono pronta per il tuo mondo.*

Lei non aveva idea di che cosa stesse chiedendo il *mio mondo*, a me e a lei. Da che cosa stavo tentando di proteggerla. E il solo pensiero di tenermelo dentro ancora mi faceva venir voglia di piegarmi in due sulla sedia.

«Che cosa intendevo dire con *cosa?*» le chiesi, prendendo tempo.

Emilia si sedette dall'altra parte della scrivania, di fronte a me, con una ruga sulla fronte. Anche quando ero irritato con lei, e lei lo era ovviamente con me, era la donna più bella su cui avessi posto gli occhi.

Mi si strinse la gola per l'emozione tanto da non riuscire quasi a deglutire. E di colpo il lampo di un ricordo, il momento la sera prima quando aveva detto che non ce la faceva. La paura che mi aveva gelato il sangue. Temevo lo ripetesse, o, peggio, che agisse si conseguenza. Mi si strinse il petto ricordando le lacrime calde che avevo asciugato dai suoi grandi occhi castano dorato quando aveva pianto nella mia maglietta.

Parlò sottovoce. «Hai detto che non avevo idea delle scelte che avevi dovuto fare e qualcosa sul doverci difendere. Che cosa significa? C'è ovviamente qualcosa in ballo che non mi stai dicendo.»

Mi strofinai la fronte, guardando fuori dalla finestra. Il sole luminoso scintillava sull'acqua della baia e anche col tempo freddo della fine autunno, c'erano barche a zonzo nella baia e nell'oceano.

«Adam... per favore, dimmelo.»

Non so per quanto rimasi a fissare fuori da quella finestra mentre lei aspettava la mia risposta. Fui riportato al presente dalla sua preghiera. Era china in avanti, con entrambi i palmi premuti di piatto sulla scrivania, gli occhi sgranati per la preoccupazione.

Feci un respiro profondo. Dirglielo? O fingere di niente e rischiare un'altra discussione? Lasciare che decidesse lei sulla cerimonia e passare sotto silenzio la faccenda dell'accordo prematrimoniale?

Minacciava di scoppiarmi un altro mal di testa, stava sbocciando dietro i miei occhi e alle tempie. Non volevo pensarci. Con gli occhi chiusi borbottai: «Non è niente di grave. Un piccolo conflitto con il CDA. Si risolverà da solo.»

Emilia aggrottò le sopracciglia, con gli occhi ancora incollati a me e un'espressione che diceva chiaramente *Sento odore di stronzate* sulla faccia. «Un... conflitto? Con l'intero CDA o solo con Jordan?»

M'irrigidii sentendo quel nome e a Emilia brillarono gli occhi come se avesse finalmente trovato quello che cercava. «*È* qualcosa che ha a che fare con Jordan, vero? È un bel po' che sto cercando di scoprirlo. Avrei dovuto chiedertelo settimane fa.»

Sbattei le palpebre.

«O forse dovrei chiedere a lui?»

Strinsi così forte le mandibole che mi fecero male. Le parlai a denti stretti. «Non osare parlare con quel bastardo.»

Restò a bocca aperta. «Uh. *Cosa?*» Era scioccata che le avessi proibito di parlare con il mio *ex* miglior amico? Oppure era scioccata per l'ostilità nella mia voce? Strinsi i pugni lungo i fianchi rendendomi conto che nel mio stato di debolezza avevo rivelato più di quanto intendessi.

«Che diavolo sta succedendo? È il tuo miglior amico.»

«No. Gli amici dovrebbero coprirti le spalle.»

«E lui non lo sta facendo?» Adam sospirò e si accasciò sulla sedia, fissandomi come se fossi una specie aliena portata nell'area 51 per essere esaminata. «Adesso basta. Dimmi che diavolo sta succedendo, altrimenti prenderò il telefono, lo chiamerò e gli racconterò i fatti nostri. Dovresti sapere che non è il caso di nascondermi le cose importanti.»

Appoggiai la testa allo schienale della sedia, con gli occhi fissi al soffitto. Aveva ragione. Era passato da parecchio il tempo in cui mantenere i segreti.

«Jordan non mi ha spalleggiato quando il CDA mi ha fatto pressioni per fare una cosa che non volevo fare. Quindi sì, sono incazzato con lui.»

Silenzio da parte sua e dita che tamburellavano sulla scrivania. Piegai la testa per darle un'occhiata, sperando che la risposta bastasse a soddisfarla, sapendo che probabilmente non sarebbe stato così. Lei mi stava osservando come un falco.

«E qual era il problema? Il CDA vuole che tu venda più azioni della società o roba simile?»

«No.»

Emilia esitò un po' più a lungo. Ancora il tamburellare delle dita. Conoscevo l'espressione decisa sul suo volto. Aveva annusato qualcosa e non aveva intenzione di lasciar perdere. La stanchezza mi travolse e tutto ciò a cui riuscivo a pensare era andare a letto, sdraiarmi e dormire per una settimana invece di discutere con lei. Il mio corpo probabilmente mi avrebbe obbligato a cedere prima di riuscire a pensare a qualche alternativa. *Merda.*

«Tanto vale che mi dica di che cosa si tratta, non ti lascerò andare a letto finché non lo farai.»

Chiusi gli occhi. «Donna crudele.»

Emilia si morse il labbro. «Adam...»

«Va bene, va bene. Il CDA mi sta facendo pressioni perché firmiamo un accordo pre-matrimoniale.»

«Okay, e...?»

Spalancai gli occhi e la guardai. Mi stava fissando con quell'espressione di attesa sul volto, i gomiti sulla scrivania e le dita intrecciate. La sua reazione era completamente sconcertante, come se le avessi detto che doveva fare un salto al supermercato a prendere una confezione di latte.

«*E...* è tutto. Jordan si è schierato con il CDA invece di aiutarmi a oppormi. E stavano diventando minacciosi.»

«Cioè... in che senso minacciosi?»

«Nel senso di togliermi la carica di AD...»

Emilia sbatté gli occhi. «Ma perché non vorresti un accordo pre-matrimoniale?»

Mi massaggiai i muscoli tesi sulla nuca. Era una reazione sconcertante che non mi ero aspettato.

Lei aspettò mentre io mi interrogavo e cercavo di pensare chiaramente con la nebbia che mi avvolgeva il cervello. Il mio corpo era pronto a chiudere bottega e andare a dormire, ma il mio cervello in quel momento stava lavorando alla sua massima velocità. E, lo ammetto, in quelle condizioni non era una velocità cerebrale ottimale.

«Perché non voglio essere obbligato a firmare qualcosa che riguarda la mia vita personale. E non voglio obbligare te a firmare per dimostrare al mondo che non sei una cacciatrice di dote.»

Emilia corrugò le sopracciglia. «Cioè… dimostrare a *te* che non sono una cacciatrice di dote, giusto?»

Mi dimenai sulla sedia. «Io non credo…»

Emilia alzò una mano. «Calmati. So che non lo pensi. Ma hai ritenuto che avrei pensato che fosse una scusa per farmi firmare. Da lì tutti quei misteri, il nasconderti.»

«Emilia…»

«Mi riesce difficile capire il tuo bisogno di mettere in pericolo la tua carriera perché non vuoi ferire i miei sentimenti.»

Sbattei gli occhi, completamente confuso. «Non dovrei preoccuparmi dei tuoi sentimenti?»

Emilia mi rivolse un mezzo sorriso ironico. «Sì, ovviamente, ma qui si tratta di affari. Lo capisco, sono una ragazza grande.»

Scossi debolmente la testa. «Lo so.»

«E sai che hai un istinto di protezione esageratamente *feroce*?» Inarcò le sopracciglia, come per sfidarmi a negarlo. E, in realtà, non potevo. «E anche se è una cosa tenera ed è una delle cose che amo di te, qualche volta è esagerato. *Tu* esageri.»

Mi chinai in avanti, appoggiando i gomiti sulla scrivania, e aprii la bocca per protestare.

Lei mi fermò con un secco cenno della mano. «Il CDA vuole proteggere la società nel caso in cui succeda qualcosa. Dovresti esserne lieto. Vedono questo accordo pre-matrimoniale come un modo per proteggere i tuoi beni ed è vero che ne trarresti beneficio.»

«Non voglio trarre beneficio da qualcosa se è a tue spese.»

Le tremò l'angolo della bocca, come se volesse sorridere ma non potesse. Poi annuì lentamente. «Potrei approfittarne anch'io, non lo capisci?»

Mi leccai il labbro, riflettendo, aspettando che continuasse prima di accettare o respingere le sue ragioni.

«Un accordo pre-matrimoniale può proteggere anche me. In molti modi.» Cominciò a contare sulle dita. «Prima di tutto, elimina ogni dubbio che tu possa avere sulle mie intenzioni.»

«Non ne ho.»

Emilia fece spallucce. «Ma se tu, o chiunque altro, ne avesse, sarebbero eliminati. Secondo, supponi che ci fosse qualche problema tra di noi… per esempio, che il mio Botox fallisca e che tu voglia scambiarmi con una moglie 2.0 o roba simile.» Sbuffai e lei rise. «Ma, seriamente, quando un matrimonio va a rotoli, di solito è una faccenda molto brutta. Ci sono sentimenti feriti, minacce e promesse infrante. E ci può essere tanto odio. Un accordo pre-matrimoniale ci risparmia decisioni prese nella foga del momento, motivate dalla rabbia o dal desiderio di vendetta o chissà che cos'altro. È un contratto che uno sposo e una sposa hanno formulato quando erano calmi, razionali, eccitati per il futuro e innamorati.»

La guardai perplesso. «In un mondo perfetto funzionerebbe così, ma il nostro non è un mondo perfetto.»

«Adesso possiamo essere corretti l'uno con l'altro. Parlarne e prendere accordi che vanno bene per entrambi. Probabilmente non dovrà mai essere applicato. Ma è… una specie di assicurazione.»

Il ragionamento di Jordan, riproposto dalla persona che amavo di più al mondo. Sbattei gli occhi.

«Stai tenendo alzate tre dita davanti a te... c'era un terzo punto?»

Emilia sorrise. «Sì. Un accordo pre-matrimoniale ricorderebbe a entrambi perché stiamo veramente insieme.»

Rispecchiai il suo sorriso. «Ah sì? E che cosa sarebbe?»

«*L'amore*, baby.»

Deglutii, con il desiderio improvviso di abbracciarla.

«Stai bene?»

Annuii, continuando a fissarla. «Sono un po' in soggezione.»

«Come?»

«*Tu*. Sei...» Non riuscii nemmeno a dirlo. La parola mi rimase ficcata in gola e mi sembrò di soffocare. L'emozione mi chiuse la gola.

Emilia sembrò accorgersene immediatamente, si alzò e si sedette sulla scrivania. Si chinò in avanti, con i lunghi capelli che mi sfioravano il torace. «Io sono... cosa?»

La tirai verso di me, facendola sedere sulle mie gambe. «Sei meravigliosa, incredibile...» La mia voce morì e mi sforzai di incamerare più aria. «Mi togli letteralmente il fiato.»

Emilia curvò la bocca in un sorriso, colpendomi scherzosamente con la spalla. «Tutti questi complimenti senza sesso? Wow, devo proprio essere come hai detto.»

Le mordicchiai la clavicola. Lei sospirò, con il fiato caldo che mi sfiorava le guance. «Tu *sei* tutto quello che ho detto. Non avrei dovuto cercare di proteggerti. Stupido io per aver dimenticato come sei forte e non fidarmi di più di te.»

Lei ridacchiò. «Imparerai, giovane padawan. Ho fede in te.» Mi appoggiò la testa sulla spalla. «Allora lo facciamo, questo accordo pre-matrimoniale?»

Esitai, sentendo il muro che si alzava di nuovo dentro di me. La resistenza era così naturale, senza pensiero cosciente. Mi bruciò lo stesso risentimento. «Ho un grosso problema ad accettare che il CDA mi detti che cosa posso fare della *mia* vita e che mi obblighi a firmare un documento che non ha niente a che vedere con loro.»

Emilia allungò una mano e tracciò il contorno del mio lobo con il dito. Nonostante la mia preoccupazione, il suo tocco crepitò lungo tutte le mie terminazioni nervose, fin giù nel basso ventre, dove il fuoco bruciava sempre per lei.

«Sono affari loro, quanto si tratta delle azioni della società. Vogliono proteggerla. *E* stanno proteggendo tutti quelli che dipendono da essa. Tutti i vostri dipendenti, gli azionisti. Se qualcuno sabotasse la ditta, ne andrebbe anche della loro fonte di reddito. Un mucchio di gente dipende da quel tuo cervellone da genio per mantenere un impiego.»

Strinsi le labbra. «Non sospetterei mai che tu volessi sabotare la società, che abbia o meno firmato un documento. Nemmeno nella peggior situazione in cui potessimo finire.»

Emilia mi baciò la guancia. «Ma questo è perché mi *conosci* e mi ami. Il CDA non mi conosce. Sono solo affari. Il matrimonio è per amore. È per costruirsi una famiglia. Il divorzio è una questione di affari. E dato che non divorzieremo mai, è tutto per far scena.»

Non dissi niente mentre lei mi passava le dita tra la barba corta sulla mascella.

«Quindi era questo il tuo grosso problema con Jordan? Perché sì era messo dalla parte del CDA?»

Annuii.

«Stava facendo il suo lavoro, Adam. Stava solo svolgendo dannatamente bene il suo lavoro di direttore finanziario.»

Soffiai fuori il fiato che non mi ero accorto di trattenere. «Non mi ha spalleggiato.»

«Ma non capisci che situazione di merda dev'essere stata per lui? Si è trovato in mezzo tra te e il Consiglio. E se lo conosco, stava cercando di trovare un appiglio per evitarti di doverci passare. Ho ragione?»

Ci pensai. Aveva fatto delle ricerche, come mi aveva detto, e chiesto alla sua gente di determinare se avevo la possibilità di andare contro il Consiglio. Era stato l'uomo solo in mezzo a due fronti di guerra, che sventolava una bandiera bianca sperando che nessuno gli lanciasse una granata in faccia.

«È un amico, quello che ti ha coperto per tutto il tempo mentre eri lontano dal lavoro, quando ci eravamo appena messi insieme. Jordan ha mandato avanti la baracca quando ero malata e tu non lavoravi, in modo che tu potessi prenderti cura di me. E adesso, sta facendo la stessa cosa mentre *tu* guarisci. Mi chiede regolarmente della tua salute, preoccupato da morire. Lui ti *sta* guardando le spalle.»

Alzai le spalle. Il suo comportamento era comunque irritante. E faceva ancora male.

«Ti sei stressato per mesi per questa cosa… e hai lavorato troppo per compensare. E hai danneggiato la tua salute. Non ne valeva assolutamente la pena. Risolviamolo, okay? Facciamo i documenti.»

Ci rimuginai un momento, ma a quanto pareva non abbastanza in fretta. Emilia si spostò per guardarmi. «Di' ai tuoi avvocati di mandarmi qualcosa da controllare, okay? Una bozza o roba simile. Troveremo un accordo.»

Alzai le spalle.

Emilia mi si piazzò davanti, appoggiando la punta del naso al mio. «*Ascolta.* Devo insistere. È ora che io ottenga quello che mi è dovuto.»

Alzai un sopracciglio. «Cioè?»

«Non mi hai ancora pagato i 750.000 dollari per la scandalosa asta per la mia verginità. Mi rifiuto di farmi fregare.» Poi si morse il labbro per evitare di ridere, un'azione che fallì miseramente dopo solo qualche secondo.

La sua risata era contagiosa. Finalmente sorrisi anch'io. «Forse mi sto solo assicurando di ottenere il massimo da quei soldi.»

«Oh, direi che l'*hai* avuto.»

Nonostante la spossatezza, una fitta bollente di desiderio mi percorse la spina dorsale. Se avessi avuto l'energia (e una milza non a rischio di esplosione) avrei cercato di far qualcosa proprio in quel momento. Le accarezzai le cosce, con la voglia di toccarla dappertutto. Invece di continuare, però, feci solo un respiro profondo e mi godetti la sensazione, come se mi avessero tolto un peso da una tonnellata dalle spalle.

«Dai, Adam. So che la tua testardaggine ti ha portato lontano nella vita, ma ti sembra veramente che sia una battaglia che valga la pena di combattere?»

Chiusi gli occhi e li riaprii, chinandomi per baciarle il collo. «Bene, lo faremo. Ma intendo essere giusto. Il più possibile.»

Lei annuì in risposta.

Ci guardammo negli occhi. «Avrai bisogno di un tuo avvocato, qualcuno che non sia associato al mio. Dev'essere completamente indipendente, okay? Peter probabilmente potrebbe consigliarti qualcuno. Ovviamente non può essere lui perché è di famiglia. Ma sono sicura che conoscerà qualcuno.»

Emilia spalancò gli occhi. «Oh, scommetto che Lindsay sia la persona migliore a cui chiedere.» Aveva senso. Lindsay era un avvocato eccellente e aveva affrontato un divorzio qualche anno prima. Emilia aveva un ottimo istinto. Non avevo dubbi che avrebbe scelto un avvocato competente.

«Chiunque assumerai, fai mandare a me la parcella. La pagherò io, senza questioni.»

Lei si spostò sulle mie gambe. «Sembra giusto, signor Drake. Ora, riguardo a quei 750.000 dollari…»

Mi chinai in avanti e le presi il lobo dell'orecchio tra i denti. «Se ricordo bene, avevi detto che l'accordo era saltato.»

Lei mi ricompensò con un sospiro deliziato. «Forse mi ero resa conto che ottenere l'uomo valeva molto, molto di più.»

Le misi la mano sul sedere in meno di un secondo. «Cioè… quanto di più?»

«Cioè… tutti gli insetti che ucciderai per me, a vita. E tutti gli abbracci stretti. E la stimolazione.»

Ora stavamo parlando. Le passai l'altra mano sulla coscia. «Stimolazione?»

«Stimolazione *mentale*.»

Premetti la bocca sul suo collo succulento.

«Sono esausto. Coccoliamoci.»

«Devi riposare, ordini del medico. *Niente* lavoro. *Niente* copula.»

Cercai di non ridere per il termine arcaico che aveva usato. «Copula? Davvero?»

«No.» Scosse la testa, baciandomi il naso. «*Niente*.»

Infilai la mano sotto la t-shirt. «Solo un pochino?»

Emilia sbuffò, alzandosi dalle mie gambe. «Devi tornare a letto. Stai per crollare. Ed *io* devo cercare un avvocato.» Si chinò in avanti, mi afferrò per il polso e tirò per levarmi dalla sedia. «Niente copule e niente coccole.»

Sospirai. Ma, ammettiamolo, tutto ciò che voleva il mio corpo era crollare e dormicchiare per alcune altre ore. Avrei fantasticato più tardi di sedurla.

Dopo un sonnellino.

***

Tra una lunga dormita e l'altra e qualche occasionale telefonata al mio avvocato, passai le ore della settimana seguente cercando di risolvere il mistero di Dragon Epoch.

Per la missione, aiutai lord Sisyphus a riunire i suoi amici. Quando la principessa Emma si ammalò, andai alla ricerca del magico elisir per curarla. Quando guarì, la portai in una bella spiaggia isolata, al tramonto, dove le chiesi di sposarmi e lei accettò.

Aiutai perfino suo cugino a vincere un duello in modo che fosse possibile stabilire la data del matrimonio.

Tutto sgradevolmente familiare. Ma non in modo inquietante.

Chiunque l'avesse creata, ed era abbastanza elaborata da aver richiesto un po' di tempo per svilupparla, sapeva moltissimo di Emilia e me. E sapeva qualcosa delle prove che avevamo dovuto superare per arrivare dov'eravamo adesso.

Una volta raccolte le bottiglie di liquori deliziosi da diverse parti di Yondareth, ero sul punto di completare la missione. Era quasi ora del "selvaggio e folle" addio al celibato di lord Sisyphus.

E con l'apparizione di una semplice battuta, scoprii la persona responsabile per la missione.

La mia gratitudine a te, FallenOne, per tutto il tuo aiuto. Ma devi stare attento quando organizzerai il mio viaggio di nozze nell'esotica citta di Pah-Arees. Il mio capo, il re, potrebbe finire per rubarmi la vacanza a lungo attesa.

Pah-Arees. Quell'oscuro riferimento poteva solo significare una cosa… perché il suo capo gli *aveva* tolto la vacanza a lungo attesa, su sua richiesta. A Parigi. E anche se era stato lieto di offrircela, non aveva mai smesso di rinfacciarmelo, quando avevo portato Emilia nella *Ville Lumière* usando il viaggio dei *suoi* sogni, il viaggio che aveva passato mesi a organizzare per sé.

Jordan.

Bene. Che mi venisse un colpo.

Capitolo Quattordici
Mia

A QUANTO PAREVA, DOVEVO LEGGERE L'ELENCO completo e dettagliato dei beni di Adam come parte dell'accordo pre-matrimoniale. Chi lo sapeva? Io certamente no.

E anche se non l'avrei detto ad Adam, nemmeno in un milione di anni, quell'informativa era, come dire, *travolgente*.

Secondo le leggi della California, entrambi i futuri sposi dovevano rendere noto tutto il loro patrimonio al partner prima che si potesse firmare qualcosa. Come parte dei miei doveri, lessi l'elenco dei beni di Adam e il loro valore attuale stimato. Il documento, rilegato come un opuscolo, aveva facilmente le dimensioni di uno dei miei corposi eserciziari della facoltà di medicina.

La sua collezione di beni era varia e interessante come lui stesso. Mentre voltavo pagina dopo pagina, cercai di reprimere il senso di inadeguatezza sapendo che la mia informativa avrebbe riempito sì e no un post-it. E la maggior parte dell'elenco avrebbe compreso regali di Adam, come l'auto, il computer e varie altre cose.

E, ovviamente, c'era anche il mio debito. Adam aveva il normale tipo di debito commerciale associato con la gestione di una grande società. Non aveva nessun tipo di debito personale, a parte il mostruoso mutuo sulla casa.

Io? Avevo il debito della retta universitaria che stava crescendo. In effetti, stava pagando Adam anche quella, senza dire una parola, e probabilmente si sarebbe irritato se ne avessi parlato come un *debito* nei suoi confronti. Ma avevo sempre avuto intenzione di rimborsarlo. Lo avrei aggiunto ai documenti dell'accordo pre-matrimoniale appena avessi visto l'avvocato che avevo assunto.

Ma per il momento, secondo le istruzioni proprio del mio avvocato, dovevo leggere tutto ed evidenziare le voci di cui volevo sapere di più.

Più leggevo, più diventava difficile respirare, seduta alla mia scrivania nello studio, mentre controllavo attentamente una lista apparentemente interminabile di beni.

La società di videogiochi, quella dell'hardware per la realtà virtuale che aveva recentemente acquisito, un investimento di un certo peso in una ditta chiamata XVenture, un'agenzia spaziale privata che intendeva inviare molto presto astronauti in missione nello spazio. Aveva quote societarie in proprietà alberghiere, come Emerald Sky a St. Lucia, tra le altre.

E andava avanti...

Gesù. Non aveva ancora trent'anni e possedeva mezzo paese, almeno così mi sembrava.

«Come va?»

Sobbalzai. La faccia barbuta di Adam era trenta centimetri sopra la mia, china per vedere dove fossi arrivata a leggere.

«Merda, mi hai spaventato a morte.»

«Mi dispiace.» Fece una smorfia. «Pensavo mi avessi sentito entrare. Non cercavo di far piano.»

«Sei troppo furtivo. Dovresti prendere in considerazione di lavorare per l'MI6 oltre a tutto il resto della roba in cui sei coinvolto, perché, *chiaramente*, hai bisogno di altri progetti.»

«Uh» disse, leggendo da sopra la mia spalla. «Sei ancora a pagina quattro. Tutto bene?»

Tornai indietro di una pagina e indicai una voce evidenziata. «Certo, ma vorrei sapere perché il mio futuro marito possiede i diritti su PuffPuff il barboncino rosa.» Picchiettai la penna sulla voce. «Potrebbe essere un motivo di rottura per me.»

«Cosa?»

«Come cosa? PuffPuff il barboncino rosa? Sul serio?»

«Hello Kitty è tornata popolare, no? E i Puffi? Perché non PuffPuff?» Lo fissai a occhi sgranati e lui continuò, anche se un po' imbarazzato. «Era un buon investimento. Quelli sono i diritti completi, film, merchandising, videogiochi, tutto.»

Sghignazzai guardandolo. «Hai intenzione di creare un nuovo videogioco? Quelli retrò vanno alla grande. Forse PuffPuff quadrati da incorporare in Minecraft? O Pokemon PuffPuff da catturare con la palla Poké?»

Mi puntò addosso un lungo dito. «Un giorno ti rimangerai quelle parole, signorinella, ed io riderò per tutta la strada fino alla banca quando PuffPuff farà il suo grande ritorno.»

Gli afferrai il dito e gli avvolsi attorno la mano, facendo il pugno. «Queste sono parole pesanti.»

Gli occhi di Adam scintillarono. «Vuoi fare la lotta?»

Gli lasciai andare la mano e indicai il volume davanti a me. «Mi piacerebbe accettare la sfida, ma un riccone rompiballe mi ha scaricato in grembo questa vecchia enciclopedia dei suoi immensi, enormi e corpulenti beni e me ne devo occupare.»

«Ohh… occuparti di beni immensi ed enormi nel tuo grembo.» Scoppiò a ridere. «Mi piace quando usi un linguaggio scurrile…»

«Specialmente quando qualunque cosa io dica viene presa come linguaggio scurrile.»

«Non posso farci niente.» Si piegò e mi piantò un bacio sulla guancia. «Sei troppo sexy.»

Gli schiaffeggiai via la mano che mi stava palpeggiando la tetta. «Vattene prima che cominci a chiedere metà dei diritti di PuffPuff il barboncino rosa e sventare così i tuoi tentativi di dominare il mondo.»

Adam si raddrizzò, ridendo. «Aspetta e vedrai.»

«Sono sicura che mi rimangerò quelle parole.» Sospirai, facendo un cenno indifferente con la mano.

«E molto di più.» Mi diede un'occhiata lasciva prima di uscire dalla stanza.

«Niente allenamenti, niente lavoro… e nemmeno parlare al telefono» gli gridai dietro.

«Bla bla bla» rispose lui dal fondo del corridoio.

Ah, beatitudine coniugale. Ne stavamo già godendo senza quel matrimonio esagerato e i documenti ridicoli.

Durante la serata, continuai a studiare i documenti. Non trovai sorprese scandalose, niente pagamenti segreti per mantenere figli illegittimi, niente pied-à-terre illeciti per le amanti, niente tangenti o pagamenti per ricatti o roba simile.

Ma leggere tutto ciò che era riuscito a fare Adam mi faceva sentire come se fossi rimasta immobile nei sei anni da cui ero diventata adulta. Lui stava portando avanti da solo la missione di cambiare il mondo: nell'elenco, gli investimenti in tecnologie d'avanguardia e verdi erano al primo posto.

Tutti quei soldi. E quelle decisioni… non mi meravigliava che fosse così maledettamente occupato tutto il tempo.

Cora, la nostra governante, mi portò la cena nello studio invece di chiamarmi al piano di sotto per mangiare. Mi disse che Adam stava dormendo e mi passò le istruzioni della cuoca su come riscaldargli la cena una volta che si fosse svegliato.

Avevo fatto sapere alla cuoca che Adam aveva bisogno di aumentare il suo apporto di proteine e di calorie e lei aveva risposto di aver notato il calo di peso. «Non possiamo accettare che non riempia bene lo smoking per il matrimonio.»

Non so perché, le sue parole mi fecero venire un nodo alla gola. Ah già, il matrimonio. Avrei voluto dimenticarmene. *È solo nervosismo.* Come quella sera dopo che le Vere Casalinghe mi avevano fatto sclerare.

Mangiucchiai la mia cena e anche se era tutto buono, non riuscii a finirla.

Sentendo il bisogno di un po' d'aria fresca, presi i documenti e uscii sul portico che girava tutt'intorno al retro della casa.

Lo percorsi tutto e mi sdraiai sul lettino fuori dalla porta della nostra stanza. Adam aveva socchiuso le portefinestre, come faceva spesso, per far entrare un po' d'aria fresca. Rimasi in silenzio, continuando a controllare quei maledetti documenti, cercando di far sparire la sensazione di disagio che stava aumentando.

Circa un'ora dopo, la luce naturale del giorno stava morendo in un'esplosione dorata e il magnifico tramonto aveva distolto la mia attenzione dalle carte. Mi accorsi di un rumore che proveniva dalla camera. La porta verso il portico si spalancò e Adam uscì, indossando solo una maglietta e le mutande.

Fu sorpreso di vedermi lì. «Ehi, che cosa ci fai qui fuori?» Il suo sguardo andò ai documenti aperti sulle mie gambe. «Sta diventando buio. Stai ancora leggendoli? Com'è possibile che non ti abbiano fatto addormentare?»

Presi il fascicolo e feci un'orecchia alla pagina che stavo leggendo, mettendolo poi da parte. «È veramente interessante. Sto scoprendo tutti i tuoi sordidi segreti. Il tuo feticcio per i barboncini rosa, ad esempio.»

Adam mi regalò uno dei suoi sorrisi impudenti. «Aspetta e vedrai.» Si avvicinò, sedendosi sul poggiapiedi davanti a me.

Gli guardai le gambe nude. «Sarà meglio che ti metta qualcosa addosso, altrimenti i nostri vicini tireranno fuori i binocoli. Trish Sinclair mi ha informato che sei uno spettacolo per gli occhi.»

Adam si mise a ridere. «Sono sicuro di avere un aspetto particolarmente affascinante in questo momento.» Si passò la mano sulla barba piuttosto consistente. Dio, era un peccato coprire quella faccia, ma non potevo pretendere che si rasasse tutti i giorni mentre stava male.

«Hai fame? La cuoca ti ha lasciato la cena. Te la riscaldo.»

Adam si strofinò la nuca. «Fra un momento. Ci penso io.»

Allungai le gambe, appoggiandogli piano i piedi sulle gambe. Lui prese un piede nella sua mano forte e massaggiò delicatamente l'arcata. Sentii una fitta di desiderio percorrermi le gambe a quel semplice contatto.

«Sembri silenziosa» disse, dandomi una delle sue occhiate attente da sotto le folte ciglia scure.

Mi appoggiai all'indietro, godendomi il suo tocco anche se mi aveva eccitato in due secondi. Ovviamente, in quei giorni di astinenza, mi eccitavo quando lo incrociavo nel corridoio, solo odorandolo. E non mi aiutava il fatto che fosse così maledettamente sexy, sempre. E quella barba era parecchio attraente. Mi stava facendo impazzire, specialmente quando portava gli occhiali. Un look... *interessante* per lui.

Rilassandomi, sospirai. «Mhmm, bello. E sono silenziosa perché non ho molto da dire. Qui c'è parecchio da capire. Non mi ero resa conto che sposarmi mi avrebbe ricordato di nuovo quando studiavo per il test di medicina.»

Adam aggrottò appena le sopracciglia. Era stato uno scherzo, ovviamente, ma, come sempre, Adam coglieva perfino le più piccole sfumature, nel tono di voce, nell'atteggiamento...

Avrei dovuto parlargli delle mie preoccupazioni o lasciar perdere? Lui aveva lottato come uno dei draghi del suo gioco per evitare che dovessi farlo. Aveva messo a repentaglio tutto. Non volevo che avesse la conferma che le sue paure erano state giuste. Che, dopotutto, non ero pronta ad affrontare tutto quello che avevo davanti.

«Devi mangiare» dichiarai, cambiando argomento. «Hai perso peso.»

«Ho ancora questi per tentarti.» Sorrise, flettendo i bicipiti.

«Sono già un ammasso di lussuria solo per come sei vestito. Boxer di maglia e maglietta. Lingerie sexy maschile.»

Adam ridacchiò ma i suoi occhi tornarono sull'opuscolo. «Andrò a mangiare tra un momento. Vieni con me? Possiamo parlarne se vuoi.»

Mi mordicchiai il labbro ma annuii, alzandomi. Adam sparì nel suo spogliatoio e uscì con una maglietta pulita e un paio di pantaloni di una tuta. Gli diedi un bacio sonoro sulla guancia barbuta.

«Sono fiera di te per come stai affrontando questa sfida del non-lavoro» gli dissi.

Lui alzò le spalle. «Non mi sento ancora veramente abbastanza bene, a essere sincero. E... sto cercando di prenderla con filosofia. Pensando perché è successo e ciò che hai detto quando mi hanno diagnosticato la mononucleosi. Che era il modo in cui il mio corpo di stava dicendo di rallentare. Intendo dire... avrebbe potuto andarmi molto peggio di così. È stata un'impresa ricordare quella faccenda dell'equilibrio tra vita e lavoro.»

«Ovvio, sei nato brillante e ambizioso.» Sogghignai, alzando il fascicolo dell'informativa mentre scendevamo in cucina.

Presi dal frigorifero il vassoio che la cuoca aveva preparato per lui e seguii le sue istruzioni per riscaldare il cibo. Adam sfogliò il documento che avevo lasciato sul ripiano vicino a dove era seduto.

«Hai preso un sacco di appunti» mormorò quando gli misi davanti il piatto e andai a versargli un po' d'acqua gelata da bere con la cena.

«Beh, ho immaginato che non potessi essere tu l'unico secchione in famiglia. Dovrò correre per starti al passo. È quello che ho capito oggi mentre studiavo quei documenti.»

«Beh, ci vuole un secchione per riconoscerne un altro.»

Scossi la testa, ridendo. «Tu non sei un secchione medio, Adam Drake. Fai parte dell'un percento dei super secchioni brillanti. Io non capisco nemmeno la metà della roba in quel portafoglio. Le note che vedi sono roba che ho dovuto cercare su Google per capire che cosa c'era in elenco: le società d'investimento a capitale variabile, le quote di venture capital, i fondi, le istituzioni benefiche, le licenze, le organizzazioni no profit. È una serie infinita. Non mi meraviglia che non ti veda mai.»

Adam scosse la testa. «La maggior parte di quelle roba si gestisce da sola. Non devo occuparmene quotidianamente, e nemmeno su base mensile. È tutta roba che gestiscono i direttori finanziari e gente simile. Sei... sei riuscita a dare un'occhiata all'accordo?»

Annuii, facendo la faccia triste. «Sì. E ho delle obiezioni da fare.»

Le sopracciglia di Adam quasi si unirono e sembrò deluso. «Davvero? Beh, possiamo rivederlo in qualunque modo tu voglia.»

Mi chinai in avanti, con i gomiti sul ripiano davanti a lui. «Bene, perché non c'è da nessuna parte l'abbonamento a vita a Dragon Epoch in caso di divorzio. Un giorno potrei anche imparare a vivere senza di te, ma non senza Dragon Epoch.»

Rimase a bocca aperta prima di cominciare a ridere. «Ahhh, penso di poterlo risolvere.»

Annuii. «E il sesso?»

Adam inarcò le sopracciglia, ma non parlò mentre prendeva una forchettata di purè di patate alle erbe.

«Numero di orgasmi garantito alla settimana?»

Si soffocò con il cibo. Gli spinsi davanti il bicchiere d'acqua perché potesse arrivarci più facilmente, quando smise di tossire, bevve un lungo sorso e rimise il bicchiere sul tavolo, guardandomi con gli occhi stretti.

«Non credo sia possibile inserire quella roba nell'accordo.»

Agitai le sopracciglia guardandolo. «Ci puoi mettere tutto quello che vuoi. Un'altra notiziola che ho trovato sul professor Google oggi.»

Adam prese un altro boccone e poi disse, facendo attenzione a deglutire prima di continuare: «Starò attento a chiedertelo con la bocca vuota ma... c'è qualcos'altro che vorresti aggiungere?»

Appoggiai il mento alle mani e fissai nel vuoto, riflettendo. «Un limite alle ore lavorative. Assolutamente.»

La sua espressione divenne scettica.

«Non più di quarantacinque ore la settimana, penso. Sessanta in circostanze eccezionali.»

«Gesù. Spero tu stia scherzando. E come farei a dimostrare che sono circostanze eccezionali?»

«Una nota firmata dal tuo Direttore Finanziario.»

Quello lo fece ridere di cuore, oltre a fargli capire che lo stavo prendendo in giro, forse. Non ero mai stata *seria* sul fatto di farsi dare una nota firmata da Jordan.

Mi diedi da fare in cucina mentre chiacchieravamo di altra roba e lui finiva di mangiare. Insistetti, come una bambinaia iperprotettiva, che vuotasse il piatto.

Poi ci spostammo nel soggiorno, dove gli controllai la gola e le orecchie con l'otoscopio. Gli toccai anche le ghiandole del collo per controllarne la sensibilità e il gonfiore.

«C'è un notevole miglioramento. Sei stato un bravo ragazzo e ti stai riposando.»

«Mi starò anche riposando, ma non sono un bravo ragazzo» disse. E per ribadirlo, allungò un braccio, mi agganciò intorno alla vita e mi tirò sulle sue ginocchia. «Sto avendo dei pensieri sporchi, non proprio corretti, sul mio sexy medico.»

«Mhmm... meglio non parlarne. E non sappiamo com'è la tua milza.»

Lui sospirò. Probabilmente aveva sperato che le ghiandole meno gonfie significassero che poteva tornare a certe attività di cui aveva goduto parecchio prima di ammalarsi.

«Sei rimasto senza fare sesso più a lungo, in passato e non eri nemmeno malato.»

«Beh, non mi aiuta il fatto di vedere te e tutta la tua sensualità in giro per casa, ogni dannato minuto del giorno.»

Lo guardai con un mezzo sorriso. «Non stavo cercando di essere sexy con i leggings malandati e le magliette enormi o con la divisa ospedaliera. Mi dispiace, ma come fai a trovare sexy quella divisa?»

«Il fatto che la indossi tu.» La sua mano scivolò verso la vita, tenendomi contro di lui. «Questo la rende sexy.»

Gli baciai la guancia e poi gli diedi una tiratina affettuosa alla barba. «Ti piace la barba, eh. Guarda che dovrà sparire prima del matrimonio.»

«Davvero? E se volessi essere lo sposo barbuto?»

Cercai di alzarmi, ma Adam mi tenne stretta. Mi voltai e lui mi stava guardando con occhi seri, perfino preoccupati.

«Allora, sei *veramente* d'accordo sull'accordo pre-matrimoniale?»

Esitai. Quanto avrei dovuto dirgli, veramente?

La verità. Di' tutta la verità e abbi fiducia che saprà abbastanza di sé e di me da non esplodere...

«Okay, allora se ti dico la verità, non voglio che tu scleri e diventi iperprotettivo. Ci ha già creato problemi in passato.»

Adam sbatté le palpebre. «Okay, *adesso* sono preoccupato.»

Scossi la testa. «Se vuoi che spifferi tutto, devi promettermi che non diventerai una bestia.»

Sospirò, distogliendo gli occhi.

«Promettilo!» ripetei.

Lui sbuffò. «Okay, lo prometto. Adesso dimmi la verità.»

«Beh, mi ha spaventato un po', ma non per il motivo che pensi tu.»

«Come fai a sapere che cosa penso?» Adam aveva la fronte aggrottata. Il resto della smorfia era quasi nascosto dalla barba folta.

«Ci conosciamo da un po'.» Gli passai pigramente la punta delle dita attraverso i peli ruvidi sulla mascella. Quella roba sulla faccia era *stranamente* affascinante. «Sospetto che tu pensi che io stia diventando emotiva per le questioni di lavoro e l'implicazione che non ti fidi di me.»

«E non è quello che ti ha sconvolto?»

Gli tracciai la linea della guancia. «Sconvolta è una parola troppo forte. Non sono sconvolta. Solo... a disagio.»

«Riguardo a che cosa?»

«Riguardo alla freddezza di un contratto.»

Nonostante la sua bocca fosse quasi completamente nascosta, si capiva che aveva un sorrisino presuntuoso sulle labbra. «Riesci a dirlo senza nemmeno una traccia di ironia?»

Scossi la testa sorridendo. «Ah, capisco l'ironia. La nostra intera relazione è cominciata con un contratto... o no? La nostra relazione è cominciata molto prima che ci fossero le carte.»

Adam distolse gli occhi per un attimo e poi tornò a guardarmi. «Vero.»

«È... difficile da immaginare, credo.» Piegai leggermente la testa, e le nostre tempie si toccarono. «So che cosa provo adesso. So come spero di sentirmi tra dieci anni, e guardando quell'accordo...» Scossi la testa per mascherare l'esitazione. «È difficile immaginare un momento in cui tu ed io ci divideremo e torneremo a essere degli estranei, o al massimo lontani conoscenti.»

«È perché non succederà mai.» Le sue braccia si strinsero quasi impercettibilmente intorno a me.

«Ma *potrebbe* succedere.»

«Potrebbe succedere a tutti i matrimoni, Emilia. È un rischio che si corre. Ma nel nostro caso, in effetti, è meno probabile che in altri. Gli studi dimostrano che le coppie che hanno cominciato come amici, prima di innamorarsi, hanno una maggiore probabilità di far funzionare un matrimonio. E noi eravamo amici, buoni amici. Da oltre un anno.»

Gli sorrisi.

Lui strinse gli occhi ed io continuai a sorridere.

«Perché quel sorriso?»

«Hai letto degli studi. Sul matrimonio. Sei un tale nerd.»

«Se te ne stai rendendo conto solo adesso, non ho molte speranze per te.»

«Tu sei il nerd dei nerd, Adam Drake. Un nerd maledettamente sexy.» Mi spostai sulle sue gambe per abbracciarlo intorno al torace. Lui appoggiò la testa sulla mia spalla.

«Questo significa che posso tenere la barba per il matrimonio?»

«Diavolo, no!»

«Che ne dici di un po' di sesso?»

Scossi la testa. «Considera questo periodo un allenamento. L'astinenza potrà aiutarci quando saremo vecchi.»

Spostò nuovamente le mani sul mio sedere. «Pensi che la vecchiaia mi fermerà?» mi chiese, con le sopracciglia folte che si alzavano mentre io gli lisciavo la fronte pallida con le dita, notando i cerchi scuri che aveva ancora sotto gli occhi. Probabilmente si *sentiva* molto meglio, ma non si vedeva. Non ancora comunque.

«Ah, davvero?» Gli baciai il naso. «Allora stai già programmando di essere un vecchio sporcaccione?»

Quel sorriso impudente che mi faceva fumare le mutandine... avrebbe veramente dovuto essere illegale per un uomo essere così sexy. «Con te, riesco solo raramente a non pensare a *quello*. Non ho intenzione di mentire.»

Sorrisi. «Quindi, quando sarò in pensione, dovrò imparare a lavorare a maglia in modo da poterti tenere alla larga con i ferri.»

«Anche quello non mi fermerà. Vieni qua.» Mi tirò contro di lui. «Quando saremo vecchi, coglierò ogni occasione per saltarti addosso. Non avrò bisogno del Viagra.»

Gli studiai il volto. «Non molto diversamente da adesso, eccetto quanto un virus ti ferma.»

«Va bene, capisco. Niente sesso. Coccoliamoci.»

«Uh.» Increspai le labbra.

«Uh cosa?»

«Intendevo dire... è probabilmente la prima volta che suggerisci le coccole e *intendi* veramente dire coccole.» Spinsi le mani contro il suo torace per staccarmi, ma lui non si spostò.

«Mi sento ferito dalla tua allusione.» Il suo tono di voce mi diceva tutto l'opposto.

«No, non è vero. "Coccoliamoci" è l'eufemismo che usa ogni maschio per "La convincerò a fare sesso. Solo che lei non lo sa ancora. Ma, notizia lampo, amico. Lei lo sa.»

«Hai per caso letto una copia ottenuta illegalmente del *Codice dei fratelli* o roba simile?» Allentò la stretta e mi staccai, tirandomi indietro. Mi voltai e gli passai le mani sui capelli in disordine, tentando invano di domarli. Non aveva solo bisogno di farsi la barba, ma anche di un taglio di capelli.

«Io sono un'osservatrice. So come funzionate voi maschietti.» Ammiccai. «Sei riuscito a farmi rannicchiare contro di te, giusto? E poi, lentamente, discretamente, cominci ad accarezzarmi in un modo apparentemente innocente, ad esempio sulla schiena, o sullo stomaco o roba simile. La tua mano fa dei piccoli cerchi, che si allargano sempre più finché alla fine tocchi dei posti "più interessanti", come la parte inferiore del reggiseno o la parte alta delle mutandine.»

«Mi sembra piuttosto corretto.» Adam allungò la mano, come per fare una dimostrazione ed io gli schiaffeggiai via la mano, ridendo.

«E poi... *oops*, la mano scivola sotto l'elastico, tutto mentre ci stiamo *coccolando*.» Feci le virgolette con le dita. «E ti chiedi come mai di colpo lei abbia voglia, perché tu l'hai, non tanto sottilmente, *lavorata*, tutto nel nome delle *coccole*.»

L'espressione di Adam era di pura innocenza. «Non posso farci niente se le mie mani e dei tocchi innocenti ti fanno impazzire di desiderio. Non è che possa spegnere il mio sex-appeal.»

Sbuffai. «Sei *troppo* pieno di te.»

Adam si leccò le labbra. «Non vedo l'ora che *tu* sia troppo piena di me.»

Chinai la testa in avanti, toccandogli la punta del naso con il mio. «Beh. La parte dello sporcaccione l'hai capita perfettamente. È solo questione di tempo per arrivare alla parte del *vecchio*.» Gli accarezzai la guancia. Si vedeva che era esausto. Nonostante il suo discorso battagliero, aveva appoggiato nuovamente la testa contro lo schienale, e gli si chiudevano gli occhi. «Ora, penso che il tuo futuro immediato preveda un sonnellino, ed io devo tornare a quel librone. Forza, vecchio. È ora di andare a dormire, nonnino.»

Capii che avevo ragione perché quasi non protestò.

Capitolo Quindici
Adam

Tre settimane e mezzo da quando la mononucleosi mi aveva sbattuto a terra, chiedendomi di rallentare, riuscii a completare mezza giornata di lavoro. Fu la mezza giornata più lunga della mia vita. O almeno così mi sembrò.

Ciò nonostante, riuscii a fingere di star bene per tutto il tempo prima di arrivare a casa e crollare. E, saggiamente, su consiglio di Emilia, l'avevo programmata per un venerdì, in modo da non aver bisogno di tornare il giorno successivo, anche se avessi voluto.

Una delle prime cose che feci fu quello che avevo studiatamente evitato prima di ammalarmi: incontrare Jordan in privato.

Proprio come due anni prima, quando avevo preso un periodo di congedo, era toccato a lui fare tutto il lavoro pesante mentre ero malato. E questo nonostante la tensione che ribolliva tra di noi.

Emilia aveva ragione. Gli dovevo moltissimo. Gli dovevo delle scuse.

Sì, ero ancora seccato per le cose che ci eravamo detti. Ma dopo la mia conversazione con Emilia, avevo avuto una settimana per riflettere.

Jordan si sedette davanti alla mia scrivania, controllando metodicamente l'elenco delle cose più importanti da fare ora che ero tornato. Io ascoltai attentamente, presi degli appunti e feci qualche domanda. Quando finì, diede un'occhiata eloquente all'orologio e si alzò.

Io rimisi il tappo alla penna e mi chinai in avanti. «Puoi restare ancora per qualche minuto?»

Jordan increspò la fronte e si sedette di nuovo. «Certo, di che cosa hai bisogno?»

«Ho bisogno di scusarmi. Con te.»

Lui sbatté gli occhi e poi si voltò verso la finestra, abbassandosi per esaminare il cielo. «Uh.»

«Cosa?»

«Stavo solo controllando se ci fossero degli asini in volo. Non ne vedo.»

Mi tirai indietro, osservandolo. «Me lo meritavo.»

Lui non disse niente, invece strinse i denti tanto forte da gonfiare le guance. Poi, alzandosi, si voltò e andò alla finestra per guardare fuori.

Il silenzio continuò ed io mi schiarii la voce, di colpo a disagio. Mi alzai e, non sapendo che altro fare con le mani, me le infilai nelle tasche dei jeans. «Ho detto delle cose di merda…»

«Lo abbiamo fatto entrambi» mi interruppe Jordan. «E lo capisco. C'era parecchia tensione e emozione. Stai per affrontare un grosso cambiamento nella tua vita. *Ma,* non riesco a non chiedermi, dopo tutta questa faccenda, se essere il miglior maledetto direttore finanziario possibile *ed* essere tuo amico non siano due cose che si escludono reciprocamente.»

Mi raddrizzai, studiando la sua postura, la rigidità delle sue spalle, le mani strette a pugno. «Ovviamente no» dissi a bassa voce.

«Davvero?» Jordan si voltò a guardarmi. «Perché non è proprio quello che sembra da dove mi trovo io.»

Mi fermai, rendendomi conto che avrei dovuto aspettarmelo. Avrei dovuto prepararmi a essere respinto. A dire il vero non sapevo che cosa mi *stessi* aspettando. Qualche battuta. Jordan che la metteva sul ridere con il suo solito umorismo pungente. Forse qualche ben meritato insulto. Le sue solite stronzate. Mi preparai ad assumermi le mie responsabilità.

Jordan tese una mano verso di me. «Siamo amici da tanto tempo, Adam, e soci da quasi altrettanto tempo. Ho fatto qualche casino in passato. L'anno scorso ho fatto un'enorme cazzata e tu mi hai coperto le spalle. Te ne sarò sempre grato. E se mi conosci, sai che quella lealtà per me significa moltissimo. E tu ti sei guadagnato la mia lealtà molto più di una volta.»

Sbattei le palpebre, toccato e insieme preoccupato per il suo discorso. Era vero. Jordan era leale, a volte fino all'eccesso. Mi era stato vicino in molti altri modi durante tutta la nostra storia. Jordan si era perfino comportato da coglione con Emilia quando avevamo avuto problemi durante la nostra relazione, solo perché cercava di proteggere me.

«Ma vorrei pensare di avere anch'io meritato, ripetutamente, la tua lealtà. E la tua fiducia. Ma non mi pare di averle avute.»

Restai a bocca aperta, non era difficile sentire il tono ferito nella sua voce ed io una testa di cazzo di prima categoria per averlo causato. «Io mi fido di te, Jordan.»

«*Davvero?* Hai uno strano modo di dimostrarlo. Mi hai trattato come se stessi pensando solo a me stesso. E non hai mai voluto vederti con me per trovare una soluzione accettabile per tutti.»

«Beh, come hai detto, tutti facciamo delle cazzate a volte. Sto cercando di dirti che mi dispiace.»

Fece un passo verso di me. «Ed io non sto cercando di fare il difficile. Per quanto mi riguarda, è già acqua passata.» Imitò la mia posa, mettendosi le mani in tasca. «*Comunque*, questo non significa che io sia sicuro che non continuerà a succedere.»

«Questo era… un caso speciale. L'ho visto come un tentativo del Consiglio di controllare la mia vita personale.

«Già, *controllo*. È un grosso problema per te, amico. Ne abbiamo già parlato. Il tuo bisogno di controllo si basa sul fatto che credi che nessun altro sia in grado di fare un lavoro bene quanto te.» Sospirò.

Aprii la bocca per contraddire la sua dichiarazione, ma la richiusi. Aveva ragione. Ed ero stato uno stronzo colossale, perché Jordan aveva fatto un buon lavoro. Aveva sempre fatto un buon lavoro. E stava facendo il suo lavoro quando aveva sollevato il problema dell'accordo pre-matrimoniale, ed io l'avevo snobbato, insultandolo. Arrossii per la vergogna. Voltai la testa per coprire il momento di disagio, e lui continuò a parlare.

«Il successo di questa società è nell'interesse anche del CDA. E sì, a volte hai un dipendente che non riesce a mettere ordine nella sua vita, come Alan, e lo devi licenziare. Ma il resto di noi è proprio lì con te, in prima linea, e cerca di far diventare questa società la migliore possibile.» Scosse la testa, arrossendo a sua volta, immaginai per la rabbia o la frustrazione, probabilmente per entrambe. «Devi allentare le redini e lasciarci fare il nostro lavoro.»

Non sapendo che cosa dire, annuii. Mi sembrava di essere un idiota a restare lì impalato, come uno scolaretto in castigo, ma che diavolo potevo fare? Sapevo che era un problema. Emilia me l'aveva fatto notare spesso ed io mi ero auto-illuso di averla sempre ascoltata. Provava anche lei lo stesso livello di frustrazione nei miei confronti? E gli altri?

«Te lo sto dicendo come amico, non come il tuo direttore finanziario» continuò Jordan. «C'è un numero finito di ore in un giorno per Adam, il malato di controllo; Adam, il visionario che cambierà il mondo; e Adam, il marito amorevole. Non puoi essere tutte e tre quelle persone per tutto il tempo, quindi dovrai fare delle scelte, possibilmente buone. O continuare a condannarti a una morte prematura, fregandotene e lasciando che sia chi ami a pagarne le conseguenze.»

Risucchiai il fiato, mettendo le braccia conserte. Me le stava cantando, senza esitazione, *e* senza farmi sconti. E per quanto fosse difficile ascoltarlo, decisi di far tesoro delle sue parole. Perché echeggiavano la voce che mi parlava nella testa da quando mi ero malato. Echeggiavano ciò che Emilia mi diceva da un po'. Tutti quelli cui volevo bene stavano ripetendo la stessa canzone e ora nella mia immaginazione le loro voci si erano unite in un grande coro.

E, ancora una volta, potevo scegliere se ascoltarle o ignorarle.

Deglutii. «Abbiamo tutti delle curve di apprendimento. Questa è stata la mia.»

«Wow» disse Jordan, scuotendo la testa e sorridendo. «Adam Drake ha appena ammesso che ha ancora qualche cosa da imparare? Non ci sono asini che volano oggi, quindi ritengo che si sia congelato l'inferno. Ma non potrò controllare finché non sarò morto.»

«Bastardo saccente» borbottai, scuotendo la testa. «Me la farai veramente pagare, vero?»

«È a questo che servono gli amici.» Mi guardò negli occhi e restammo così per qualche momento di silenzio imbarazzato. Mi si accese una lampadina. Emilia mi aveva fatto notare la mia dipendenza dal lavoro, ma le parole di Jordan mi fecero capire che non era di quella che soffrivo.

Avevo una dipendenza dal controllo. E per tutto quel tempo avevo cercato di curare il sotto-prodotto: lunghe ore e la preoccupazione per tutto ciò che aveva a che fare con la società e i miei affari, e non la radice del problema.

Se non fossi riuscito a prendere in mano la situazione, avrei potuto rovinare tutto ciò che di buono c'era nella mia vita. Avrebbe eroso i miei rapporti professionali, le amicizie. E, probabilmente, prima o poi, il mio matrimonio.

Mi strofinai la guancia per coprire lo shock per quella conclusione. Jordan mi stava guardando attentamente. Gli indicai la sua sedia e mi sedetti anch'io. «Sei stato veramente un buon amico. E non avrei potuto sperare in un direttore finanziario migliore.»

La mia voce sembrava… strana. E avevo disperatamente bisogno di un po' di tempo da solo per riflettere su tutta quella merda ma Jordan si sedette, mettendosi comodo. Rimase lì in silenzio, facendo ruotare nervosamente la sedia. Poi si schiarì la voce e parlò: «Non avrei mai potuto sperare in un amico migliore, Adam. Grazie.»

Ci guardammo, entrambi un po' storditi per l'emozione del momento. Poi Jordan si riscosse e sbatté gli occhi. «Cazzo, che cos'è, una sessione di psicoterapia? Mi stanno per crescere le tette?»

Alzai le spalle. «Beh, sarebbe comodo.»

Lui si passò le mani tra i capelli. «Maledizione. Sento il bisogno di usare un trapano mentre simultaneamente cuocio un quarto di bue al barbecue e buttò giù un whiskey.»

Scoppiai a ridere. «Forse dovremmo accettare l'offerta di Liam di vedercela con le spade e l'armatura.»

«Sì, machismo vecchia scuola. Perché no?» Ridacchiammo e il momento d'imbarazzo finalmente finì. Jordan si appoggiò allo schienale, grattandosi la mandibola e mi diede un'occhiata furtiva. «Allora, te lo devo chiedere…»

«È tutto a posto» lo interruppi. «Stiamo definendo gli ultimi particolari. Emilia lo firmerà quando saremo soddisfatti.»

Increspò le sopracciglia. «Buono a sapersi. Spero che non sia stato troppo stressante per lei.»

«Non lo è stato per niente. Ha capito perfettamente.»

Se poco prima non avessimo avuto quella scomoda conversazione, mi sarei aspettato che le sue prime parole sarebbero state *Te lo avevo detto*. Grazie al cielo non lo disse.

Jordan annuì. «È una ragazza intelligente. Sono lieto che non sia stato un problema.»

«Ci ha obbligato a mettere sul tavolo un mucchio di cose importanti. È stato un bene.»

Jordan esitò e poi annuì. «Non fingerò di sapere tutto ciò che state passando o la vostra situazione.»

«Lo saprai, e presto.»

Lui scosse la testa. «April ed io ne abbiamo già parlato e per noi non è un problema. Ci sarà un accordo pre-matrimoniale, quando sarà il momento.»

Nascosi un sorriso. Quindi il mio sospetto che tutti i suoi discorsi contro il matrimonio fossero tutta una scena era giusto.

Jordan alzò le spalle. «Non gliel'ho nemmeno ancora chiesto.»

«*Ancora.*»

Mi rivolse un sorriso malizioso. «Tu sei la mia cavia. Ti osserverò e vedrò come te la cavi da sposato.» Io risi e lui sorrise, imbarazzato. «Ma a proposito… ho fatto anch'io degli errori. Ho supposto che tutti affrontassero una data situazione come avrei fatto io. Non so molto della tua infanzia, ma da quello che so…» Scosse la testa, alzando le spalle. «Crescendo, ho avuto una vita privilegiata e tranquilla, in una famiglia della classe media. Non avrei dovuto presumere. Quindi mi dispiace. Ecco. E adesso ci sono le palle di neve che svolazzano per tutto l'Ade.»

Annuii. «Grazie, amico. L'ho apprezzato.»

Jordan fece rimbalzare il piede ancora un paio di volte, si dimenò sulla sedia e poi si chinò in avanti per alzarsi. «Bene, allora io…»

«Ho ancora una cosa per te.»

Jordan si fermò. «Spara.»

Intrecciai le dita sulla scrivania di fronte a me. «Vuoi essere il mio testimone?»

Jordan annuì. «Okay.»

«Bene, direi che ti sei più che meritato il ruolo al posto di mio cugino.»

«Sono sicuro che William sia contento di non dover fare il brindisi» disse sorridendo.

«E voglio anche ringraziarti per la missione. Era decisamente impressionante.»

Jordan rise e si dondolò ancora sulla sedia. «Ah, la forma più alta di complimento dal maestro delle missioni in persona. Sono profondamente onorato.» Si mise la mano sul cuore. «Io ho solo scritto la trama. Ho requisito Tony, allo sviluppo perché la implementasse per me.»

Scossi la testa. «Dici che dovrei denunciarti per stalking? Come fai a conoscere tutti quei particolari sulla mia relazione con Emilia?»

«Ero presente per la maggior parte di quella roba, all'inizio e poi... le ragazze parlano. Mia ha raccontato tutto ad April, che mi ha aiutato a scrivere la storia e a infilarci tutte quelle scemenze romantiche.»

«Allora forse dovrei toglierti la carica di direttore finanziario e passarti al settore creativo. Dev'essere più interessante dei rapporti finanziari.»

Jordan mi diede un'occhiataccia. «Lo dici tu. I rapporti finanziari mi eccitano. *I fogli di calcolo* me lo...»

Alzai una mano. «Troppe informazioni.»

«Verissimo.» Scoppiò a ridere. «Lucas mi ha riferito che l'hai messo in difficoltà al collaudo quando stavi scavando per capire chi c'era dietro la missione. Se l'è quasi fatta sotto ed è praticamente andato in iperventilazione quando è venuto da me. Ho pagato un bonus di tasca mia a quel povero cristo per farmi perdonare.»

Risi anch'io. «Mi accerterò di scusarmi con lui oggi. Grazie per aver accettato di farmi da testimone. Niente addio al celibato, però.»

«Richiesta respinta. Ma non preoccuparti, non ci saranno le spogliarelliste.» Io sbuffai. «Non credere che non abbia capito che cos'hai in mente. Mettermi uno smoking per stare accanto a te sull'altare. Tutto per dare delle idee ad April.»

«Questo sarà probabilmente il primo matrimonio cui parteciperai in cui non scoperai una damigella d'onore.»

Jordan si alzò. «Scoperò la pollastrella più sexy, a parte la sposa, ovviamente. Mi consolerò con quello.»

«Sarà meglio che scegli l'anello di diamanti.» Ammiccai. «Un matrimonio è il posto perfetto per fare la proposta.»

Jordan uscì, non senza prima mostrarmi il medio.

***

Un paio di settimane dopo, Emilia firmò l'accordo prematrimoniale che avevamo completato. Senza commenti. Senza risentimento. Senza pompa magna. Con i testimoni per certificare che non c'era stata coercizione da nessuna delle due parti. Che stavamo firmando per nostra libera scelta.

Quando tornammo a casa, Emilia trovò il documento che le avevo lasciato. Era sulla sua scrivania in una busta dall'aspetto antico, con un sigillo di ceralacca rossa e un nastro, tutto ufficiale e all'antica.

Quando la notò, si sedette lentamente, ed io mi tolsi dai piedi. Avevo scritto il suo nome con la stilografica e l'inchiostro blu. Avrebbe capito immediatamente che veniva da me. Se non per la grafia, allora perché nessun altro la chiamava Emilia.

Avevo scritto una bozza una settimana prima.

Io, Adam Drake, con questa faccio la mia promessa prematrimoniale a Emilia Kimberley Strong, la donna che presto diventerà mia moglie. E per sempre... quindi le promesse che faccio qui sono promesse che faccio per l'eternità.

Non c'è "se" o "quando". Ci siamo solo noi.

Insieme, abbiamo creato questo programma nuovo e unico. Un codice che solo tu ed io potevamo scrivere, regalandoci reciprocamente le nostre vite. Il test sarà quando lo compileremo, e poi lo faremo girare. E sì, ogni giorno sarà una nuova prova, ma possiamo farne un trionfo. Ogni giorno.

Andai a fare una passeggiata, dato che non mi avevano ancora dato il permesso di correre. Il medico aveva dichiarato che la mia milza era ancora gonfia, anche se era migliorata molto. Voleva che aspettassi ancora una settimana o due, per stare sul sicuro. Ed Emilia mi teneva d'occhio per impedirmi di imbrogliare. In privato l'avevo soprannominata "il gendarme".

Ma il medico aveva detto che sarei stato bene in tempo per il matrimonio. Grazie al cielo.

Ancora qualche altro ostacolo per portare Emilia all'altare e avrei perso la testa. *Non mancava molto adesso.*

Arrivai alla fine della spiaggia da questa parte del molo e tornai indietro verso casa una mezz'ora dopo. La vidi che correva verso di me lungo la passerella e la pista ciclabile che si snodavano lungo Newport Beach. Doveva aver usato l'app del telefono per trovarmi.

Quando mi raggiunse, con le guance arrossate e senza fiato, e più bella che mai, mi avrebbe placcato se non fosse stata fin troppo preoccupata per la mia milza delicata. Mi fermai, guardandola e lei mi fissò con gli occhi sgranati. Mi mise le braccia intorno alla vita, stringendomi. Le restituii l'abbraccio e le baciai la testa, sopraffatto dai sentimenti, forti come se fossi stato travolto da una delle onde che stavano flagellando la riva in quel momento. *Amore. Orgoglio. Pace. Soddisfazione.*

«Wow, avrei dovuto aspettare a dartela la settimana prossima, quando avrò il permesso di fare sesso» mormorai nei suoi capelli, interrompendo quel momento di sdolcinata sentimentalità. «Temo di aver sprecato un bel modo per portarti sotto le lenzuola.»

Emilia alzò gli occhi, sorridendo. «Oh, non preoccuparti. In questi giorni, anche una semplice occhiata mi convincerebbe a seguirti sotto le lenzuola.»

«Buono a sapersi. Ancora una settimana e non riuscirai a tenermi lontano.»

Emilia passò la guancia contro il tessuto della mia maglietta, stringendomi forte. «Ci conto.»

«Allora, immagino che ti sia piaciuto il biglietto?»

Emilia scoppiò in una risata. «Sei il re indiscusso dell'eufemismo.»

«Sono un bastardo arrogante per la maggior parte del tempo. Non so come fai a sopportarmi.»

Emilia si alzò sulla punta dei piedi e mi baciò, senza degnare di una risposta la mia dichiarazione.

Io esitai e poi le passai una mano sulla schiena. «Voglio che tu sappia che sono serio riguardo a tutto. Riguardo al nostro per sempre.»

Emilia toccò la mia guancia rasata con il palmo della mano. Chiusi gli occhi, godendomi il contatto. «Ovviamente lo sapevo già. Tu sei serio su tutto, Adam Drake. In effetti, qualcuno potrebbe dire che sei *troppo* serio.»

«Ma *tu* non lo diresti mai, vero?» le chiesi alzando un sopracciglio.

Lei sorrise. «Io ti tengo con i piedi per terra quando diventi troppo arrogante.» Piegò la testa di lato, con il sorriso che sbiadiva di una frazione. «È così strano, ma mentre leggevo la lettera, continuavo a pensare al primo giorno in cui ci siamo conosciuti.»

La folla abituale del fine settimana era arrivata alla passerella e ci sfilava attorno. Le presi la mano e ci avviammo lentamente verso casa. «Nel gioco?»

Emilia scosse la testa. «No, di persona. Quel giorno nella sala conferenze dell'albergo.»

Mi misi a ridere. «Quel giorno è stato un epico errore di calcolo da parte mia. Ero entrato assolutamente deciso a spaventarti, era il mio unico obiettivo.» Respirai a fondo. «Invece sono entrato in quella stanza e ti ho visto, ed è stato come se avessi messo un piede in fallo su una scogliera e stessi cadendo.»

«Ed io ho pensato di essere stata afferrata da un uragano.» La brezza catturò i capelli di Emilia, che le danzarono intorno alle spalle come fossero magici. «L'uragano Adam. È così che ti ho soprannominato dentro di me.»

«Quell'uragano era il nostro futuro, che ci sbatteva in faccia. E non ce ne rendevamo conto.»

«Io continuo a chiedermi quando l'ho saputo. Cioè… saputo senza ammetterlo nemmeno con me stessa.»

Avrei potuto rispondere per quanto riguardava me, ma non dissi niente. Invece, portai la sua mano alla bocca e la baciai.

«Forse al nostro primo appuntamento» disse Emilia, come riflettendo.

Io mi misi a ridere. «Esattamente, quale consideri il nostro primo appuntamento?»

«Quella sera ad Amsterdam» mi rispose ammiccando.

«Oh, uh. *Quella* sera. La sera in cui mi sono reso conto che con te ero finito in un mucchio di guai.»

«Davvero? Raccontami.»

Esitai, chiedendomi come avrebbe reagito nel ricevere nuove informazioni su quel viaggio, *specialmente* su quella sera. La sera in cui era cominciato tutto. Ma dopo le ultime settimane e il modo in cui aveva accettato tutto senza problemi, potevo veramente essere meno che completamente sincero con lei?

Era ora di scoprirlo. «Beh... ricordi la telefonata?»

Emilia fece qualche passo in silenzio. Io ascoltai brandelli di conversazione intorno a noi e l'onnipresente stridio dei gabbiani sulla spiaggia. «Certo. Quella telefonata è il motivo per cui le cose si sono dilungate tra di noi. Se non fosse stato per quella chiamata, non avremmo mai... Beh, cioè, adesso so che non avevi intenzione di...» La sua voce si affievolì quando vide l'espressione sul mio volto. «Adesso mi sto chiedendo se non fosse più di un caso.»

Feci un mezzo sorriso. «Mi conosci. Non lascio niente al caso. Non avremmo fatto niente quella sera. Avevo preso delle precauzioni.»

«*Precauzioni?*» Rallentò il passo, rimuginando. «Per esempio?»

«Nella limousine, mentre tornavamo dalla cena e dal ballo, avevo mandato un messaggio a Jordan dicendogli di chiamarmi un'ora dopo.» Cercai di valutare la sua espressione. «E poi gli ordinai di continuare a chiamarmi finché non avessi risposto. Giusto nel caso in cui...»

«Nel caso in cui fossi andato troppo oltre?»

«Già.»

Emilia mi guardò stupita. «Quindi non c'è mai stata un'emergenza intempestiva?»

«No.» Qualche altro passo. «Ho inventato l'emergenza. È poi mi sono collegato al server per un backup di routine.»

Camminammo in silenzio e lei continuò a tenermi la mano, ma fissava il marciapiede davanti a noi, pensierosa.

«La cosa ti fa arrabbiare?» le chiesi.

«No. Sono solo un po' confusa. Non sei veramente il tipo di persona che ha bisogno di inventare una scusa per non fare qualcosa che non vuoi fare.»

«La telefonata non era per *te*. Era per *me*. E non era questione di *non* volere fare qualcosa. Era questione di volerlo troppo.» Mossi la mano che stavo tenendo, intrecciando strettamente le dita con le sue. «Durante tutta la cena e il ballo, mi ero reso conto che avrei potuto perdere il controllo. Quindi decisi di mettere in atto preventivamente un piano d'emergenza.»

Emilia rise, io mi rilassai, senza nemmeno rendermi conto che stavo mentalmente trattenendo il fiato. «È comico che tu abbia assoldato Jordan per guastarti la festa, in anticipo e a migliaia di chilometri di distanza.»

«Sono contento che lo trovi divertente.»

«Allora non la pensavo così.» Mi diede un'occhiata di sottecchi. «Allora l'avevo trovato incredibilmente frustrante.»

Un ragazzo sullo skateboard, che veniva diritto verso di noi, deviò all'ultimo minuto. Gli diedi un'occhiataccia mentre passava.

«Siamo in due. E fu l'inizio di lunghe settimane di frustrazione.»

Emilia sorrise sarcastica. «Non diversamente dagli avvenimenti recenti. Mi chiedo perché continui a capitare a noi?»

Le strinsi forte la mano. «Speriamo che sia l'ultima volta.»

La brezza s'intensificò, alzandole i capelli in aria a formare un'aureola intorno alla testa. Emilia mi lasciò andare la mano e afferrò i capelli, facendo scivolare un elastico dal polso e formando una specie di coda di cavallo. «È un piccolo prezzo da pagare per l'amore di una vita, giusto?»

«Ci rifaremo, ne sono certo.»

Due minuti dopo arrivammo al cancello del ponticello che portava a Bay Island. Lo aprii per lei e lo attraversammo in silenzio.

Emilia si fermò a metà del ponte, guardando giù nell'acqua.

Mi fermai accanto a lei. «Che c'è?»

Lei non disse niente per qualche minuto prima di lasciare andare il fiato che non avevo nemmeno notato che stava trattenendo. «Una cosa di cui non si parlava nella tua lettera. Una cosa di cui credo dovremmo parlare.»

Mi voltai a guardarla, leggermente preoccupato per la serietà del suo tono. Lei mi prese entrambe le mani nelle sue. Con le braccia, formammo un ponte tutto nostro, parallelo a quello sul quale stavamo.

Emilia alzò la testa e mi accorsi di colpo che era sull'orlo delle lacrime. Riuscii a mantenere il volto impassibile, ma deglutii, facendomi forza per qualunque cosa fosse.

«E... i bambini?»

E fu a quel punto che mi sprofondò lo stomaco. Stupidamente non mi ero aspettato quella domanda. E non avevo una risposta da darle.

Quegli occhi castani mi penetrarono fino in fondo all'anima. «Ci saranno bambini, Adam?»

In quel punto in fondo, dentro di me, qualcuno spinse l'interruttore del gelo profondo. Deglutii di nuovo. *No.* Volevo dirlo con la mia voce più decisa. Volevo impuntarmi subito. *Niente che possa mettere a rischio la tua salute. Mai. Mai più.*

Ma non dissi niente.

Emilia continuò a sbatter le palpebre, fissandomi. E quegli occhi. Quei bellissimi occhi, si riempirono delle lacrime più grandi e più trasparenti che avessi mai visto. «Per favore, Adam» sussurrò con la voce roca. «Ho bisogno di una risposta.»

Scossi la testa. «Non lo so.»

Era la mia voce che tremava in quel modo?

Le lacrime superarono il bordo dei suoi occhi, scendendo in sottili rivoli lungo le guance lisce. Com'era possibile che la felicità diventasse tristezza letteralmente in un battito di ciglia?

La tela che avevamo tessuto insieme, questa fusione di noi, era fatta di gioia, amore puro, umorismo ed esperienze condivise, dolore, sesso, discussioni e scherzi. Ma c'era quella fitta acuta di tristezza che sembrava stessimo sempre evitando di riconoscere.

Quella trafittura, come una lama di rasoio, che poteva far sanguinare con la sua acutezza.

Quella perdita.

«Quindi ci sarà sempre solo quello?» Le tremava la voce e si morse il labbro, poi prese fiato prima di continuare. «Il bambino perduto che non potremo mai tenere in braccio? Mai veder crescere?»

Il suo volto, così pieno di emozioni, sottolineò il vuoto dentro di me. Come se ci fosse una barriera che conteneva i miei sentimenti riguardo a questo problema. Quella parte del mio cuore era riposta in qualche luogo, in un angolo buio e lontano.

Ero deciso. Volevo risponderle in modo definitivo. Ma come avrei potuto? Considerando le lacrime, considerando quanto era difficile per lei perfino parlarne, sapevo che per lei era importante.

Quella perdita la tormentava ancora. E se fossi riuscito ad ammettere la verità, tormentava entrambi, anche se per ragioni diverse.

Il meno che potessi fare era darle una speranza.

Ma non volevo farle una promessa vuota, per quanto lei avesse bisogno di quella speranza.

Quindi dovevo decidere immediatamente che cosa le avrei dato. Che cosa *potevo* darle.

«Non voglio dire di no» mormorai. *Anche se lo desidero con tutto me stesso.* La paura stava montando, mi stava soffocando. Il ricordo delle lacrime che avevamo sparso durante quei momenti bui, dolorosi. Il ricordo di averla portata, svenuta tra le mie braccia. Il ricordo di essere arrivato a tanto così dal perderla. Potevo risolvermi ad affrontare ancora quella paura? *Volevo dire di no, ma non l'avrei fatto.*

Emilia annuì, alzando una mano per asciugarsi le lacrime. «Per ora, mi serve solo quello. Una promessa che ci penserai a mente aperta quando arriverà il momento.»

A mente aperta. Una cosa per cui proprio non ero famoso.

Ricordai le parole di Jordan, la decisione a cui ero arrivato quel giorno nel mio ufficio, quando avevamo parlato. Mi piaceva il controllo. Me lo sarei iniettato come una droga, se avessi potuto, ventiquattrore al giorno, sette giorni su sette. Senza esitazioni.

Ero drogato di controllo, e volevo *quel* controllo sul nostro futuro. Niente figli. Niente gravidanze che potevano danneggiare la sua salute. Solo noi. Lei ed io.

Ma ogni drogato doveva affrontare la sfida di resistere alla droga di sua scelta, giusto? Doveva combattere contro l'impulso di cedere? *Una mente aperta.* Nonostante tutto in me gridasse che no! non era possibile, spinsi via quella barriera. Sarebbe stata una lotta quando fosse arrivato il momento. E lo sapevo. Ma non era una battaglia che dovevo combattere in *quel* momento.

Respirai a fondo, fortificandomi mentalmente. «Posso farlo.»

«Davvero?»

Annuii. «Ti prometto una mente aperta, Emilia.»

Quel sorriso... quello che le tirava gli angoli della bocca e faceva da corona alle sue guance arrossate, macchiate di lacrime. Da solo valeva la promessa.

Solo, Dio, per favore. Dio come speravo che quella promessa non si sarebbe rivoltata contro di me un giorno.

CAPITOLO SEDICI
MIA

CONSIDERA QUESTO "ACCORDO PRE-MATRIMONIALE PERSONALE" come il mio Manifesto del marito, per usare la tua terminologia. Dovrei cominciare con un elenco di tutte le ingiustizie coniugali esercitate nei confronti delle mogli fin dall'alba dei tempi, oppure cominciare con noi?

Voto per il noi. Perché è l'unica cosa che rientra nei miei poteri e anche se non posso prevedere il futuro, so che, con te al mio fianco, ogni gioia sembrerà più brillante, più acuta, più colorata e ogni delusione sarà più attenuata, più distante.

Ho commesso errori in passato e sono stati dolorosi per entrambi, ma voglio essere filosofico e chiamarli momenti di apprendimento invece di errori. Perché ho imparato da quegli errori, Emilia. E ti prometto...

Ti prometto che non prenderò mai i miei voti alla leggera.
Prometto che sarò aperto con te quando sentirò che possiamo avere anche il minimo accenno di problema.
Prometto di ascoltarti quando verrai da me con un problema.
Prometto che accetterò i compromessi.

Prometto che apprezzerò fino in fondo i momenti in cui saremo insieme.

Al piano di sotto la porta d'ingresso si aprì e si chiuse. Rimisi il documento nella sua busta dopo averlo letto talmente tante volte da non poterle contare. Presto la stampa avrebbe cominciato a sbiadire lungo le pieghe, dopo averlo aperto e ripiegato così spesso.

Speravo che Adam non ne avesse idea. Altrimenti non avrebbe mai smesso di prendermi in giro.

Afferrai la borsa e scesi di corsa le scale per salutarlo con un bacio. Era metà pomeriggio e Adam aveva fatto una giornata di lavoro quasi piena. Sfortunatamente dovevo uscire. Roba per il matrimonio.

«Ho comprato il nuovo film della Marvel e l'ho scaricato sulla TV. Non guardarlo senza di me» gli ordinai abbracciandolo.

Adam si chinò e mi baciò. «No. Ma sarà meglio che non resti fuori tutta la sera, altrimenti mi sa che lo guarderò.»

«Tornerò dopo cena. Sono solo Heath e Kat.»

Adam mi guardò preoccupato. «Come se la passa Heath? Meglio?»

Annuii. «Sì. Mi sono fatta sentire tutti i giorni e ho parlato anche con Kat, per suggerirle come comportarsi con lui. Insieme speriamo di tenerlo in riga.»

Adam annuì.

«Vai a fare un sonnellino. Mi sembri stanco.»

«Forse.»

Lo guardai severa. «Che cosa significa quel *forse*? Vuoi che faccia la spia al tuo medico?»

Adam increspò le labbra. «Sei noiosa.»

Sorrisi. «È il corso "Come fare la moglie, primo livello". Aspettati che diventi assillante. Vai. A. Fare. Un. Sonnellino. Quando ti sveglierai, sarò tornata e guarderò il film con te.»

Il mio incontro con la mia *damigella*, Heath, e la sua assistente andò bene. Kat era eccitatissima all'idea di andare a St. Lucia. Mancavano tre brevi settimane e saremmo stati là. Dicembre era appena cominciato. Le giornate erano più corte e freddine, perfino per la California. Anche se non c'era ancora abbastanza pioggia, invece così necessaria.

I Caraibi sarebbero stati un cambiamento piacevole.

Arrivai a casa trovando Adam seduto nella saletta audiovisivi con un libro in grembo, che aspettava pazientemente che tornassi. Aveva dormito. Si capiva dai capelli in disordine.

Ed era *appetitoso*, perfino con i bermuda e una maglietta a maniche lunghe.

La fame è il miglior condimento, diceva spesso mia madre. E quando si trattava di Adam, io ero sempre famelica.

Non ci volle molto, mentre guardavamo il film, per renderci conto che non riuscivamo a non toccarci. Era cominciato tutto in modo così innocente, oltre a tutto. Rannicchiarci insieme in una grande poltrona reclinabile lo aveva reso difficile. Il suo torace era solido e attirava le mie mani come se quello fosse il suo unico scopo. Ci volle poco perché Adam contraccambiasse, toccandomi il seno. Avance di sicuro non sgradite.

Adam mise in pausa proprio nel bel mezzo del discorso d'incitamento di Capitan America, per tirarmi in grembo e baciarmi. Con le bocche unite, mi spostai fino a sistemarmi proprio contro la sua erezione prominente. *Dio*, era così bello.

Adam mi ripagò con un lungo gemito quando mi dondolai contro di lui. Quella moratoria sul sesso era stata una tortura. *Solo ancora qualche giorno.*

Ma pomiciare un po' non ci avrebbe fatto male, no?

Adam infilò le mani sotto la mia maglietta, dentro il reggiseno per stuzzicarmi i capezzoli. Ma non sembrava soddisfatto di quel livello di accesso. Mi spinse la lingua nella bocca e le mani diventarono più frenetiche. Con un gemito, tirò il reggiseno, che scricchiolò protestando.

«Finirai per romperlo» mormorai contro la sua bocca.

«Non me ne frega un cazzo. Ti comprerò una dozzina di reggiseni. Devo succhiarti i capezzoli.» Tirò di nuovo e il fermaglio di plastica che lo chiudeva si spezzò. «*Adesso.*»

«*Sissignore.*» Mi misi a ridere, chinandomi all'indietro per togliermi la maglia e il reggiseno in un sol colpo.

«Ohhh, sì... ecco di che cosa stavo parlando.» Adam allungò le sue lunghe mani, e chiuse deciso le dita sui miei seni. «Merda... mi è mancato.»

Mi chinai verso il suo tocco, rispondendo. «Anche a me. Stavo cercando di fare la brava e non cambiarmi di fronte a te o roba simile.»

Senza esitare un attimo, Adam si chinò e attaccò con la bocca un fortunato capezzolo mentre io arcuavo la schiena chiudendo gli occhi e vedendo le stelle. L'eccitazione fiorì potente tra le mie gambe mentre il mio capezzolo si contraeva felice nella sua bocca calda. *Gesù.*

«Dovremmo... uh... probabilmente dovremmo...»

Adam strofinò il bordo dei denti contro il mio capezzolo, guardandomi con quegli occhi scuri, brucianti.

«Oh, cazzo.» Il mio era a metà tra un gemito e un lamento. *Dio, era così bello.*

«Voglio farti venire.»

«Non dovresti…» mormorai anche se, *accidenti*, lo desideravo più della stessa aria in quel momento.

«Perché diavolo no?»

«Perché *tu* non puoi.»

Adam sospirò, staccandomi. «Tra due giorni, il medico mi dirà che sono a posto.»

«Ho visto l'ecografia della tua milza. Era brutta, Adam. Voglio essere sicura che non ne derivi un danno permanente.»

«Il sesso non mi nuocerà. Il sesso è naturale. Il sesso è bello. Il sesso è la miglior…»

Scoppiai a ridere e gli passai una mano tra i capelli in disordine. «Se i nostri ruoli fossero invertiti, non mi toccheresti nemmeno con un dito. Non negarlo. Non sono l'unica iperprotettiva in questa famiglia.» Adam aprì la bocca per protestare, ma glielo impedii. «Chi è quello che insiste a farmi un accurato esame del seno ogni poche settimane, anche se lo faccio già io nei momenti prescritti?»

Lui mi passò i pollici sui capezzoli. «È perché mi piacciono le tue tette. Non mi pesa fare un esame.»

«Adam…» Mi piegai e appoggiai la punta del naso sul suo, ma lui non mi guardò. Era incantato da quello che stava facendo ai miei capezzoli. E dovevo ammettere che era una sensazione fantastica.

Alzò gli occhi scuri, incrociando i miei. «Se hai intenzione di farmi aspettare fino al via libera, non sarò molto contento.»

«Che cosa faresti *tu*? E sii sincero.»

Lui strinse i denti. L'avevo in pugno e lo sapeva.

Tolse le mani, smettendo di compiere la sua magia sul mio seno. Quasi mi misi a piangere. «Bene, ma se vado in bianco io, vai in bianco anche tu.»

Feci il broncio. «Cattivo.»

«Oh, sarò *estremamente* scorbutico nei prossimi giorni. Meglio che ti prepari.»

Mi abbassai a raccogliere la maglia dal pavimento e me la infilai. «Sei stato un'autentica lagna durante le ultime settimane. Sono pronta.»

«E vuoi comunque sposarmi.»

Agitai le sopracciglia. «Già. Non ce la farai a liberarti di me, Drake.»

Adam fece un respiro profondo e poi lasciò andare lentamente il fiato. Poi mi afferrò il sedere con entrambe le mani e mi tirò verso di sé. «È la migliore notizia che abbia sentito in tutta la settimana.»

Poi fece una smorfia e mi spinse giù dalle gambe. Non fece ripartire il film finché non fui tornata sulla mia poltrona, dichiarando che io, e le mie tette, eravamo una distrazione troppo grande.

Quando smisi di ridere ubbidii, avvertendolo che una volta che avesse avuto il via libera, gli sarei saltata addosso.

Stava arrivando un uragano e sarebbero piovuti orgasmi. L'uragano Adam. Proprio lui.

***

Il giorno dopo, Adam stava ancora facendo il broncio mentre ci preparavamo per un appuntamento all'ora di pranzo. Gli avrei offerto di restare a casa, ma era lui quello che l'aveva fissato.

E non ci sarei andata senza di lui, anche se sarebbero stati presenti anche la mamma e Peter.

Dopo esserci scambiati email per qualche mese, avevo accettato di incontrare di persona Glen Dempsey. Avevamo riservato una stanza in un ristorante italiano *La cucina*, che aveva una finestra con vista sulle scogliere di Corona del Mar e una spiaggia di sabbia dorata.

Entrammo nel ristorante, aspettandoci di essere i primi, dato che vivevamo a meno di dieci minuti di distanza. Ma Glen era seduto al tavolo e chiacchierava con mia madre e Peter, che ci avevano preceduto. Entrammo e Glen balzò in piedi. La mamma e Peter lo imitarono.

Mi fermai, aspettando un po' rigida che la mamma ci presentasse, mentre studiavo il mio fratellastro. Non mi assomigliava assolutamente. Dopo aver visto le fotografie degli altri membri della famiglia, era facile capire che assomigliavano tutti alla loro madre.

Era di media altezza e robusto, capelli chiari e gli occhi azzurri più pallidi che avessi mai visto. E aveva un sorriso bellissimo. Grande, sincero, aperto.

Sembrava essere tutto ciò che suo padre non era. Almeno da quello che potevo giudicare. Non sapevo niente di suo padre a parte le briciole che ero riuscita a sopportare di sentire da mia madre.

Glen spalancò gli occhi. «Ciao, Mia. È un onore conoscerti finalmente.»

Era affabile di persona com'era stato nelle mail. Sorrisi, allungando la mano. «Glen.»

Lui mi strinse la mano. «Sei bella come tua madre.»

La mamma ed io lo ringraziammo all'unisono.

Lo presentai ad Adam. Glen gli strinse la mano, congratulandosi per l'imminente matrimonio. Poi ci sedemmo tutti. Io seppellii l'imbarazzo del momento e mi domandai che cosa dire mentre studiavo il menu.

Grazie a Dio per gli antipasti e il vino, che servirono ad allentare la tensione.

Non era Glen quello imbarazzato. Ero io.

«Grazie per avermi mandato quel fascicolo con le informazioni mediche» gli dissi, esauriti i primi convenevoli.

Glen sorrise. «Era il meno che potessi fare. E sono sincero. Il minimo che chiunque nella nostra famiglia potesse fare per te.»

Sbattei le palpebre, evitando di guardare mia madre. «Deve… deve essere stato difficile per te ottenere la firma di tuo padre per il rilascio della sua documentazione.»

Glen esitò, poi riportò gli occhi sul piatto mentre tagliava la carne. Con un'alzata di spalle rispose: «È un uomo di buon senso. Quando il buon senso gli viene ficcato in testa a martellate, reagisce nel modo appropriato.»

Annuii, ma non risposi. Faceva ancora male sapere che Gerald era stato riluttante a farmi avere la sua documentazione medica, anche se mi stavo sottoponendo ai trattamenti per il cancro. Che non gli era importato abbastanza da rispondere alla richiesta di mia madre.

Glen si schiarì la voce e mi guardò negli occhi. «A ogni modo non ho intenzione di difenderlo. Non ha fatto la cosa giusta con te, ed è colpa sua. Ma vorrei dirti che non hai perso molto, Mia. Sinceramente, lui conosce a malapena i tre figli che sono cresciuti nella sua casa. È uno schifo come padre.»

Nonostante fosse deprimente, fu quasi confortante sentire quella dichiarazione. Che il suo disinteresse e il disprezzo non erano stati personali, solo per me. Comunque quei sentimenti furono accompagnati da una piccola fitta di senso di colpa.

«Mi dispiace» mormorai, non sapendo che cos'altro dire.

«Non dispiacerti. Uno per volta, i nostri rapporti con lui si sono deteriorati o sono stati danneggiati irreparabilmente. Una delle mie sorelle l'ha tagliato fuori completamente dalla propria vita. L'altra gli parla appena. Io sono l'unico che lo tollera, più che altro per il bene di mia madre.»

Annuii, masticando pensierosa il mio petto di pollo, pensando a sua madre. Che tipo di donna era? Assomigliava alle Vere Casalinghe della mia cena, quelle che parlavano di tollerare le indiscrezioni del marito, per necessità?

«Sa di te, tra parentesi. Lo sa da parecchio tempo.»

Silenzio. Sbirciai mia madre, i cui lineamenti apparivano perfettamente tranquilli e inalterati. Quindi per lei non era una novità. Ma sembrava più pallida o era la mia immaginazione?

«Beh, potrei dire che mi dispiace che la mia esistenza le abbia causato dolore…»

Mia madre mi diede un calcio sotto il tavolo. E nemmeno piano.

«Più che altro è stata l'esistenza di mio padre a causarle dolore» disse Glen sbuffando.

Non sapevo se Glen stesse esagerando le caratteristiche di suo padre per mettermi a mio agio. Ma gli ero comunque grata per lo sforzo.

Il pranzo fu piacevole e quando fu il momento di lasciarci, Glen chiese di poter avere un minuto da solo con me. Dopo un'occhiata nervosa ad Adam, che annuì rassicurandomi, gli altri uscirono per aspettarmi all'entrata del ristorante. Rimasi sola con Glen, agitata.

Lui prese una busta dalla giacca e me la porse. «Devo spiegartelo prima di dartela. Non ho saputo di te fino a poco tempo fa, ma come ho detto, mia madre lo sapeva da tempo. Non ha seguito da vicino la tua vita, ma sapeva dov'eri e la tua età. A diciotto anni, tutti noi abbiamo ricevuto un pagamento parziale dal nostro fondo fiduciario per coprire le spese del college, e il saldo a ventitré anni, o alla laurea. Ha insistito che mio padre facesse lo stesso per te, e lui l'ha fatto. Ma si è rifiutato di fartelo sapere.»

Deglutii, sbattendo gli occhi, di colpo conscia di un peso invisibile che mi stava schiacciando il petto.

Glen mi tese la busta. «Queste sono le informazioni per accedere al fondo fiduciario.»

Mi tremò la mano mentre la prendevo. «Non voglio i suoi soldi.»

Glen chiuse la mano sopra la mia, stringendola. «Prendili, Mia. Sono tuoi e non farlo per lui. Fallo per mia madre. La farebbe contenta.»

Inspiegabilmente, sentii le lacrime che mi bruciavano gli occhi. «Sembra una donna meravigliosa.»

«È così. È la migliore. E lui non l'ha mai meritata.»

«Spero che divorzi da lui.»

Glen si mise a ridere. «L'ha fatto. Di recente.»

«Forse un giorno potrei incontrarla.»

Glen annuì. «Penso che le piacerebbe. Ma una cosa per volta. Non voglio che ci sia imbarazzo tra di noi. Non ho idea su come si fa a instaurare un rapporto fraterno con un'adulta che non si conosce, ma vorrei provare. Mi piacerebbe dire alla gente che ho un'altra sorella. Sono passato dall'essere il piccolo della famiglia ad avere una sorella minore.»

Smise di stringermi la mano ed io la tirai via. «Grazie, Glen. Sei un essere umano perbene e ti ringrazio per aver ripristinato la mia fede in quella metà del mio albero genealogico.»

Sorrise. «Non posso garantire per il vecchio, ma ti ringrazio per non avermi giudicato basandomi su di lui.»

Mi misi a ridere. «Forse una volta l'ho fatto. Ma mai più.»

«Posso abbracciarti?»

In tutta risposta, feci un passo avanti e lo abbracciai io. «Grazie per aver fatto tutte quelle cose che non eri obbligato a fare.»

Lui mi diede un colpetto sulla schiena. «*Dovevo* farle.»

Uscì, non prima che lo invitassi a partecipare al nostro matrimonio. Fu felicissimo di ricevere l'invito.

Adam mi fece solo qualche domanda mentre andavamo a casa. Mi lasciò da sola una volta arrivati, quando gli dissi che avevo un mucchio di cose su cui riflettere. Era veramente una situazione bizzarra. Di colpo avevo dei soldi. Come ci si comporta quando si diventa di colpo ricchi?

Era una domanda che mi facevo da quando mi ero fidanzata con Adam. Ora quella questione mi stava colpendo da un'angolazione completamente diversa. Dopo aver fatto una lunga passeggiata da sola, cenammo e gli parlai del mio fondo fiduciario.

«Tu eri molto giovane quando ti sono piovuti addosso tutti quei soldi.» Stavo parlando del primo grosso successo di Adam, quando aveva venduto un programma a una grossa società di videogiochi per milioni di dollari, alla bella età di diciassette anni.

Adam si mise a ridere. «Sì, è stato strano. Non sapevo che cosa farne. Ho pagato il mutuo di mio zio. Il college di Liam, prima che si ritirasse. E ho fatto qualche altra cosuccia. Sono andato in Europa da solo. Roba da ragazzi. Era un mucchio di soldi da scaricare addosso a un ragazzino.»

Io alzai le spalle. «Stavo pensando di usarli per pagarmi l'università.»

Adam non sembrò soddisfatto. «Immagino che potresti farlo. Ma sai che non ne hai bisogno. Mi piacerebbe che trovassi un modo per usarli per fare veramente del bene. Magari quando sarai un medico. *Ma* non hai bisogno di deciderlo domani.»

Continuammo a mangiare per un altro minuto prima che Adam smettesse di masticare. Stava guardando nel vuoto, come se stesse pensando… poi emise un gemito.

«Che c'è?» gli chiesi quando fece una smorfia.

«Dovremo rifare l'accordo pre-matrimoniale.»

Feci una smorfia anch'io e lui si mise a ridere. «Non preoccuparti. Chiamerò l'avvocato. Se ci va bene non dovrebbe essere troppo doloroso.»

***

E fortunatamente non lo fu.

Ma non potevo fare a meno di chiedermi… se avessi ricevuto quei soldi quando avevo cominciato il college mi sarei trovare in circostanze completamente diverse. E tante cose sarebbero andate diversamente.

Probabilmente non avrei mai fatto quell'asta.

E l'asta mi aveva portato Adam.

E avrei sempre preferito Adam a mille fondi fiduciari. Quindi, per quello, dovevo dei ringraziamenti al donatore biologico di sperma, o meglio alla sua ex-moglie.

Il giorno dopo, lunedì, quando tornai a casa dopo il laboratorio, Adam era seduto a letto con la TV accesa. Aveva preso un giorno libero, su mio ordine. Ma notai in fretta il laptop su un ginocchio, che chiuse in fretta quando entrai. Aveva il telefono vicino e il telecomando della TV era sul comodino.

Lo guardai sospettosa. «Stai lavorando?»

Sospirò. Accidenti, sembrava pallido. «Stavo controllando le email. Devo veramente assumere un nuovo direttore IT.»

«Ma non oggi. E probabilmente non fino all'anno nuovo.»

Adam scosse la testa, con gli occhi che tornavano allo schermo della TV, che stava blaterando qualcosa... una notizia flash. C'erano delle immagini della Stazione Spaziale Internazionale e parlavano di astronauti e della NASA.

«Più che altro stavo seguendo questo. Hai sentito?»

«Sono stata in classe tutto il giorno... non ho sentito niente.» Mi voltai a guardare la TV. «È successo qualcosa?»

«C'è stato un incidente. Due astronauti stavano facendo una passeggiata nello spazio. La tuta di uno dei due si è rotta ed è morto.»

«Oh, merda.» Mi sedetti sul letto, fissando lo schermo. «È orribile.»

«Già. L'altro astronauta, Ryan Tyler, lo conosco. Era sulla stazione spaziale quando c'ero io e mi ha perfino aiutato con l'addestramento. Veramente un astronauta grandioso. Un tipo eroico.»

Sentii la tristezza come un pugno gelido che mi stringesse il petto. «È orribile. Non credo che sia mai morto nessuno *nello* spazio finora.»

Adam scosse la testa. «No. Solo salendo o scendendo... o durante l'addestramento.»

Ascoltai il commentatore che ripeteva i fatti conosciuti riguardo all'incidente, dicendo che non si sapeva ancora molto e che stavano aspettando che il portavoce della NASA iniziasse la conferenza stampa entro l'ora.

«È orribile» mormorò Adam. «Vorrei poter fare qualcosa per aiutare Ryan. Non riesco nemmeno a immaginare che cosa stia passando adesso. Ovviamente le agenzie di stampa diffonderanno dicerie e ripeteranno delle voci che danneggeranno il programma spaziale. Ne risente sempre dopo gli incidenti. Cancellano i programmi e la gente dimentica che andare nello spazio è importante per il futuro di tutti.»

«Forse il futuro dei viaggi nello spazio non dovrebbe nemmeno essere nelle mani dei governi.» Mi voltai a guardarlo. «Forse dovrebbe essere lasciato ai visionari con i mezzi e le motivazioni. Qualcuno ha detto che ci vorrà un gruppetto di miliardari intelligenti che si mettono insieme per realizzare cambi epocali praticamente in ogni campo. Per puro caso io conosco un miliardario *molto* intelligente.»

Adam mi guardò di sottecchi. «Ti stai riferendo al mio piccolo investimento nella XVenture?» mi chiese. XVenture era la società privata di esplorazioni spaziali che avevo notato sul documento informativo.

«Non mi sembrava un *piccolo* investimento, ma sì, è a quello che mi riferivo. Magari ci vorrà un miliardario con la motivazione giusta per fare più di quello che vuole fare il governo.»

«Forse.» Adam si strofinò la guancia e continuò a fissare lo schermo, ma ero convinta che mi stesse ascoltando attentamente.

«Ricordo che cosa diceva Spiderman: "Da un grande potere derivano grandi responsabilità.»

«Non l'ha detto Spiderman. L'ha detto suo zio Ben.»

Alzai le spalle. «Volevo solo dire che tu hai il potere di cambiare le cose.»

Adam annuì, continuando a guardare la TV con un'espressione turbata. Senza chiedergli se volesse un abbraccio, mi chinai e lo abbracciai lo stesso. Dopo la conferenza stampa lo convinsi finalmente a spegnere il notiziario e cenammo tranquilli da soli cercando di non parlarne.

Ma le rotelline giravano in quella sua mente brillante e mi chiedevo quale sarebbe stato il risultato.

Adam aveva l'appuntamento con il medico e l'ecografia per il via libera il giorno dopo e speravo che si sarebbe sentito meglio con qualche buona notizia. Era cominciato il conto alla rovescia per il nostro matrimonio. Mancavano solo due settimane.

In bagno, prima di andare a letto, notai l'eloquente macchia scura sulle mie mutandine. Dopo mesi e mesi di assenza, sembrava che potessi avere un ciclo normale.

Meglio non illudermi prima di esserne certa. Le mestruazioni potevano sparire velocemente com'erano venute. Mi pulii e me ne occupai, ma non ne parlai ad Adam.

Lo avrebbe scoperto abbastanza presto.

Capitolo Diciassette
Adam

NEL MIO SPOGLIATOIO, QUELLA SERA, MENTRE MI preparavo per andare a letto, cercai in fondo all'armadio e tirai fuori la tuta di volo blu scuro della missione Sojuz cui avevo partecipato partendo dal Cosmodromo di Baikonur in Kazakistan, oltre quattro anni prima. Passando le dita intorno allo stemma della missione e al mio nome, *A. Drake* cuciti sopra il taschino di destra, ricordai la sensazione euforica dell'assenza di peso, e l'importanza di ciò che si faceva sulla stazione spaziale internazionale.

Nei notiziari, avevano cominciato a parlare di rottamare la stazione, adducendo il motivo dei pericoli inerenti a una struttura che stava invecchiando e che ruotava intorno alla terra ogni novanta minuti. Esisteva una reale possibilità che ritirassero tutti gli astronauti e i cosmonauti dalle loro missioni e li riportassero a casa.

La gente dimentica così in fretta che ciò che quegli astronauti stavano facendo riguardava tutta l'umanità ed era *importante* per il suo futuro.

Non riuscivo a togliermi la notizia dalla testa, e nemmeno quel desiderio pressante dentro di me di fare qualcosa per aiutare. Forse, per me, era quello il prossimo passo. La prossima mossa, per superare il punto in cui mi trovavo. Qualcosa di importante per il futuro dell'umanità. Un nuovo scopo.

Nella mia testa si stava già formando un elenco. Un lungo elenco di cose da fare che, una volta tanto, non riguardava il matrimonio. La prima cosa da fare era mandare le mie condoglianze a Ryan Tyler.

Poi avrei chiamato i miei amici alla XVenture e avrei cominciato a proporre delle idee. Mi sarei sentito euforico di avere un nuovo progetto su cui lavorare, se non ci fosse stata l'ombra di quella triste notizia.

Invece c'era una vaga speranza. Una speranza di poter dare una mano per aiutare a cambiare il mondo.

Maggie, la mia assistente, fissò immediatamente un appuntamento per il nuovo anno con l'AD di XVenture.

***

Il giorno successivo arrivò la migliore delle notizie, anche se me l'aspettavo. La riferii a Emilia con un enorme sorriso quando arrivò a casa, tardi, dalla sua sessione di studi prima delle vacanze invernali.

«Certificato di buona salute» le mormorai all'orecchio dopo averla afferrata per la vita in cucina e averla baciata appassionatamente.

Lei si voltò tra le mie braccia, premendosi contro di me e mettendomi le braccia intorno al collo. «Oh, Adam. Sono così felice. E giusto in tempo, oltre a tutto.»

«Sì, giusto in tempo per le mie soavi avance.»

«Tu ed io abbiamo due definizione diverse di *soave*, credo.»

Alzai le spalle. «Ehi. Sono passate sei settimane. Sono fuori forma. Vienimi incontro, dai.»

Emilia si alzò sulla punta dei piedi e mi baciò. «Mi piacerebbe moltissimo venirti incontro, solo che io, uh… ho un problema.»

«Oh oh.» Mi feci forza per ascoltarla. Che cosa poteva essere? Aveva fallito un esame? Dimenticato qualche importante particolare sul matrimonio? *Oh Dio*, aveva trovato un nodulo? Il mio battito cominciò ad accelerare. «Che problema?»

Lei mi diede un'occhiata un po' incerta. «Mhmm… momento sbagliato del mese?»

Sollievo e frustrazione si mischiarono, rendendomi al contempo felice e irritato. Rilassai le braccia, abbassandole. Mi passai una mano tra i capelli. «Beh… cazzo.»

Emilia mi accarezzò la guancia. «Mi dispiace. *Ma* credo che potrei comunque far felice *te*, stasera.»

La fissai. «Di che cosa stiamo parlando?» Dopo la chemioterapia i suoi cicli erano stati leggeri ed eccetto per una giornata ogni tanto, non avevano influito sulla nostra vita sessuale.

«È appena cominciato, ma non è un bel vedere.» Sollevò un angolo della bocca. «Diciamo che questo ciclo mi sta ridando la fiducia che la mia fertilità possa tornare. È come la scena di un crimine… ti assicuro, non vorresti avvicinarti.»

Feci una smorfia. «Scena di un crimine? Uh, non farmi tornare la nausea.»

«*Nausea?*» Emilia restò a bocca aperta e finse di darmi un pugno sul braccio. «Oh mio Dio, sei diventato verdognolo. Sei un tale maschio.»

Alzai un braccio per sventare il suo attacco. «*Sono* un maschio. Noi non abbiamo quell'equipaggiamento.»

Emilia incrociò le braccia sul petto, tirando la maglietta sul seno magnifico. Non riuscivo a distogliere gli occhi. Appoggiando un fianco al ripiano, sbuffò: «*Beh,* vivi con una donna. Stai per *sposare* una donna. E le donne hanno le mestruazioni. È una parte naturale della nostra vita. Quindi abituati.»

Io distolsi gli occhi con un sospiro rassegnato.

«Aspetta…» Emilia si staccò dal ripiano e camminò lentamente verso di me, con le braccia ancora conserte. «Tu non hai… *paura* della mia vagina, vero?»

Risi, scuotendo la testa. «No, assolutamente.»

«Sì! Hai paura della mia vagina.»

Tesi la mano come un vigile urbano per fermare la sua avanzata. «È quella faccenda della scena del crimine. Io non sono CSI Newport Beach. Non ho bisogno di sapere niente della scena del crimine.» Emilia sbuffò, fermandosi a pochi centimetri da me. «*Non* ho paura della tua vagina.»

Lei cercò nuovamente di darmi un pugno e la bloccai facilmente mentre cercava coraggiosamente di non ridere. «Che cosa hai da dire in tua difesa?»

«Mi piace la tua vagina. Le ho dato cinque stelle+ su Yelp. *Uno dei miei posti preferiti da visitare.*»

La battuta mi fece ottenere un altro paio di pugni sul petto prima di riuscire a bloccarla, inchiodandole le braccia lungo i fianchi. Poi la baciai. A quel punto mi sentivo esausto e non mi importava più tanto se non avrei fatto sesso quella sera.

Inoltre mi resi conto di come doveva sentirsi sollevata. Si era detta preoccupata perché i suoi cicli non erano "normali", ed essendo io un uomo, non sapevo esattamente che cose significasse, né volevo saperlo. Ma data la recente conversazione che avevamo avuto sui bambini, sapevo che la possibile perdita della fertilità la stava preoccupando e che questo era un buon segno. Ne sembrava contenta.

E quindi, invece di fare il broncio perché interferiva con la mia vita sessuale, fui contento per lei.

«Guarda il lato positivo» cominciò a dire Emilia.

«C'è un lato positivo?»

Lei sorrise. «Almeno non avrò il ciclo quando saremo in luna di miele.»

Annuii, pienamente d'accordo con lei che era proprio una cosa positiva.

Il tempismo non avrebbe potuto essere più perfetto.

A meno che, ovviamente, la nostra sfortuna interferisse di nuovo, ed era definitivamente una possibilità.

***

Qualche giorno dopo ero tornato al lavoro dopo una pausa di riposo, l'ultima che avrei preso prima del matrimonio, quando mi arrivò la notizia.

Alla vigilia del rilascio dell'ultimissima espansione di Dragon Epoch, che doveva coincidere con gli acquisti natalizi, il nostro centro dati subì un attacco di pirateria informatica, da fonte sconosciuta, che impediva l'accesso al servizio. Per ore, che minacciavano di diventare giorni, i nostri server furono completamente paralizzati e impossibilitati a far funzionare il gioco. Anche il nostro sito web e i forum erano bloccati. Avevamo pochissimi mezzi con cui comunicare con i nostri giocatori.

Come si chiama il disastro per una società di videogiochi? DDoS, Distributed Denial of Service, letteralmente il rifiuto di fornire il servizio.

Jordan avrebbe voluto convocare una riunione di emergenza del CDA, ma io ero troppo occupato. Perdevamo milioni di dollari per ogni ora in cui i server non funzionavano, e quando riuscivamo a riattivarli, non potevamo impedire a un altro DDoS di colpirci subito dopo.

Attacchi simili di solito arrivavano a ondate e la ditta che si occupava della nostra sicurezza informatica non era adeguatamente attrezzata per fermarli. E senza Alan o un nuovo direttore IT che lo sostituisse, il carico maggiore ricadeva su di me.

Jordan camminava avanti e indietro nel mio ufficio. «Qualcuno deve andare al centro dati.»

Mi massaggiai la fronte, seduto alla mia scrivania. «Sì, lo so. Chiederò a Emilia di prepararmi la valigia.»

Jordan sospirò a lungo. «Ti ucciderà. Devi essere sull'aereo il giorno dopo Natale. Manderemo qualcun altro.»

Lo guardai sbattendo gli occhi. «Chi?»

Jordan sembrò in difficoltà. «Posso tentare di supervisionare io.»

«Sai come si fa a implementare la protezione sull'IP dell'ultimo salto?» gli chiesi.

Lui mi fissò come se stessi parlando marziano. Ed era come se l'avessi fatto.

«Uh. No. Probabilmente dovresti andare tu.»

Mi passai le mani tra i capelli. «Giuro su Dio, se avessi qualcuno di decente all'IT non andrei. Ma mancano solo cinque giorni a Natale.»

Jordan fece un fischio. «Sei tu quello che dovrà spiegarlo alla tua futura moglie. Io non voglio entrarci.»

«Maledizione.» Mi strofinai gli occhi chiusi.

Jordan indicò il telefono con un gesto teatrale. «Io mi occuperò del CDA. Tu chiamala e porta il culo su un aereo.»

Chiamai Emilia e rimasi sul vago. A essere sincero, non sapevo quando sarei tornato a casa. Poteva essere il giorno dopo o le prime ore della mattina di Natale. Cose come quelle erano difficili da prevedere. Avrei saputo qualcosa di più una volta che fossi andato al nord per occuparmi del centro dati.

«Che cos'è un DDoS e perché stanno attaccando la Draco?» mi chiese Emilia al telefono.

«DDoS significa che c'è un rifiuto di fornire il servizio. Qualcuno sta usando un mucchio di computer zombie per inondare i server di dati in modo che non possano funzionare.» Camminai in circolo intorno al mio ufficio, fermandomi ogni tanto davanti alla scrivania per scrivere un appunto per la mia assistente.

«Perché qualcuno dovrebbe fare una cosa simile?»

«Non ne ho idea. Ragazzini hacker annoiati o un tentativo organizzato dall'estero. Potrebbe essere chiunque. È possibile che non stiano nemmeno prendendo di mira noi, ma qualcuno che usa lo stesso centro dati o la stessa rete. Spero di riuscire a capire qualcosa di più una volta che riusciremo a rimetterlo in moto.»

Emilia sospirò. «Okay. Quando parti?»

«Appena possibile. Puoi mandarmi un po' di roba?»

«Te la porterò io. Possiamo vederci all'aeroporto tra venti minuti.»

Maggie mi aveva trovato un volo charter che era pronto a partire entro un'ora. E dato che stavo andando solo nella

California del Nord, avrei fatto in fretta. Come promesso, Emilia mi venne incontro all'aeroporto con una valigia. «Meno male che ci sono le vacanze invernali. Ovviamente avresti potuto far preparare la valigia a Cora. I miliardari hanno *veramente bisogno* di una moglie?»

Le sorrisi. «*Io* sì.» La baciai e la salutai, senza nessuna voglia di lasciarla andare. Ma le feci una promessa. «Sarò di ritorno per Natale.»

Solo che non fu così. Almeno non per più di qualche ora. Ed Emilia sarebbe partita il giorno dopo. Senza di me.

Capitolo Diciotto
Mia

ERO PRATICAMENTE CERTA CHE IL SOGNO DI OGNI SPOSA per un matrimonio esotico non includesse arrivare alla suddetta destinazione esotica senza lo sposo. Ma ero lì, sei brevi giorni prima del nostro matrimonio e avevo visto Adam per un totale di sei ore (e lui aveva dormito per la maggior parte di quelle ore), prima di prendere il volo per St. Lucia, senza di lui.

Dopo aver passato cinque giorni nella Silicon Valley a risolvere il disastro del centro dati, aveva avuto ancora del lavoro da fare per chiudere "tutto quello che aveva dovuto lasciare in sospeso per andare là".

Dire che ero irritata era dir poco. Ma che cosa potevo fare?

Se non avessi scherzato con quella clausola sulle ore lavorative nell'accordo pre-matrimoniale, avrei potuto invocarla, ma pensavo che qualunque persona ragionevole avrebbe riconosciuto le circostanze attenuanti. E le riconobbi anch'io, con riluttanza, matrimonio o no.

Ma questo non voleva dire che non intendessi comunque fargliela pagare.

Lui: *Dopo l'allenamento di stamattina ho infilato nella tua valigia la mia maglietta sudata, perché abbia qualcosa con cui accoccolarti.*

Riposi il telefono senza rispondere, con la faccia in fiamme per l'imbarazzo. Oh, mi sarei vendicata. Inoltre, avevo già preso qualcosa di suo da portare con me, non che l'avrebbe mai saputo, se fossi riuscita a evitarlo. Ma, accidenti, Adam e la sua sfrontatezza si meritavano che qualcuno gli facesse abbassare la cresta.

Uomini.

Io: *Non è necessario. Mi troverò un nuovo sposo appena arriverò a St. Lucia.*

Sorrisi compiaciuta quando non rispose immediatamente. Che rimuginasse un po' su *quello* mentre salivamo a bordo. Era solo la seconda volta che prendevo un aereo privato. La volta precedente era stato il viaggio a sorpresa a Parigi. Questa volta l'avevamo programmato in anticipo e tutti quelli che partecipavano al matrimonio sarebbero stati con me sul volo per St. Lucia.

L'aereo era molto più grande, questa volta, dato che c'erano una trentina di persone tra amici e colleghi. La mamma e Peter erano accoccolati insieme su una poltrona e stavano leggendo. April, Jenna e Alex erano sedute intorno a me con le flûte di champagne in mano, mentre William, accanto a Jenna, si guardava intorno con attenzione, come a controllare le uscite. Poi prese la scheda delle procedure di emergenza dalla tasca del sedile e cominciò a studiarla. Lindsay era seduta accanto alla cugina di Adam, Britt e a suo marito e avevano le teste vicine mentre chiacchieravano.

Sì, era stato programmato tutto alla perfezione. Tutto cioè, eccetto dover partire senza uno dei principali protagonisti.

C'era perfino Jordan sul volo con noi, che si stava lentamente ubriacando.

Jordan però era divertente da ubriaco. Gli toglieva un po' di quella strafottenza abrasiva. E pensavo che gli dispiacesse per me, cosa che non avrei sopportato in ogni altra occasione, ma che in quel momento era una distrazione ben accetta.

«Ehi, Mia» mi salutò sedendosi sulla poltrona di fianco alla mia. Diedi un'occhiata in giro per localizzare April, nel caso avessi avuto bisogno che tenesse a freno il suo uomo. La gente era seduta a gruppetti e parlava eccitata di quell'esperienza. Heath invece era sdraiato nella fila in fondo e dormicchiava.

Sarebbe stato un lungo volo.

E niente Adam. *Quel* pensiero mi faceva ribollire il sangue. E se non fosse arrivato in tempo per il matrimonio?

«Ehi, Jordan» risposi a denti stretti, poi ingollai il resto del vino e appoggiai il bicchiere.

«Spero che tu non sia troppo scocciata perché il tuo tesorino è rimasto indietro.»

«Perché dovrei essere scocciata? Non è che questa sia una normale vacanza. Non è come se stessimo per *sposarci* o roba simile.»

Lui si accigliò. «Lo so. Lo so. Mi dispiace.»

Alzai le spalle, desiderando di colpo di avere altro vino da bere. Jordan notò che stavo guardando nostalgicamente il bicchiere vuoto e chiamò una delle due assistenti di volo, chiedendo di riempirlo di nuovo. Lo ringraziai quando lei andò a prendere altro vino.

«Perché non sei rimasto là *tu* a gestire le cose, allora?»

«Credo che tu conosca già la risposta.»

Inarcai un sopracciglio e annuii, felice di prendere il bicchiere di vino dall'assistente di volo. Bevvi un lungo sorso. «I maniaci del controllo, con quel che segue.»

Lui alzò le spalle. «Beh, in sua difesa devo dire che senza un tizio all'IT, Adam è l'unico che può fare quel lavoro. Io non so un cazzo di quella parte di cose. So solo come urlare per farlo fare.»

«È quella la differenza. Tu lasci che se ne occupino gli altri. Lui vuole fare tutto da solo.»

Jordan aprì la bocca per difendere l'amico, sarebbe morto per difendere Adam, ne ero sicura. Era come Zoe Washburne per Mal Reynolds, in Firefly. Il perfetto braccio destro.

«Va tutto bene. Adam non è in castigo. Sono scocciata, certo. È il nostro matrimonio. Ha programmato lui tutto e gestito tutti i particolari. Ma eccomi qui, da sola.»

«Beh, nemmeno i superuomini possono prevedere il futuro.»

Sospirai. «Hai ragione.»

«Arriverà in tempo. Mancano cinque giorni al matrimonio. Ci sarà, anche se dovessi tornare indietro io e trascinarlo qui.»

«Mhmm... è rassicurante.»

Jordan sorrise, quel suo sorriso affascinante e irritante. «Bevi, Mia. C'è ancora parecchio vino da dove è venuto quello.»

Io: *Volo favoloso. Siamo arrivati sani e salvi. Adesso sto per godermi quattro giorni rilassanti, esasperanti e stressanti fino al matrimonio. Spero che l'altra metà della coppia nuziale arrivi presto.*

Lui: *Arriverò in tempo. Te lo prometto. E molto prima che cominci la cerimonia.*

Deglutii il nodo che avevo in gola rendendomi conto che non stava più scherzando o prendendomi in giro. Le cose dovevano essere veramente spinose a casa. Ero preoccupata per lui.

Ma ogni giorno che passava, la giornata in catamarano, lo snorkeling, quella facendo parasailing nella baia, quella in cui andammo a visitare le Diamond Falls e poi facemmo un falò sulla spiaggia, io era quella dispari. Quasi tutti erano accoppiati, o con un boyfriend, l'amichetta del mese o come miglior amica (dato che Kat rimase appiccicata a Heath per la maggior parte del tempo).

Ogni giorno ricevevo un mazzo di fiori più grande e un lungo e dolce biglietto dal mio fidanzato assente. Ma non calmavano la mia frustrazione e la solitudine. Volevo *lui*, non i suoi maledetti fiori e biglietti.

Finalmente ricevetti il messaggio che era in aereo e sarebbe arrivato nella tarda mattinata.

Il giorno prima del matrimonio.

Oh, non gliel'avrei fatta passare liscia.

La vendetta è una brutta bestia, e anch'io.

Capitolo Diciannove
Adam

Eravamo atterrati all'aeroporto Hewanorra a St. Lucia. Finalmente ero nella stessa località geografica della mia fidanzata, circa trentasei ore prima del nostro matrimonio. Ed ero certo che me l'avrebbe fatta pagare.

Avevo dimenticato di portare la conchiglia per proteggermi le palle.

Io: *Appena atterrato. Sto per salire sull'elicottero. Sarò lì tra 45 minuti.*

Lei: *Finalmente. Siamo già sulla spiaggia. Ho lasciato il tuo costume da bagno nella mia stanza. Cambiati e poi vieni da noi. Sono nella Cabana No. 1. Più tardi c'è un picnic e la spa; poi le prove del matrimonio e la cena.*

Io: *Okay. Ci vediamo tra un'oretta. Non vedo l'ora.*

Nessuna risposta. Uhm.

A eccezione dell'ultimo, i nostri messaggi erano diventati sempre più concisi negli ultimi giorni, ma l'avevo attribuito più che altro allo stress che aumentava man mano che si avvicinava la data del matrimonio senza che fossi arrivato. Il mio livello di nervosismo era pari al suo. Alla fine, avevo dovuto tagliar corto e scappare dopo aver risolto la maggior parte del problema.

Si tornava di nuovo al problema del controllo e ci rimuginai sopra durante i momenti tranquilli nel volo solitario, rendendomi conto di quello che avevo fatto. Ero quasi mancato al mio matrimonio. Per un *problema di server*. Perché non ero riuscito a tirarmi indietro una volta risolto il problema principale.

Perché avevo un problema. Dovevo darmi una svegliata prima di perdere ciò che amavo di più. Ringraziai tutti gli dei che Emilia fosse abbastanza paziente da avermi sopportato così a lungo.

A partire dal giorno dopo, il giorno in cui sarei diventato suo marito, ci sarebbero stati grossi cambiamenti. Avrei avuto delle priorità, accidenti. E non le avrei mai più fatto una cosa simile.

Più di mezz'ora dopo, atterrammo sulla pista per elicotteri dell'Emerald Sky Resort & Spa, che, per quella settimana, si sarebbe occupato solo di noi e dei nostri ospiti. Uno dei vantaggi dell'essere comproprietario della struttura.

Il lussureggiante resort era appollaiato su un fianco delle verdi montagne frastagliate per cui era conosciuta St. Lucia. Dava su una spiaggia parecchi piani più in basso. Ogni stanza, che lì chiamavano *Haven* aveva la sua piscina infinity e alcune avevano anche una vasca idromassaggio. Le stanze erano aperte all'aria dei Caraibi su tre lati.

Il direttore dell'albergo mi salutò porgendomi la chiave di una stanza e mi disse il numero. Entrai e, come aveva detto Emilia, c'era un costume sul letto.

Il costume di *qualcun altro*.

Presi il luccicante pezzetto di tessuto. Un ridottissimo Speedo azzurro brillante. Uno *Speedo*.

Convinto che si trattasse di un errore, o meglio, se conoscevo bene la mia promessa sposa, uno scherzo, frugai in tutti i cassetti e nell'armadio per cercare la mia roba. Emilia aveva portato con sé la mia valigia sul volo privato, in modo che non dovessi preoccuparmi del bagaglio. In quel modo, avrei potuto correre all'aeroporto in un batter d'occhio e partire appena avessi potuto.

Quindi… eccomi lì senza uno straccio di indumento in giro eccetto quello che avevo addosso. E quel maledetto Speedo.

Non ero vestito per andare in spiaggia, dato che avevo i pantaloni lunghi, una camicia button-down e mocassini di pelle.

Cazzo.

Mi tolsi i pantaloni e le mutande e indossai lo Speedo, poi mi guardai allo specchio. Il costume non lasciava *niente* all'immaginazione. Il nylon fasciava il mio inguine, enfatizzando le linee del mio pene e dello scroto. Sembrava che Emilia avesse trovato un modo per prendermi per le palle, e nemmeno la conchiglia sarebbe servita.

Oh, mi sarei vendicato anch'io. Tutto ciò che possedevo era in bella mostra.

Non riuscendo a immaginare di farmi vedere in pubblico in quel modo, mi rimisi i pantaloni e gettai le mutande sul suo cuscino, a mo' di biglietto da visita. *Qualcosa con cui accoccolarti stanotte, amore mio.*

Forse avrei dovuto lasciarle l'ultima parola. *No, Emilia. Non questa volta.*

Probabilmente aveva i miei bermuda nella sua borsa da spiaggia. Mi sarei cambiato una volta arrivato alla *cabana*.

Io: *Sono arrivato. Sto scendendo. Interessante la scelta del costume.*

Di nuovo, nessuna risposta.

Scesi in spiaggia, preferendo usare le ripide scale serpeggianti invece dell'ascensore inserito nel fianco della scogliera.

Non ci volle molto a trovare la *cabana* color sabbia con un grande 1 dipinto. Alzai il lembo ed entrai. Era completamente vuota eccetto un paio di borse da spiaggia, un secchiello per il ghiaccio con una bottiglia ancora tappata di champagne, una borsa frigo piena di bottiglie d'acqua e un vassoio di snack.

Misi in bocca un pezzo di formaggio (stavo morendo di fame) e mi tolsi i pantaloni, frugando nella borsa per cercare i bermuda che ero certo fossero lì.

Frugai tra gli asciugamani, flaconi di crema solare e lozioni e due paia di occhiali da sole (e presi i miei, mettendoli nel taschino). Era un buon segno, se c'erano i miei occhiali dovevano esserci anche i miei bermuda.

Ancora piegato in avanti, sentii qualcuno entrare nella tenda. Resistetti alla voglia di voltarmi. Volevo lasciarle vedere lo spettacolo del mio sedere mentre ero chino. Era quello che voleva no? Continuai a frugare, cercando di ignorare il fatto che probabilmente si stava facendo una risata.

Lei si avvicinò e mi afferrò il sedere. E nemmeno tanto piano. Diede una bella strizzata.

«Bene, *questo* è nuovo. Bel culo, *Bestia*.»

Mi irrigidii, alzandomi. Non era la voce di Emilia. Mi voltai, incrociando gli occhi azzurri sbalorditi di April. La ragazza del mio miglior amico aveva afferrato il mio culo coperto dallo Speedo.

«Porca vacca!» April si portò le mani alla bocca, aperta in una O perfetta. I suoi occhi sembravano piattini. Tutto ciò che riuscii a fare fu ridere davanti alla sua comica reazione. Lei fece un passo indietro. «Mi dispiace. Pensavo fossi…»

«Ovviamente.»

April si strofinò la fronte, rossa per l'imbarazzo. «Merda, non riesco a credere di averti appena palpato.»

Io risi ancora più forte. «Manterrò il segreto se lo farai anche tu.»

«Quale segreto?» Emilia si precipitò dentro la tenda e notò l'espressione sbalordita di April e la mia risata. Poi abbassò gli occhi sul mio Speedo. «Bel culo.»

Io mi misi a ridere più forte e April arretrò ancora. «Oh merda. Devo andare. Pensavo che questa *cabana* fosse la nostra. Oh, uh, ciao Mia.» Impallidì, e per April, nota anche come Biancaneve, era una bella impresa. «Mi dispiace, Adam» si scusò precipitandosi fuori dalla tenda.

«Di' ciao alla Bestia da parte mia» le gridai dietro.

Emilia mi fissò, in attesa, con le braccia incrociate sul petto. Indossava un bikini che non avevo mai visto, a quadri rosa chiaro e bianchi. *Deliziosa.*

Ma *non* contenta.

Prima che potessi dire qualcosa, sbuffò. «Mi sembri familiare. Penso di averti già visto da qualche parte.»

La guardai con una smorfia sul viso, indicando l'insopportabile Speedo. «È questa la mia punizione? La gente può vedere tutto quello che ho con questo coso.» Tirai il costume all'inguine, imbarazzato.

Lei agitò le sopracciglia in modo suggestivo. «È un esempio fantastico di copribanana. Forse volevo far vedere al mondo tutta la mercanzia che sto per avere.»

«Molto divertente.» inarcai un sopracciglio. «Dov'è allora la tua maglietta bagnata? Per far vedere al mondo la mercanzia che avrò *io*?»

Per tutta risposta lei mi mostrò la lingua.

«Quanti altri scherzi diabolici hai in serbo per me?»

Emilia sorrise, entusiasta. «Questo era il principale. Avevo intenzione di cercare di sostituirlo al tuo smoking domani, ma Jordan è riuscito a convincermi a non farlo.»

Qualcuno avrebbe dovuto informare Jordan fino a che punto la sua ragazza apprezzava un culo fasciato da uno slip Speedo.

Emilia si tolse le mani dal petto e mi tolse il fiato con quel bikini. Quello Speedo stava per diventare un problema mentre i miei occhi scivolavano lungo la curva del suo seno, sullo stomaco piatto e i fianchi e giù per le sue lunghe, meravigliose gambe.

«Vieni qua» le ordinai.

«Perché dovrei?»

«Perché sei da mangiare ed io sto morendo di fame.»

Lei rise, venendo avanti. «Ancora per niente soave, Drake.» Quando fu abbastanza vicina, le misi le braccia attorno, con le mani sulla pelle morbida sotto la vita. La tirai contro di me e le baciai il collo. Dio, aveva un buon profumo.

Lei si tirò indietro per studiarmi in volto. «Che problema aveva April?»

Alzai le spalle. «Forse è andata fuori di testa perché mi ha visto con lo Speedo e si è eccitata. Ma ho dovuto rammentarle che questa mercanzia appartiene a te.»

Emilia scoppiò a ridere. «Ufficialmente, da domani al tramonto.»

La baciai di nuovo. «È un po' che non uso la mercanzia. Penso che dovremmo collaudarla prima di allora.»

Lei stava slacciandomi la camicia, lasciando una scia di baci dalle clavicole verso il torace. «Sono completamente d'accordo. Non ho intenzione di accettare merce difettosa.»

Mi leccò un capezzolo e sentii come una scossa elettrica. Gemetti, mettendole le mani tra i capelli. «Ho bisogno di scoparti. Subito.»

«Potrei anche essere d'accordo.» Mi portò al lettino all'esterno sul retro della tenda. Con una mossa del polso, lo aprì, facendolo diventare doppio. Lentamente, stese il suo asciugamano e si sdraiò, allungandosi come un banchetto, pronto per il consumo.

Stesi il mio asciugamano come aveva fatto lei e atterrai accanto a lei, tirandola immediatamente tra le braccia. «Ti ho visto con questo bikini solo per cinque minuti e mi sta già facendo impazzire.» Con il dito indice, accarezzai la pelle morbida dell'interno dei suoi seni. Paradisiaca.

Emilia chiuse di scatto gli occhi e si premette completamente contro il mio corpo. Le nostre bocche si trovarono, si agganciarono. Assaggiai le sue labbra, la bocca, la lingua.

Baciarla era meraviglioso, ma dopo tutto quel tempo, ero più che pronto a entrare nel suo bikini. Feci scorrere la bocca lungo il collo, sullo sterno tra i due rigonfi coperti dal tessuto a quadri rosa.

«Sai di lozione solare» gemetti, mentre le sue dita scivolavano tra i miei capelli, stuzzicandomi il cuoio capelluto.

«Non ho messo la lozione *dappertutto*.» Emilia sorrise pigramente. «Su certe parti non ce n'è nemmeno un po'.»

«Già. Le mie parti *preferite*» mormorai slegandole il top del bikini. Emilia restò sdraiata con un lungo sospiro soddisfatto, felice di permettermi di divorarla. Ed io fui felice di farlo.

Quando li toccai, i capezzoli si contrassero immediatamente, infiammandomi ancora di più. I suoi gemiti rochi erano musica per le mie orecchie. Il mio uccello si gonfiò in quel ridicolo Speedo ed io mi staccai, prendendomi un minuto per toglierlo, insieme alle mutandine del bikini di Emilia.

Mi sistemai sopra di lei. *Finalmente.* E ovunque la nostra pelle si toccasse, bruciava. Emilia si sollevò cercando la mia bocca con un gemito invitante e aprendo le gambe per me.

Io ero talmente in trance che quasi, *quasi*, la penetrai immediatamente.

Strofinandomi contro di lei, respirai pesantemente e poi tornai alla realtà con un pensiero urgente. «Per favore, dimmi che ci sono dei preservativi nella borsa.»

Muovendo i fianchi in un modo che chiedeva che la penetrassi, Emilia sospirò. Dio quanto mi tentava. Ma oramai seguivamo strettamente l'adagio: *niente protezione, niente amore.*

La sua risposta arrivò in un sussurro burbero. «Mhmm… cosa? Perché dovrebbero esserci dei preservativi nella borsa da spiaggia?» Io sospirai frustrato, appoggiando la fronte sulla sua. Lei mi accarezzò la schiena. «Usa quello nel portafogli.»

Alzai la testa e la guardai negli occhi. «Io non porto *mai* un preservativo nel portafogli. È una cosa che fanno solo i ragazzotti delle confraternite, e Jordan.»

Lei si sollevò e mi baciò di nuovo, con la lingua che mi tentava con ogni leggero movimento dentro la mia bocca. Era così maledettamente irresistibile. «Che ne dici del coitus interruptus?»

Spostai un po' i fianchi, pronto a fare quell'affondo prima di ragionare veramente su quella follia. Rabbrividii contro di lei. «Non c'è la minima possibilità che mi fidi abbastanza di me stesso per tirarmi fuori in tempo. Inoltre è il metodo contraccettivo *meno* sicuro di tutti.»

«Ehi, e il tuo *leggendario* autocontrollo?»

«Oggi non ne ho nemmeno una briciola. Maledizione.»

«Merda.» Emilia si lasciò ricadere contro il poggiatesta e ci guardammo negli occhi per lunghi minuti.

«Saliamo in camera tua. Ho dei preservativi in valigia» le dissi.

«Non siamo nella stessa stanza stanotte.» Sospirò. «È la notte prima delle nozze. Le tue valigie sono nella suite luna di miele.»

«Allora andiamo lì.»

«C'è un picnic tra mezz'ora e poi il tour della baia.» Sbuffò. «E dopo quelli, abbiamo l'appuntamento alla spa. Il programma di oggi è fin troppo fitto.»

Mi morsi il labbro. «Stasera dopo cena?»

«La cena di prova?»

Esitai. «Certo… avremo tempo. Ci incontreremo nel bagno del ristorante. Un'ultima avventura prima di sposarci.» Emilia rise e si spostò sotto di me ed io dovetti nascondere un gemito, tanto era bello. Le baciai il naso. «Sarà meglio che ci vestiamo prima che decida di fare una cosa molto stupida.»

Lei chiuse gli occhi. «Non ho voglia. Voglio una bella ripassata.»

«Oh, l'avrai. Ti ripasserò a fondo… ma non adesso.» Mi alzai. «Ora devo capire come diavolo fare a rimettere tutto in quel fottuto Speedo.»

Emilia sghignazzò prima di alzarsi e andare alla sua borsa da spiaggia, aprire una tasca laterale, *uno scompartimento segreto*, toglierne i miei fidati bermuda da bagno e gettarmeli. «Non c'è una possibilità al mondo che quella banana rientri nella sua amaca. A questo punto sarebbe indecente lasciarti andare in giro in quel modo.»

«Non ti piace più il look da sacchetto per le biglie?» Le rivolsi un sorriso buffo prima di mettermi i calzoncini.

«Intendi dire quei mini-slip?» Ammiccò. «Hai la mercanzia, certo, ma temo che abbia dimenticato come usarla.»

Alzai la testa, sporgendo il mento. «Stasera. Indossa delle mutandine che diano un facile accesso.» Emilia mi lanciò lo Speedo in testa ed io lo schivai. «O, meglio ancora, non indossarle affatto.»

«Parole, parole...»

«Oh, vedrai. Aspetta e vedrai.»

Ma per il momento avevamo un programma da seguire e avrei protestato se non fossi stato proprio io a organizzarlo.

Capitolo Venti
Mia

"A SPETTA E VEDRAI" ERA PIÙ FACILE DA DIRE CHE DA fare. Ciò che avevo capito ore prima, dopo il giro della baia in barca a vela, e che Adam stava cominciando a capire solo adesso, nel bel mezzo della cena di prova, era che il giorno prima di un matrimonio esotico gli sposi non venivano *mai* lasciati soli. Era come una regola segreta, non scritta.

Si sarebbero fatti in quattro per lasciarci la nostra privacy durante la prima notte di nozze e la luna di miele, ma adesso i nostri amici e la nostra famiglia proprio non ne volevano sapere.

Le ragazze volevano che ci riunissimo per gli aperitivi prima della cena. Gli uomini erano andati al bar, per qualche birra e discorsi da maschi, che, a quanto pareva, comprendevano un tuffo a sorpresa nella piscina dell'albergo per lo sposo.

Fortunatamente Adam aveva potuto mettersi in fretta degli abiti asciutti, in modo da non gocciolare durante la prova del matrimonio. Poi ci fu la cena intima, solo Heath, Jordan, mia madre, Peter e noi due.

Il lato positivo? La cena era intima e tranquilla e veramente gradevole.

Il lato negativo? La cena era intima e tranquilla ed era quasi impossibile sgattaiolare via abbastanza a lungo per una sveltina in bagno.

Mentre aspettavamo il dessert Adam mi diede un colpetto sotto il tavolo e fece per scusarsi, dicendo che doveva andare in bagno. Io piegai il tovagliolo, con l'intento di seguirlo, quando Peter fermò Adam, dicendo che voleva fare un brindisi a noi due.

Oh, merda. Non potevamo non ascoltarlo.

Con il volto impassibile, Adam corse in bagno e tornò dopo un paio di minuti. I suoi occhi scuri trovarono i miei ed io alzai le spalle. Nonostante la sua irritabilità, quella sera aveva un bell'aspetto, perfino con il cambio d'abito dell'ultimo minuto. I capelli scuri, umidi erano lisciati all'indietro e si era appena rasato. Indossava una camicia button-down dal taglio perfetto, azzurro chiaro, pantaloni chino e scarpe da barca.

Io lisciai sulle gambe il mio grazioso abitino di cotone a fiori, fin troppo conscia delle mutandine minuscole "facilmente accessibili" che avevo sotto. Tutto ciò che Adam doveva fare era fissarmi, come stava facendo in quel momento, e mi bagnavo. Mi dimenai sulla sedia mentre Peter si schiariva la gola e prendeva la flûte di champagne che il cameriere gli aveva messo davanti, come a tutti noi.

Lo imitammo tutti. «Domani è il primo giorno del resto della vostra vita e il passo che state per fare sarà il più importante. Adam, ti conosco da tutta la tua vita e da quando eri un bambino, ti ho guardato superare ostacoli che avrebbero fermato uomini tre volte più vecchi di te. Sei diventato l'essere umano più forte e determinato che abbia mai conosciuto. Sei al contempo un uomo che ammiro e anche il mio orgoglio e la mia gioia. Non riesco a dirti che cosa significhi per me vederti così felice. Mia ti completa e tutti quelli che ti conoscono e ti vogliono bene lo sanno.»

Diedi un'occhiata di sottecchi ad Adam, che mi stava già guardando. Avevo le guance in fiamme e mi sentivo di colpo intimidita e un po' vergognosa per aver programmato la nostra fuga dalle persone meravigliose che ci volevano tanto bene. Deglutii il nodo che avevo in gola e riportai gli occhi su Peter, incredibilmente commossa.

«Mia, chi sapeva, quando sei entrata nella vita di Adam, che avresti cambiato così tante cose?» disse, prendendo la mano di mia madre. «Hai completato questa famiglia in tanti modi. Come il tuo futuro marito, sei una che combatte. Sei perfetta per lui in tutti i sensi e sono sicuro che, insieme, sarete una forza inarrestabile. Ricordate solo di parlarvi sempre. Anche quando ciò di cui parlate vi rende vulnerabili o timorosi. Mantenete aperti i vostri cuori, ma alzate le vostre difese contro chiunque o qualunque cosa vi sbarri la strada.

«Questi consigli non sono eloquenti quanto avrei voluto. Vengono da un uomo umile che ha recentemente trovato una nuova ragione di vita. E non vedo l'ora di scoprire che cosa combinerete voi due, insieme. Ho la sensazione che, a modo vostro e usando i vostri speciali talenti, voi due cambierete il mondo. Un brindisi alla coppia di sposi.»

«Cin-cin» aggiunse la mamma.

«Per Adam e Mia» esclamò Jordan mentre bevevamo. E una volta svuotati i bicchieri, aggiunse. «Accidenti, riuscire a far meglio di questo brindisi sarà dura.» Ci mettemmo tutti a ridere. «Immagino che "in alto i calici e giù le mutande" non vada bene.»

«No, a meno che tu voglia un calcio in culo» rispose Adam, solo moderatamente divertito. Il resto di noi ridacchiò.

Quando ci alzammo, la mamma fece il giro del tavolo, baciò e abbracciò Adam e poi si voltò verso di me. «Passa una bella nottata, bambina mia. Sarai una bella sposa domani. Non vedo l'ora.» Mi tenne il volto tra le mani e mi baciò entrambe le guance, con gli occhi pieni di lacrime.

«Grazie, mamma» sussurrai.

Adam aveva la mano sul mio gomito e mi stava guidando verso l'uscita. Mi sussurrò all'orecchio. «Abbiamo tempo di andare nella suite prima...»

Quando uscimmo dal ristorante c'era il gruppo delle ragazze, Alex, Jenna, April e Kat, con Heath al seguito. Si lanciarono verso di noi. «Questo è un rapimento. La sposa è nostra stasera.»

Adam strinse la mano intorno al mio gomito, facendomi capire che non aveva intenzione di rinunciare quando eravamo così vicini al nostro obiettivo.

Io finsi di sbadigliare. «Uhm, sono veramente stanca. Pensavo di farmi un bel sonno.»

Kat mi guardò sospettosa. «Potrai dormire domani. La cerimonia è al tramonto. Forza. Voi due starete appiccicati per le prossime tre settimane. Questa è l'ultima occasione per passare un po' di tempo tra noi ragazze.»

Appiccicata ad Adam per tre settimane. A me sembrava il paradiso.

«Dobbiamo rivedere dei documenti importanti.» Adam se ne uscì con quella stronzata. Era un nuovo modo di dire sesso selvaggio... *documenti?*

Kat gli rise in faccia. «Hai assolutamente intenzione di scoparla. Non pensare che non l'abbia capito. Fatti indietro, amico.»

Adam s'irrigidì accanto a me e potevo sentire la frustrazione che emanava da lui a ondate. Mi rivolsi a Kat: «Ci dai un secondo?»

Tirai da parte Adam e lo abbracciai, baciandogli la guancia. «Mi sa che dovremo rimandare la consumazione alla nostra prima notte di nozze.»

Il suo sguardo si fece duro e guardò di lato. Stava cercando di tenere a freno il risentimento e seguire la corrente, ma non stava funzionando molto bene. «Sai, per due persone che dovrebbero "cambiare il mondo" stiamo avendo un'enorme difficoltà a svignarcela per qualche minuto per far sesso. È ridicolo.»

Gli misi la mano sulla guancia liscia. «Pensa come sarà meraviglioso domani. E... uh uh... vedo Jordan che sta indugiando dietro di te. Scommetto che ha intenzione di trascinarti via per un po' di tempo tra uomini.» Gli misi le braccia intorno al collo e gli schioccai un bacio sonoro. «Ora vai, bevi qualcosa. Divertiti con i ragazzi.»

«Io voglio divertirmi *con te*.» Mi mise le braccia intorno alla vita. «Da soli.»

Sorrisi. «A meno che tu abbia programmato un mucchio di attività fastidiose durante la nostra misteriosa luna di miele, considerala la nostra attività preferita per le prossime tre settimane.»

Staccandomi, gli lasciai andare la mano e seguii le ragazze. Salimmo alla terrazza in cima al resort. Lì, di fianco a una piscina azzurra scintillante e con il nostro bar privato, passammo il nostro tempo tra donne. La gente si riuniva in gruppetti ed io passavo dall'uno all'altro con un drink in mano, stando attenta a non bere troppo. Mentre tutte le altre si sbronzavano, io ero solo piacevolmente alticcia. Forse, dopotutto, sarei riuscita a sgattaiolare via e trovare il mio futuro sposo quella sera.

In effetti, stavo cercando di individuare una possibile via di fuga sulla scala posteriore quando mi scontrai con una coppia che stava pomiciando appassionatamente.

Risalii le scale, barcollando, ma mi sentirono e si staccarono. Quando la luce li colpì, lasciai andare il fiato. «Prendetevi una stanza» dissi a Jenna e William, forse con un po' più di sarcasmo di quanto fosse necessario. Beh, almeno qualcuno si stava dando da fare quella sera.

«L'abbiamo, una stanza» rispose allegramente William. Jenna aveva le guance rosse, la camicetta di traverso, come se lui le avessi infilato sotto le mani. William aveva la camicia slacciata a metà. Mi schiarii la gola e distolsi gli occhi mentre si sistemavano.

«Allora forse dovreste usarla» borbottai.

Jenna salì le scale con un sorriso radioso sul volto e William la seguì imbarazzato. «Questa località e tutti questi eventi sono così maledettamente romantici. E voi due siete una coppia così meravigliosa. Diciamo che siamo stati travolti, vittime della passione» disse Jenna sprizzando felicità.

William aggrottò le sopracciglia davanti alla sua ammissione melodrammatica e in qualche modo comica. Contai tre succhiotti sul suo collo. *Accidenti, Jenna... "travolti" o "in calore".* Se si fosse trattato di chiunque altro, avrei fatto in modo che li notassero, per prenderli in giro, ma potevo solo immaginare quanto sarebbe stato mortificato William.

«Non vedo l'ora di ammirarti con il vestito da sposa, domani. Sarai una sposa bellissima. Questo matrimonio sarà *indimenticabile.*» Jenna mi abbracciò e si fece da parte. Non era completamente sobria e ondeggiò. Fortunatamente William *era* completamente sobrio. Le mise la sua mano grande intorno alla vita sottile per tenerla in piedi.

Poi si voltò e, con mia sorpresa, si chinò e mi baciò sulla guancia. «Ti direi "Benvenuta in famiglia", ma sei già la mia sorellastra, quindi non è necessario.» Mi misi a ridere, non potei farne a meno. William e la sua logica impeccabile, come sempre. «Ma sono così felice che Adam si sposi, finalmente. Se qualcuno aveva bisogno di trovare la partner giusta era proprio lui. E tu sei decisamente perfetta per lui.»

«Grazie, William. Forse *voi due* sarete i prossimi.»

William si voltò a guardare Jenna, che sembrava sconcertata. «Forse sì.»

Mi alzai sulla punta dei piedi e baciai William sulla guancia e poi i due tornarono sulla terrazza e si sedettero accanto ad Alex sul bordo della piscina. Ora la scala buia era libera e portava direttamente al vialetto di fronte alla mia stanza.

Mandai un paio di messaggi ad Adam, per fargli sapere ciò che stavo programmando. Non rispose immediatamente, facendomi pensare che i ragazzi lo tenessero impegnato. Ero decisa che sarei riuscita a stare da sola con lui per trenta miseri minuti, anche se avessi dovuto trasformarmi in un ninja e rapirlo.

Quel piano, per ben formulato che fosse, andò all'aria quando incontrai Heath. Non lontano dalla scala buia, era sdraiato su un lettino, da solo, e fissava le stelle con una bottiglia di birra mezza vuota in mano.

Andai a controllarlo.

Senza guardarmi, disse. «Dovresti dartela a gambe adesso, per riuscire a beccare Adam prima di mezzanotte.»

«Come facevi a sapere che stavamo cercando di incontrarci?» Mi sedetti accanto a lui sul lettino.

«Perché è il vostro matrimonio e non vi vedete da quasi due settimane? Due più due fanno sempre quattro, bambolina.»

Allungai la mano e gli lisciai i capelli in disordine. Lui chiuse gli occhi e voltò la testa verso di me. Togliendo la mano, gliela misi sul petto. «Se potessi esprimere un desiderio in questo momento, vorrei avere un modo per guarire il tuo cuore.»

La sua mano libera coprì la mia e Heath sorrise malinconico. «Ci penserà il tempo a far avverare la magia che cerchi. Lo fa sempre.»

Sbattei le palpebre per ricacciare il bisogno improvviso di piangere. «Heath, tu meriti di essere felice.»

Lui alzò le spalle. «Non sempre si ottiene ciò che si merita. Se fosse così, Miley Cyrus verrebbe arrestata per i suoi crimini contro la moda. Ma... mi fa bene al cuore vedere che *tu* ottieni ciò che meriti. Ti auguro che Adam ti renda sempre felice come oggi.»

Mi chinai sul lettino, abbracciandolo forte e appoggiandogli la testa sul petto. «Chi avrebbe mai pensato che avremmo avuto quest'avventura, eh? E pensare che è cominciato tutto quando ti ho costretto ad aiutarmi con quella folle asta per la mia verginità.»

«È stato un viaggio movimentato» confermò Heath.

«Ti ringrazio per essere sempre stato il miglior amico che una ragazza potesse avere.»

«Bambolina, per te non avrei potuto essere niente di meno.» Mi accarezzò i capelli e restammo così a lungo.

Ma prima che riuscissi a scappare verso le scale, le ragazze mi trovarono e volevano bere ancora, chiacchierare ancora, scoprire altri particolari sulla cerimonia del giorno dopo. Mi ci volle un'ora per riuscire ad andarmene. A quel punto era semplicemente troppo tardi per trovare Adam. E comunque mi accompagnarono tutte fino alla mia porta, come se stessero compiendo un antico rituale nuziale. «Abbiamo messo Heath di sentinella, per assicurarci che lo sposo non ti stesse aspettando dietro l'angolo. Non vogliamo che porti sfortuna» disse Kat.

«Penso che sia sicuro vederlo prima di mezzanotte. Mancano ancora quarantacinque minuti. Ma dopo non dovrebbe assolutamente vederlo fino alla cerimonia di domani. Quello porterebbe veramente male.»

«Nemmeno il bacio della buonanotte?» Feci il broncio. Mi restavano solo diciotto ore da single e, molto probabilmente, all'unica persona che volevo vedere e con la quale volevo veramente passare il tempo stavano impedendo di darmi il bacio della buonanotte.

«*No*» insistette Kat. «Tenete lontano quell'uomo. Avrete un mucchio di tempo da passare insieme. Non vorrai mandare tutto al diavolo con la sfortuna. Okay, ragazze. Tutte in fila e date alla sposa i vostri consigli e fatele gli auguri.»

Come se stessero facendo la fila, alle elementari, per il gioco della campana, tutte le donne obbedirono. Io rimasi davanti alla mia porta e, una ad una si avvicinarono con la loro perla di saggezza.

April barcollò sui tacchi e mi prese entrambe le mani, guardandomi solennemente negli occhi. «Il mio consiglio è... usa sempre il lubrificante se vuole entrare dalla porta di dietro» biascicò, sottolineando il consiglio con un singhiozzo.

Rimasi a bocca aperta prima di cominciare a ridere istericamente. Borbottai che qualcuno avrebbe dovuto assicurarsi che tornasse sana e salva nella sua stanza, perché era completamente andata. *Fortunato Jordan.* Almeno qualcuno avrebbe fatto sesso selvaggio quella sera, purché April non perdesse i sensi.

Jenna fu la seguente. Mi baciò la guancia mormorando. «Rumi diceva che gli amanti non si trovano. Sono fin dal principio l'uno nell'altro. Tu e Adam vi siete girati attorno e finalmente siete stati attratti nelle rispettive orbite.» Mi mise le mani sulle guance. «Possa quella gravità tenervi insieme per sempre.»

La ringraziai con un abbraccio, giurando di indirizzare dalla sua parte il bouquet il giorno dopo.

Poi fu la volta di Katya. Mi abbracciò forte, sussurrandomi all'orecchio. «Che tutto il tuo dolore sia champagne e le tue lacrime tutte lacrime di gioia.»

La guardai sospettosa. «L'hai rubata a un cartoncino d'auguri, vero?»

«Esattamente» rispose annuendo.

Alex si fece avanti e mi gettò teatralmente le braccia al collo. Mi parlò nel suo spagnolo melodioso. *«Que seas bendecido con la fuerza, la compasión, la fe, y sobre todo el amor profundo que dura.»* Sorrise. «È una preghiera nuziale messicana.»

Le sorrisi anch'io e le baciai la guancia. «Grazie, *guapa*.»

Passai la scheda davanti alla serratura e la luce divenne verde. Le ragazze si voltarono per andarsene appena aprii la porta ed entrai.

«Buonanotte» gridai verso il corridoio. Diedi un'occhiata al telefono per controllare se ci fossero risposte al mio messaggio di "buonanotte" ad Adam, delusa quando vidi che non c'era niente. Forse sarebbe passato di persona, dopotutto. *Erano* solo le undici e mezza.

Ma non ci sarebbe stata l'ultima scopata illecita "della staffa". Le mie mutandine di pizzo ad accesso facile erano state inutili.

Accidenti. Avevo ancora una voglia da morire.

Sospirando, andai verso il letto per accendere la lampada. Era comunque solo una delusione momentanea. Se fosse andato tutto bene, in meno di ventiquattr'ore ci saremmo ritirati nella nostra suite luna di miele e avremmo dato inizio al nostro privato festival del sesso come marito e moglie. *Non* vedevo l'ora. Speravo che la luna di miele comportasse andare da qualche parte senza cellulari, computer e...

Prima di arrivare al letto, un movimento nell'oscurità accanto al bagno quasi mi fermò il cuore. Che... cazzo?

«Ehi... chi c'è?» dissi, facendo un passo verso la porta. L'ombra si mosse, di nuovo... *molto in fretta.* Conoscevo solo poche persone che si muovessero così in fretta.

La figura si avvicinò ed io tirai forte il fiato per lo shock. Arretrando verso la porta. Aprii la bocca per urlare, ma una mano soffocò il mio urlo. Vidi la sua faccia e sentii il suo odore allo stesso tempo.

Alzai una mano e diedi ad Adam uno schiaffo in faccia.

«Ahi, merda. Perché l'hai fatto?» sussurrò roco.

«Per avermi spaventato a morte!»

«Scusa. Stavo cercando di essere furtivo. Jordan continuava a cercare di trattenermi per "scatenare l'inferno un'ultima volta". Ho cercato di trovare April perché lo distraesse.»

«È completamente sbronza. Non avrebbe funzionato.»

«Non mi interessa scatenare l'inferno con Jordan. Ho intenzione di scatenarmi con *te...*» Di colpo, le sue mani furono dappertutto, al buio. «Penso che tu ed io abbiamo qualcosa in sospeso, non credi?» Mi mordicchiò l'orecchio mentre mi premeva contro la porta con il suo corpo duro di muscoli. Ogni punto del mio corpo, dal collo ai capezzoli, fino in mezzo alle gambe pulsava di eccitazione sessuale.

La sua bocca coprì la mia e i suoi pollici stavano già lavorando diligentemente attraverso il sottile tessuto del mio vestito, per stuzzicare i miei capezzoli facendoli diventare punte dure. «Devi andare…» mormorai, non molto convinta quando staccò la bocca permettendomi di parlare.

«Cosa?» protestò Adam, rifiutandosi di togliere la bocca dalla mia pelle, continuando a baciarmi mentre scendeva sul collo.

Deglutii. *Forte.* Le sue mani e la sua bocca mi stavano trasformando in lava fusa. «È quasi mezzanotte.»

«La tua carrozza sta per trasformarsi in una zucca, Cenerentola?» Ora il palmo delle sue mani mi stava strofinando il seno e il suo tocco era più pesante, più insistente. Più convincente. Oh, sì, Adam sapeva esattamente quello che stava facendo. Ed *io* sapevo che non sarebbe stato facile convincerlo che non era così. Chiusi gli occhi quando le mani scivolarono più in basso.

«È quasi il giorno delle nostre nozze» dissi con la voce roca mentre lui mi accarezzava con una mano l'interno di una coscia nuda.

«Lo so benissimo…»

«Davvero?» gli chiesi maliziosamente «Perché te lo sei quasi perso. Sono stata sul punto di trovare un sostituto perché potessi sposarmi per procura.»

«Non me lo sarei perso nemmeno se l'aereo fosse stato in fiamme.»

«Beh, sfortunatamente sei arrivato troppo tardi perché potessimo recuperare il tempo perduto prima del matrimonio.» Adam non aveva smesso di accarezzarmi con la bocca. Ora stava leccandomi la clavicola, trasformando le mie ossa in gelatina. «Temo che tutti i futuri rapporti coniugali dovranno avvenire nell'ambito del sacro vincolo del matrimonio invece di essere illecita fornicazione.»

Adam trovò con la bocca il punto sotto l'orecchio, quello che mi faceva impazzire. Mi si arricciarono le dita dei piedi. «Cosa?» chiese. «Mancano diciotto ore al matrimonio. Possiamo fare *un mucchio di cose* in diciotto ore.»

«Ci sposeremo al tramonto. Non avremo il permesso di vederci il giorno delle nozze finché non arriveremo alla cerimonia.»

Adam sbuffò. «Stupide superstizioni.»

«Adam.» Gli diedi una piccola spinta. «Mi lascerai dei segni sul collo. Non posso avere i succhiotti nelle foto del mio matrimonio.»

«È a questo che serve il trucco» mi rispose lui senza spostarsi e continuando a mordicchiarmi il collo.

«Adam...»

Lui si tirò indietro di qualche centimetro per guardarmi in faccia. Quando parlò, fu nel suo tono severo, autoritario, da AD, mentre eravamo lì, naso a naso. «Non faccio sesso con te da quasi due mesi. Non ho intenzione di aspettare ancora. È ridicolo.»

«L'universo ha cospirato contro di noi, è vero.» Sospirai. «Ma, ehi, siamo qui. Siamo quasi sposati. Avremo una prima notte di nozze da paura... *domani*.»

«Sì, certo» disse, cominciando a slacciarmi il primo bottone del vestito.

«Adam, ho detto *domani* notte.»

«Ti ho sentito. Domani notte. E… adesso.»

Aprii la bocca per protestare e lui slacciò un altro bottone. «Non è solo che lo voglio. È che ne ho *bisogno*. Devo fare sesso con te, adesso. È un serio problema di salute.»

Cominciai a ridere. «Non morirai se andrai in bianco. Sei sopravvissuto anche in passato.»

Adam non rispose, slacciando il terzo bottone e infilando prontamente l'intera mano dentro il vestito.

«Mi stai fissando come se io fossi una bistecca, sbavando come un lupo famelico.»

«Io *sono* un lupo famelico. Ascoltami ululare, baby.»

Adesso aveva entrambe le mani dentro il vestito e non aveva intenzione di smettere. «Adam, finirai per portare sfortuna al nostro matrimonio se non te ne andrai. Non dovremmo vederci il giorno del matrimonio. Sarà mezzanotte tra qualche minuto.»

«Ci conosciamo da ben tre anni oramai» disse Adam con una voce cupa piena di determinazione e desiderio, con una sfumatura roca che fece cantare di piacere ogni terminazione nervosa nel mio corpo. Chiaramente, Adam capì che la mia protesta era tutt'altro che sentita. «Conoscendomi, pensi che ci sia una sola possibilità che io rinunci al mio piano?»

«È un piano *nefando*.»

«Nefando o no, devi ammettere che sono tenace.»

«Oh, sì. Nessuno direbbe mai che quella descrizione non sia giusta, ma dovresti risparmiarti per la prima notte di nozze. Astinenza, ricordi. Consumare il matrimonio la prima notte di nozze e tutta quella roba demodé?»

«Oh, te ne resterà in abbondanza per la prima notte di nozze, credimi.» Mi prese per il polso e mi premette la mano sulla sua erezione, come per dimostrare le sue ragioni. Avvolsi la mano intorno al suo membro, accarezzandolo attraverso i pantaloni. Adam sibilò. «E per l'intera luna di miele, se è per quello. Non avrò fatto bene il mio lavoro se sarai ancora capace di camminare normalmente alla fine della luna di miele.»

«Hai fissato l'asticella molto in alto.»

Adam aveva ripreso a baciarmi e le sue mani ad accarezzarmi il seno ed io ero in fiamme, ardevo e bruciavo dall'interno.

«Dannazione, Adam, è quasi mezzanotte.»

«Emilia…»

«Continuo a non essere convinta.»

Adam si bloccò e poi si allontanò per guardarmi con calma. «Okay» replicò con la voce impassibile. Io lo fissai, scioccata e delusa, che avesse rinunciato così facilmente. Aprii la bocca per parlare ma Adam mi interruppe di nuovo. Si voltò e andò verso il bagno. «Torno subito.»

Alzai le spalle, ridendo. «Quando devi andare, devi andare. Ricordati di non guardarmi mentre esci.»

Andai al cassettone, appoggiai il telefono, controllando l'ora, dieci minuti a mezzanotte. Gridai. «Mancano dieci minuti. Non metterci troppo.»

«Sì, sì» rispose Adam prima di chiudere la porta.

Confusa, aprii un cassetto per prendere una maglietta con cui dormire. La mia lingerie elegante era tutta pronta per la notte successiva, ma non mi avrebbe visto con quella addosso finché non fossimo stati ufficialmente sposati. L'avevo messa da parte come sorpresa per la mia prima notte di nozze. Senza dubbio avrebbe eclissato qualunque asso avesse nella manica per la luna di miele.

Mi voltai verso il letto, dando le spalle al resto della stanza e finendo di slacciarmi il vestito, scegliendo di aspettare finché se ne fosse andato prima di togliermelo. Sarebbe stato decisamente meglio non sbandierare il mio corpo nudo davanti a lui come un drappo rosso davanti a un toro. Nello stato in cui era, avrebbe caricato, probabilmente con il vapore che gli usciva dalle narici. Ridacchiai al pensiero del toro arrapato che caricava. Fidanzato tipo bestia, davvero. Quel poveretto era talmente su di giri che probabilmente gli sarebbero venute le vesciche a forza di farsi le seghe quella notte.

Mi presi un appunto mentale di tenere quella battuta come punzecchiatura finale per quando sarebbe uscito. All'improvviso, sentii l'acqua scorrere nel WC, aprirsi e chiudersi il rubinetto e si aprì la porta. Tenni la schiena rivolta verso di lui quando rientrò nella stanza.

«Mancano cinque minuti a mezzanotte» borbottò quando si fermò.

Rimasi con la schiena voltata verso di lui. «Già… buonanotte. Ti amo. Dormi bene.»

«La regola è che non dovremmo vederci, giusto?»

Esitai. La sua voce era strana, come se stesse per nascondere il divertimento. *Come se stesse tramando qualcosa.* Spostai il peso da un piede all'altro. «Uh… sì.»

Adam cominciò a camminare lentamente, ed io sospirai di sollievo, finché mi resi conto che non stava andando verso la porta.

Si fermò quando era esattamente dietro di me. Sentivo il suo fiato sulla nuca. Tremando, chinai la testa di lato, in ascolto. Adam sussurrò. «Abbiamo cinque minuti.»

Deglutii. «Sì, ma non puoi fare niente in cinque minuti. Quindi fila.»

Lui mi avvolse le dita intorno al polso destro. Quando parlò, aveva la bocca contro il mio orecchio, col respiro che mi procurava piccole scariche di piacere lungo la spina dorsale. Quel potere su di me era reale e lui sapeva esattamente come usarlo. «*Giudicherò io* quanto riesco a fare in cinque minuti.» Mi avvolse qualcosa intorno al polso che stava tenendo. *Che ca...*

«Adam, che diavolo stai facendo?»

Lui non rispose e mi afferrò l'altro polso, tirandomi entrambe le mani sopra la testa.

«Per favore puoi smetterla di giocare?» sbottai, irritata. Stava già rendendomi difficile dire di no. Adam era un uomo paziente, la maggior parte delle volte, e lo aveva dimostrato in passato. Ventiquattro ore in più non erano niente in confronto all'attesa che aveva già sopportato.

«Oh, *giocheremo* parecchio tra breve.»

«Deve essere già mezzanotte» dissi ma lasciai che continuasse con la sua sciarada di legarmi. Ma quando mi legò i polsi, tirò abbastanza forte da farmi un pizzicotto, come se stesse facendo sul serio. Stava andando un po' troppo oltre con lo scherzo.

«Adam...»

«Te l'ho detto che non avrei rinunciato.» Si chinò in avanti e mi risucchiò il lobo dell'orecchio nella bocca calda finché rabbrividii di piacere. Poi si staccò di nuovo. «Che tu sappia, sono mai stato uno che rinuncia? Anche quando me lo chiedono cortesemente? *Specialmente* quando me lo chiedono cortesemente.» All'improvviso, mi mise un braccio intorno alla vita, spingendomi verso l'armadio.

«No.» Il mio cuore accelerò di colpo.

Mi premette la schiena contro l'anta dell'armadio, guardandomi dalla testa ai piedi. «Oh. Hai slacciato il resto del vestito. Carino da parte tua. Non dovrò strappartelo di dosso. È un abitino sexy. Non quanto il contenuto, ovviamente.»

Passò la cintura, che a quanto pareva aveva tolto da una delle vestaglie appese in bagno, sopra l'anta dell'armadio, incastrandola nello stipite. In quel modo avevo le mani sospese sopra la testa.

«Okay. Ti sei fatto la tua risata. Ah ah. Ora...» Mi spostai verso l'anta per cercare di togliere le mani da dove erano legate. Non si spostarono. Merda... come aveva fatto a riuscirci così facilmente? «Ho slacciato il vestito perché mi stavo preparando per andare a dormire, non per farti un favore.»

«Una fortunata coincidenza, allora» Scostò i lembi del vestito, lasciandolo completamente aperto e tutto ciò che avevo addosso erano un reggiseno di pizzo e le summenzionate mutandine ad accesso rapido. Con un gesto veloce del polso, sganciò le spalline rimuovibili e slacciò il reggiseno, che cadde sul pavimento.

«Devi andare.» Cercai di rendere la voce severa, per quando possibile.

Adam annuì, guardando l'orologio. «Sono le undici e cinquantotto. Ho ancora due minuti.»

Sospirai, impaziente. «*Che cosa* stai facendo?»

Lui alzò la mano e mi strofinò il capezzolo, sorridendo soddisfatto quando si contrasse immediatamente sotto le sue dita. «Siamo ai Caraibi, no? Io sono un pirata e tu sei la donzella mia prigioniera.» Non potei farne a meno. Nonostante l'irritazione, lo trovavo troppo adorabile, con quella scintilla negli occhi scuri. Era veramente fiero di sé. E quando sottolineò la dichiarazione con un sonoro «*Arrgh!*» scoppiai a ridere.

«Okay, ti sei divertito, ora vattene da qui. Mancano sì e no trenta secondi a mezzanotte.»

«Tsk, tsk.» Scosse la testa. «Niente da fare, miss Cenerentola. *Corpo di mille balene.*» Andò al tavolo da toilette dove l'hotel aveva lasciato un favoloso cesto di provviste e accessori e cominciò a frugare, afferrando delle cose e mettendosele in tasca, borbottando qualcosa sul "bottino".

«Secondo te e qualche supposto comitato per le regole nuziali, noi non dovremmo vederci il giorno delle nozze, prima della cerimonia.»

Chinai la testa contro l'anta dell'armadio con un sospiro stanco. «Sì.»

«E il giorno delle nostre nozze comincia a mezzanotte, giusto?»

Sospirai di nuovo, pesantemente. «Adesso stai diventando una peste.»

«Una peste, dici?» Andò alla lampada che avevo acceso e la spense, facendo nuovamente piombare la stanza nell'oscurità.

«Un pirata pestifero, sì.»

«Stavo per dirti che ho trovato una soluzione ingegnosa.»

Sbuffai. «Perché, ovviamente, l'hai trovata.»

Adam si voltò, avvicinandosi finché fu di fronte a me e si chinò a baciarmi sulla bocca prima di infilarmi sulla testa la mascherina per dormire. La tirò giù, coprendomi gli occhi in modo che non potessi vedere niente.

«È comoda?»

«Adam, che cosa...»

«Riesci a vedere?»

«No, ma questo risolve solo metà del problema, perché *tu* ci vedi.»

«Ne ho un'altra qui.» Mi alzò la mascherina perché potessi vederla. S'infilò una maschera identica sulla testa, coprendosi gli occhi. Poi tirò nuovamente giù la mia.

«Bene, adesso siamo entrambi ciechi. Sarà una bella commedia degli errori.»

«Assolutamente no. Ci farà apprezzare meglio gli altri sensi… come il senso del tatto.» Mi passò due dita, dalla clavicola giù sul seno, con appena un accenno di unghie, in una carezza sensuale. Sobbalzai. «E l'odorato.» Mi affondò la bocca e il naso nel collo, aprendo la bocca per baciarlo. Rabbrividii e lui gemette in risposta.

«L'udito.» Avvicinò la bocca al mio orecchio. «Ho intenzione di scoparti, Emilia. E stanotte, per tutta la notte, è ciò che sentirai e mi pregherai di continuare.»

Il suo fiato caldo sull'orecchio e la promessa nelle sue parole mi fecero vacillare verso di lui.

«E…» Chiuse la mano sulle mutandine e diede un forte strattone, strappandole lungo la cucitura, con una mossa classica alla Drake. Ansimai quando le tolse. A parte il vestito aperto che mi pendeva dalle spalle, ero nuda.

«Ovviamente c'è anche il *gusto*…» Ascoltai mentre si abbassava sulle ginocchia. Mi separò le ginocchia con una mano per farmi allargare le gambe. Poi premette la faccia all'apice delle mie cosce. «Mmm» disse. «Deliziosa. Il miglior spuntino di mezzanotte che abbia mai fatto.»

Passò la lingua lungo l'apertura del mio sesso, premendola contro il clitoride. Feci un balzo, come se avessi preso la scossa.

«Oh Dio» ansimai. Sembrò incoraggiarlo dato che continuò, allargandomi ancora un po' le gambe.

«Non vuoi che ti sleghi?»

«Non l'ho mai detto.»

«Allora, lo vuoi?»

«Non ho mai detto nemmeno quello.»

Adam rise e si chinò di nuovo in avanti, continuando a stuzzicarmi con la lingua.

«Dimmi di slegarti e lasciarti andare e lo farò. Ma non preoccuparti che ci vediamo prima del matrimonio, perché io non riesco a vedere un accidente di niente.»

«Io, uh… sono piuttosto sicura… oh.» *Dio.* «Uhm… quello… quello… ah. Non è quello che intendevano.»

«Chiunque fosse, non era stato privato del sesso per oltre due mesi. Lo so per certo.»

«Cavolo, Adam. Non è giusto.»

«Hai detto che volevi essere soddisfatta, no? Quindi hai intenzione di restare lì e lamentarti perché sto usando il tuo corpo contro di te, o hai intenzione di rilassarti e godertelo?»

Rimasi in silenzio, concentrandomi sulla sensazione delle sue dita, che aveva delicatamente fatto scivolare dentro di me quando si era staccato per parlare. Non aveva riportato la bocca nel punto magico, però e tutto il mio corpo stava pulsando e vibrando, pretendendo che tornasse.

«Beh?» mi chiese quando non risposi.

«Sto pensando! Sto pensando!»

«Okay. Beh, mentre ci pensi, io torno a fare quello che stavo facendo.» Poi si fermò. «Oh, quasi dimenticato… avevo questi in tasca.»

«Cosa?»

«Mentine per l'alito. Erano nel cesto.» Poi sentii sgranocchiare e masticare e di colpo un forte odore di menta. «Ce n'erano un mucchio.» Mi irrigidii, ricordando di aver sentito dire che le mentine Altoids venivano usate per potenziare le sensazioni nel sesso orale, come se avessi bisogno di potenziamento a quel punto.

Quando la sua lingua toccò nuovamente il mio clitoride, sobbalzai come se avessi preso la scossa per la sensazione contemporanea di caldo e freddo. Caldo gelido. Rabbrividii e istintivamente mi tirai indietro. Adam mi tenne ferma contro l'anta con le mani sui fianchi, continuando il contatto. E poi approfondendolo.

Con gli occhi bendati e i sensi in sovraccarico, come aveva predetto, non ero conscia di nient'altro che non fossero la sua bocca e le sue mani.

Adam leccava e succhiava ferocemente, quasi come se stesse esigendo il mio orgasmo. E il mio corpo fu più che felice di ubbidire. Venni nella sua bocca, violentemente, in pochi minuti. Con la testa gettata indietro conto l'anta dell'armadio, gridai il suo nome con il corpo che si contraeva per il puro piacere che mi scorreva nelle vene.

Adam non si fermò.

«Per favore, è troppo» biascicai, quasi incapace di formulare le parole, come se l'orgasmo mi avesse fritto il cervello. E di sicuro mi sembrava così.

Lentamente, troppo lentamente, Adam si fermò e si staccò, facendo scorrere ripetutamente le mani sulle mie cosce. Rabbrividii, fin troppo sensibile al suo tocco. Quasi persi l'equilibrio.

Mi lasciai cadere contro l'anta, completamente assorbita dai postumi dell'orgasmo. E mentre ogni muscolo del mio corpo si rilassava e si crogiolava nel residuo di piacere, restava un sottile filo di desiderio insoddisfatto.

Volevo sentire il peso di Adam sopra di me, il suo corpo che si muoveva contro il mio, il nostro sudore che si mescolava. Volevo sentirlo dentro di me, che mi completava, sentire i suoi gemiti di piacere mentre usava il mio corpo per il suo godimento. Lo volevo perfino più di un altro orgasmo.

Ingorda? Sì.

E a quanto pareva, Adam riusciva a leggermi nella mente. In un attimo, aprì l'anta, liberando la cintura dallo stipite e lasciandomi andare. Abbassai le braccia e ruotai le spalle, anche se avevo ancora le mani legati davanti a me. Sentii il calore fluire nelle braccia quando tornò la circolazione.

Gentilmente, Adam mi prese per una spalla e mi guidò verso il letto, o almeno nella direzione nella quale sospettava ci fosse il letto. I suoi passi erano esitanti, come se stesse cercando la strada al buio.

E lo trovò senza molta difficoltà, dandomi una spintarella per farmi sdraiare. «Allora se io dicessi *no* proprio adesso...» lo stuzzicai.

«Me ne andrei, ovviamente» rispose lui. «Ma non ne sarei molto contento.»

«Non è compito mio farti felice… non ancora.»

«Uno sposo felice fa un matrimonio felice.» Mi sistemò il cuscino facendolo scivolare sotto la testa, poi afferrò la cintura intorno ai miei polsi e la tirò sopra la mia testa per agganciarla alla testata.

«Paura che scappi?»

«No. Ma un buon pirata si mette sempre al riparo dai rischi. Farò di te ciò che voglio.»

«E se ti dicessi che ho bisogno del mio sonno di bellezza?»

Adam passò la mano sul mio seno, quasi per accertarsi che fosse ancora lì. «Puoi dormire fino a tardi, non ci sposeremo fino alle sei.»

«Hai una risposta per tutto.» Lo ascoltai togliersi i vestiti, in fretta, lasciandoli cadere senza cura sul pavimento. «In tutto il tempo da cui ti conosco, non credo di aver mai saputo che ti togli i vestiti così in fretta.»

«Sono decisamente motivato» rispose. «Ho una donna bellissima e nuda legata sul mio letto. Che miglior incentivo ci può essere?»

Risi finché affondò sul letto accanto a me, prima di rotolarmi sopra. Poi la mia risata fu ingoiata da un ansito di desiderio rinnovato.

Quando parlò di nuovo, Adam aveva la bocca a un millimetro dalla mia e ogni centimetro della sua pelle nuda mi stava marchiando e si fondeva con la mia. «Sai che letto è questo?»

Sorrisi, sapendo perfettamente che letto era, mai stetti al gioco. «Che letto è?

«È il letto in cui sei diventata mia per la prima volta.» Appoggiò la bocca sulla mia e tutto il mio corpo, che fino a quel momento si era accontentato di crogiolarsi nei postumi dell'orgasmo, prese nuovamente fuoco. Le fiamme si alzarono di nuovo, con Adam come consumato incendiario.

«È quello che stavi facendo?» risposi quando la mia bocca fu di nuovo libera. «Pensavo che stessi dimostrando di avere ragione. Ancora una volta.»

«Stavo facendo anche quello.» Si spostò contro di me. «Ma, ed è la cosa più importante, ti stavo facendo mia. Per sempre.»

«Bizzarro. Non è ciò che farai domani... cioè, più tardi, oggi.»

Adam mi baciò lungo la mascella. «Quella è la versione ufficiale. Ma penso che sia giusto che passiamo l'ultima notte da persone libere scopando come conigli nello stesso letto nel quale ti ho avuto la prima volta.»

«Scopando come conigli, eh?»

«Non pensare di dormire molto stanotte.» Mi allargò le gambe.

Il suono che sentii dopo fu il frusciare di un involucro, il pacchetto di cui avevamo sentito tanto la mancanza il pomeriggio nella *cabana*, e risucchiai il fiato quando mi penetrò con un sospiro soddisfatto. Il cuore mi salì in gola quando sentii i muscoli che si distendevano intorno a quella gradita invasione del mio corpo. Adam mi posò un lungo, delicato bacio sul collo.

«*Finalmente*, cazzo. L'*Aquila* è atterrata.»

«È così che lo chiameremo d'ora in poi. L'*Aquila*?»

«Ti prometto che dopo questa notte lo chiamerai RoboCock, e anche con entusiasmo.»

«Spero che sia pronto a passare dalle parole ai fatti.»

Adam si spostò, entrando più in profondità. «Aspetta e vedrai.»

E poi cominciò a muoversi. E il mio mondo si mosse con lui. Per essere la prima volta da mesi, non era frenetico o affrettato, come avevo sospettato potesse essere. Anche se sapevo che Adam era stato ansioso di riprendere la nostra vita sessuale, non accelerò a tavoletta per finire subito, anche se lo avrei capito perfettamente se lo avesse fatto.

Invece, si mosse con attenzione, lentamente, come sapendo che un movimento più veloce l'avrebbe fatto esplodere troppo presto. Stava assaporando il viaggio invece di spingere per arrivare in fretta.

Quando si fermò, abbassando la testa per succhiarmi un capezzolo, mi inarcai per andargli incontro, avvolgendo le gambe strette intorno ai suoi fianchi. «Dio, è una sensazione così bella» mormorai.

Adam si liberò della presa delle mie gambe, con il fiato corto. E di colpo il suo ritmo divenne incerto, come se non gli fossi rimasta una briciola di controllo.

Fu quando spinse forte, arrivando alla conclusione.

Il suo corpo s'irrigidì. Trattenne il fiato. Io gli avvolsi nuovamente le gambe intorno ai fianchi, stringendo e lui rabbrividì contro di me mentre veniva. Un momento dopo, premette la fronte sudata contro la mia.

«Cavolo» borbottò dopo un momento. «È stato...» Ansimò. «Se mi esploderà la milza, ne sarà valsa la pena.»

Non riuscii a non ridere. «No, quelle erano *altre* parti del tuo corpo che esplodevano.»

«Le parti giuste.» Scivolò via e rotolò dalla sua parte del letto. Ma non prima di avermi coperto il volto di baci. «Penso che quelle parti vogliano esplodere qualche altra volta.»

«*Stanotte?*»

«Stanotte è la notte.»

«Mi sa che dovrai convincermi.»

«Con gioia» disse, passandomi le mani sul petto e la pancia, come se stesse leggendoli con il tatto. Ero una mappa e le sue mani erano esploratori meravigliati, riverenti. La sua energia senza limiti lo avrebbe portato a esplorare ogni centimetro del mio territorio quella notte.

Capitolo Ventuno
ADAM

L A SECONDA VOLTA FU PIÙ RUDE E DURÒ PIÙ A LUNGO. E fu favolosa, indescrivibile.

Avevo sentito dire che il senso che influenzava di più un uomo, sessualmente parlando, era la vista. Eppure non riuscivo a vederla. Ma non avrei potuto essere più eccitato, dovendo trovare la strada in quel corpo morbido e femminile con le mani, la bocca e il mio corpo premuto sul suo.

Era ancora legata, anche se questa volta in cima al lungo montante del letto, in piedi. Dio, giurai che l'avrei legata più spesso perché era divertente. E accidenti se non avrei fatto tutto quello che volevo con lei, adesso che l'avevo esattamente dove la volevo.

«Questi due ultimi mesi sono stati una tortura» mormorai nei capelli di Emilia, in piedi dietro di lei, ubriaco del suo odore. «Ordini del medico sadico.»

«E sono sicura che l'abbia fatto proprio per quello, per torturarti.» La sua voce era ridente.

Le strofinai il collo con il naso. «Stavo parlando di *te*. Camminare in giro per la casa con quelle mutandine di pizzo, quei leggings aderenti, facendomi impazzire.»

«Già, perché privarmi del sesso è stato un gran divertimento per me» ribatté lei.

«Forse merito una piccola vendetta. Un po' di tortura per mettermi alla pari.»

Emilia s'immobilizzò per un momento. «*Tortura?*»

Mi premetti contro la sua schiena, schiacciandola contro il montante, spingendo la mia erezione contro il suo sedere sodo e perfetto. Affondai leggermente i denti nel padiglione dell'orecchio e lei risucchiò il fiato. «Forse *più* di un po'.»

Staccandomi, mi voltai per assicurarmi di non vederla. Dovevo onorare la promessa che le avevo fatto, dopotutto, che la superstizione fosse stupida o no.

Andai al secchiello del ghiaccio, lasciato dalla cameriera che aveva preparato il letto per la notte, dove c'era una bottiglia di champagne immersa in un mucchio di cubetti di ghiaccio. *Perfetto.*

Afferrai il secchiello, tolsi la bottiglia e camminai a ritroso verso il letto finché fui quasi lì, rimettendomi la mascherina sugli occhi prima di voltarmi e andare da Emilia.

«Esattamente dove ti ho lasciato» dissi, dandole un bacio tra le belle scapole. «Brava ragazza.»

«Come sarei potuta andare da qualche altra parte?»

Mi piegai e appoggiai il secchiello sul pavimento accanto ai suoi piedi. «Giusto.» Presi un cubetto di ghiaccio e mi raddrizzai. «Ora che mi sono sfogato, posso almeno aspettare un po' prima della prossima volta.»

Emilia si schiarì la voce. «E quando dovremmo dormire?»

«Il sonno è sopravvalutato.» Appoggiai il cubetto di ghiaccio nel punto tra le scapole dove l'avevo appena baciata.

Emilia sobbalzò e poi ansimò. «Che diavolo…»

Le afferrai il mento, voltandole la faccia verso di me e soffocai la sua protesta affondando la lingua nella sua bocca. Le passai quel cubetto di ghiaccio lungo la clavicola, lo sterno, fino all'ombelico, mentre lei tendeva le braccia, con il corpo rigido contro il mio.

Era maledettamente fantastico.

Aveva le braccia legate ai piedi del letto. Quando portai il cubetto al suo capezzolo destro, lei cercò di divincolarsi, ma non riuscì a evitarmi.

Quando fui sicuro che sarebbe stata abbastanza tranquilla, le liberai la bocca dal bacio. «Tutto bene?»

«Andrà tutto bene quando metterò il ghiaccio su di *te*» rispose senza fiato.

La feci piroettare per averla di fronte, appoggiandola al montante del letto. «Vedremo. Nel frattempo, penso che anche l'altro abbia bisogno di un po' d'amore.» Spostai il cubetto di ghiaccio sull'altro capezzolo, chinandomi per prendere in bocca quello freddo. Lei si dimenò, cercando di liberarsi ed io la tenni contro il montante perché stesse ferma.

Ero così duro, di nuovo, da far male. Il suo capezzolo gelato si scaldò nella mia bocca. *Così* rinfrescante, il mio ghiacciolo al gusto di Emilia. Risi a quel pensiero e una volta deciso che l'altro capezzolo fosse pronto per la mia bocca, mi spostai, rimettendo il cubetto di ghiaccio sul precedente. Mi stavo congelando le dita, che stavano diventando insensibili per il freddo. Quelle parti incredibilmente sensibili del *suo* corpo di sicuro stavano sentendo acutamente l'insensibilità e il dolore.

Emilia stava respirando forte, regalandomi quei gemiti ossessionanti che erano quasi senza suono, con la voce più profonda del normale.

Lasciai cadere il cubetto di ghiaccio nel secchiello e infilai le mie dita fredde nel posto più caldo che trovai, esattamente tra le sue gambe.

Emilia inspirò bruscamente e s'irrigidì di nuovo mentre io strofinavo le dita contro la sua carne bagnata, bollente. Riuscii a malapena a impedirmi di allargarle le gambe e penetrarla subito. Invece, infilai le dita più in profondità, ascoltando attentamente, cercando di capire quanto fosse vicina dal suono dei suoi gemiti e del suo respiro. Così vicina. *Vicina*, ma non c'era ancora.

«Adam» disse Emilia, con quel basso ringhio che fece scattare il mio sesso in risposta. E qualche secondo dopo, tolsi la mano. Lei espirò forte, spostando il peso da un piede all'altro. «Allora, è così che sarà?»

«Sì» risposi sorridendo, anche se non poteva vedermi. «Mi sei debitrice di un po' di tortura.»

«Aspetta e vedrai. Userò i tuoi stessi mezzi contro di te, Terribile Pirata Drake.»

«Arrrrrr. Davvero? Non succederà stanotte, donzella. Stanotte, sono *io* che comando.» Le afferrai i fianchi e la tirai bruscamente verso di me, in modo che perdesse l'equilibrio, e fosse ancora di più in mia balia.

Le passai le unghie sulla schiena, con entrambe le mani, fino alla vita e poi sulla curva del sedere. Lei sibilò come un gatto.

«Domani sarai la mia timida sposina e ti adorerò, corpo e anima. Ma stanotte sei il mio giocattolo.»

«Sei un uomo malvagio» sussurrò roca Emilia.

«*Pirata*» dissi ridendo. «E non hai ancora visto niente, miss Strong.» E per sottolineare la mia dichiarazione, le strizzai forte i capezzoli prima di lavorarli con il pollice e l'indice finché diventarono grandi punte dure e lei stava gemendo in fondo alla gola. Quel suono vibrò direttamente attraverso di me e mi fece pulsare, dalla testa ai piedi. La pressione nel mio membro divenne quasi dolorosa.

Mi chinai in avanti, schiacciando la bocca sulla sua, soffocando i suoi gemiti. Emilia affondò decisa i denti nel mio labbro inferiore.

Mi ritrassi, ancora con il labbro tra i suoi denti. «Non la faccia!» riuscii a dire. «Non possiamo fare niente che si possa vedere nelle fotografie del matrimonio domani.»

Esitando, Emilia mi lasciò andare il labbro. Pulsava, un misto di dolore e piacere. Doveva essere una tortura per lei, ma dubitavo che avrei potuto sopportarlo io ancora per molto prima di prendere *lei* ancora una volta.

Gesù, era troppo maledettamente sexy. Senza preavviso, l'afferrai, alzandola e liberandole le mani dal montante del letto. Tirandola verso di me perché non perdesse l'equilibrio, la sostenni mentre il suo corpo si rilassava. I capezzoli duri e il seno morbido erano premuti contro il mio torace. Avevo il cuore che batteva al doppio del solito.

«Il tuo giocattolo, eh?»

Mi avvicinai, con le labbra appena sopra le sue. «Sì.»

Poi procedetti con attenzione, sapendo che c'era la possibilità, a causa del suo passato, che potesse avere dei problemi. Le premetti sulle spalle finché piegò le gambe e s'inginocchiò davanti a me.

Non esitò, con mia sorpresa. Appena le sue ginocchia colpirono il pavimento, si chinò in avanti e mi prese il sesso in bocca, risucchiando solo la punta prima di tirarsi indietro di nuovo.

Poi si mosse, cercando qualcosa con le mani legate. La sentii dare un colpetto al secchiello del ghiaccio. *Uh oh…*

«Chiaramente avrei dovuto legarti le mani dietro la schiena invece che davanti.»

«Devi rinfrescare il tuo addestramento da pirata.» Cominciò a sgranocchiare cubetti di ghiaccio. Quando cercai di tirarmi indietro, lei mi agganciò una gamba con la mano per fermarmi.

Dopo aver deglutito, afferrò altro ghiaccio e sgranocchiò anche quello. Quando mi prese nuovamente in bocca, il gelo avvolse il mio calore. *E* aveva ancora pezzettini di ghiaccio in bocca. E… *merda*, era incredibile. Dolore e piacere insieme nella parte più sensibile della mia anatomia. Mi afferrai al montante del letto per impedire alle ginocchia di piegarsi. Emilia fece scivolare la bocca più in profondità. Io ringhiai, lasciando che la sensazione mi travolgesse mentre lei mi succhiava… *forte*.

Cristo. Stava diventando veramente brava. Non si sarebbe mai detto che fosse tutt'altro che la sua azione preferita.

Non importava. Perché con ogni movimento della testa, stava prendendo il controllo della situazione e lo sapeva maledettamente bene.

Ed io glielo stavo permettendo.

Perché il pensiero di venire nella sua bocca, in quel momento, era un bel po' allettante. *Parecchio* allettante. Allungai la mano per toccarle gentilmente la testa e lei s'immobilizzò.

Non la spinsi. Ma, maledizione, avrei voluto farlo. Avrei voluto ficcarglielo tutto in gola.

Mi trattenni.

A fatica.

Ci volle una tonnellata di autocontrollo. Lei non mosse la testa, anche se la sua lingua diabolica continuò a ruotare intorno a me, inviando calore a tutte le terminazioni nervose da dove la sua bocca ardente mi stava succhiando, attraverso la pancia e al sangue che mi bruciava nelle vene.

Sembrava che le piacesse quel potere. I suoi gemiti bassi reagivano direttamente al mio respiro affrettato. E fu allora che decisi che non potevo aspettare più nemmeno un secondo.

Feci lentamente e dolcemente pressione sulla sua testa, spingendola verso di me. Lei si mosse solo di un paio di centimetri, prima di fermarsi, facendo resistenza. Io spinsi in avanti i fianchi, perdendo di colpo il controllo.

E quello fu il mio errore.

Emilia si piegò quando ebbe un conato. Mi tirai immediatamente indietro, pronto a slegarla, a inginocchiarmi davanti a lei e confortarle, chiederle scusa.

Lei era piegata in due e tossiva.

Oh, merda. Avevo esagerato.

Fui scioccato di sentirla ridere. *Ridere.*

«*Che* cazzo c'è di così divertente?»

«Non riesco a smettere di pensare a quel nome ridicolo: Robot Cock. Mi sono distratta e ho avuto un conato di vomito.»

«*Robo*Cock» la corressi. «E, maledizione, stava andando così bene. Sei cattiva.»

Emilia sospirò melodrammaticamente. «Credo proprio di essere una bambina cattiva.» Il tono di sfida nella sua voce era inequivocabile.

Allungai la mano, le afferrai i polsi ancora legati e la tirai in piedi davanti a me. Poi mi piegai finché fummo naso a naso, o, almeno, così pensavo, dato che non riuscivo ancora a vedere un accidente di niente.

«Vuoi sapere che cosa faccio alle bambine cattive?» Mi voltai e, tirandola con me, sbirciai da sotto la mascherina per evitare di sbattere contro i mobili mentre andavo al tavolo da pranzo. Rimisi a posto la maschera una volta lì.

«Che cosa hai intenzione di fare?» Non riuscii a non sorridere. Quel gioco le piaceva tanto quanto a me. *Diavolo, sì.* «È adesso che mi dai in pasto ai pesci, Capitan Drake?» disse ridendo.

«Niente pesci, ma la pagherai comunque.»

«Soave.»

Le spinsi in basso le spalle, premendo la parte superiore del suo corpo contro la superficie del tavolo da pranzo. Lei inspirò forte, ma non capivo se fosse per l'eccitazione o la sorpresa, forse entrambe. Afferrando la cintura intorno ai suoi polsi, la legai intorno alla sedia dal lato opposto del tavolo.

Poi mi misi dietro di lei, accarezzandole il sedere tondo prima di aprire il palmo e darle una sculacciata sonora. Il semplice suono mi fece pulsare di desiderio.

«Ahi!» esclamò Emilia. «Che cazzo?»

«Le cattive bambine si meritano le sculacciate» le spiegai, punteggiando le parole con una sculacciata sull'altra natica. Non stavo scherzando, sapevo che quei colpi dovevano averle fatto male. Lei tirò la cintura, come se volesse alzarsi, ed io le premetti la mano contro la schiena per tenerla giù.

Emilia sibilò, con tutti i muscoli contratti.

«Stai bene?» le chiesi.

«Fai del tuo peggio» rispose lei a denti stretti.

«Sfida accettata» Altre due sculacciate. «Per quello Speedo di merda.» Lei si mise a ridere, anche se era una risata a denti stretti, nervosa.

Le massaggiai il sedere. Il calore della sua pelle dovuto alle sculacciate non così leggere mi eccitò ancora di più. Emilia fece un respiro profondo, poi un altro, tremante. Aspettai un minuto prima di sculacciarla ancora due volte, assicurandomi che non se lo aspettasse e che fosse rilassata.

«E queste per che cos'erano?»

«Per aver dubitato che arrivassi in tempo. Come se ci fosse stata la minima possibilità che potessi mancare al mio matrimonio.»

Una pausa. «Non ne ho mai dubitato. Comunque era divertente stuzzicarti.»

«Allora dovrei stuzzicarti io con altre sculacciate?»

Lei fece un respiro profondo. «Non ho paura di te.»

Non dissi niente, ma la sculacciai ancora due volte. Il mio uccello pulsò al suono di ogni colpo.

«E queste per che cos'erano?» chiese. La sua voce era più bassa, più roca. Ma non riuscivo a capire se fosse perché era eccitata o se stesse per piangere. Forse entrambe le cose.

«Queste erano perché mi stanno eccitando.»

«Sembravi già arrapato fin dall'inizio.»

«Non si può mai essere troppo eccitati.» Mi piegai e le baciai la nuca, spostando la bocca lungo la spina dorsale, conscio di ogni minima sua reazione.

Ogni volta che inspirava forte involontariamente, ogni volta che si contorceva, ogni fremito della pelle vellutata sotto le mie dita, ogni sospiro riluttante ma vitale che usciva dalla sua bocca, finivano direttamente nel mio sangue, come una droga meravigliosa. E la sensazione della pelle d'oca sulle sue braccia morbide, sulle cosce setose, mi faceva rabbrividire, anticipando il piacere. Ero sballato per averla toccata, per aver sentito il rumore delle mie mani che la sculacciavano.

Ancora due sculacciate, per un totale di dieci, e mi fermai. Capivo che stava cercando di nascondere le lacrime. Le toccai le guance umide. «Vuoi che smetta?»

«Voglio che smetta di giocare e mi scopi.»

Mi chinai e le asciugai le lacrime con i baci. Erano fredde e salate. «Sfida accettata, con entusiasmo.» Staccandomi, mi voltai per cercare i pantaloni dove li avevo lasciati sul pavimento. C'erano ancora quattro preservativi nella tasca, ero stato fin troppo ottimista quella sera. Mi chinai e li presi, poi ne scelsi uno e misi gli altri tre sul comodino.

Poi mi voltai verso il tavolo dove l'avevo lasciata, distogliendo gli occhi finché non mi rimisi la maschera. Strappai la confezione e mi misi il preservativo.

«Signore e signori, per la seconda volta questa sera, è perfettamente riuscito a mettersi un preservativo mentre era bendato. *E la folla va in delirio.*»

«Pfui. Lo fai continuamente al buio. Non è un grande affare.»

«Ho un affare grande qui per te» mormorai, posizionandomi dietro di lei. Emilia si tese, ansiosa. Mi piegai, premendo il torace contro la sua schiena, baciandole la guancia, il collo, le spalle. Poi, raddrizzandomi, mi spinsi dentro di lei.

Quando tirò il fiato, quasi venni di colpo. E se non avessi rallentato, ci sarebbero stati dei preliminari stellari per un finale decisamente fiacco. E non era quello che volevo.

Mi fermai, ascoltando il suo respiro affrettato. «Sai che cosa provo quando sono dentro di te»? le chiesi, baciandola tra le scapole. Lei contrasse i muscoli intorno a me. «È come entrare in una piscina calda quando fuori fa freddo. È come una doccia calda dopo una lunga giornata. È come essere a casa.»

Emilia reagì con un lungo gemito ed io cominciai a muovermi. Prendendola per i fianchi e tenendola ferma, affondai il più possibile, ascoltandola attentamente. Dopo quasi due mesi senza sesso, era stretta. Era incredibile, con i muscoli che mi stringevano come un pugno. Sentivo il cuore battermi in gola, avevo la bocca secca. Immaginai come doveva essere, stesa sul tavolo davanti a me.

Rallentai, allungando la mano sotto di lei dove potevo accarezzarle il clitoride, tenendole i capelli con l'altra. Mentre le tiravo i capelli, facendole alzare la testa, fui lieto che da quando li aveva persi tutti e le erano ricresciuti, non avesse più attacchi d'ansia associati alle dita, le *mie* dita almeno, nei capelli.

Grazie al cielo, perché mi piaceva accarezzarglieli.

Emilia gemette mentre la portavo vicino all'orgasmo. Affondai i denti nella carne morbida sotto la scapola.

«Non lasciare segni» ansimò.

La lasciai andare. «Anche qui in basso?»

Lei non rispose, ma conclusi che l'abito da sposa doveva lasciare la schiena scoperta. L'idea di vederla con quell'abito quasi fu la mia fine.

Più tardi quel giorno… *finalmente.* Sarebbe stata mia in ogni senso.

Ed era mia adesso. Aumentai la pressione dove la stavo strofinando e fui ricompensato dai suoni familiari del suo orgasmo. Poi, quando disse il mio nome come in una preghiera disperata, quella fu la mia fine.

Qualche spinta e stavo venendo anch'io, ondate su ondate di piacere da perdere i sensi. Passò un intero minuto della mia vita in cui non fui conscio di nient'altro che del puro piacere di svuotarmi nel corpo morbido, accogliente di Emilia. Non riuscivo a muovermi, né a respirare. Tutto ciò che riuscivo a fare era *sentirla*. La sensazione di lei sotto di me, il suo petto che si alzava e si abbassava sotto il mio. I suoi gemiti soddisfatti.

Le baciai la schiena, le scapole, dovunque potesse arrivare la mia bocca. Poi mi staccai e le liberai i polsi dalla sedia. Lei era arrendevole tra le mie braccia mentre l'aiutavo ad alzarsi dal tavolo e la guidavo verso il letto. Ci volle più del normale, ma quando finalmente si sdraiò, emise un sibilo quando il sedere toccò le lenzuola, e si voltò immediatamente sul fianco.

«Bene, sarà uno spasso. Domani non potrò sedermi.»

«Mettiti sullo stomaco» Le slegai i polsi, tirando semplicemente il nodo scorsoio. Voltando le spalle al letto, alzai la mascherina, andai in bagno, presi un asciugamano e un flacone di antidolorifici. Quando tornai, immersi l'asciugamano nel secchiello con il ghiaccio che si stava sciogliendo, e lo strizzai, prima di tornare a tentoni verso il letto.

Le misi l'asciugamano gelato sul sedere, mormorando prima un avvertimento. Lei si tese per un attimo, senza però protestare. Poi, dopo altri movimenti a tentoni, le porsi due pillole e una bottiglia d'acqua, e lei bevve direttamente mentre la tenevo tra le dita.

Buono, ragazzo, dovetti ordinarmi quando quel semplice gesto fece rinascere l'eccitazione. Mi spostai dalla mia parte del letto e lei mi ordinò di coprirmi con un lenzuolo, per potersi togliere la maschera e usare il bagno.

Ubbidii. Quando si avvicinò al letto, si rimise la mascherina e si sdraiò accanto a me, abbracciandomi. «Devi essere fuori di qui prima dell'alba.»

La strinsi a me. «Perché?»

«In modo che nessuno ti veda uscire dalla mia stanza al mattino.»

«Detesto doverti dare questa notizia, ma tutti gli ospiti al matrimonio sanno che andiamo a letto insieme già da due anni.»

«Sapientone. La notte prima del matrimonio e tutta quella faccenda della sfortuna e così via.»

«A me non è sembrata sfortuna. A me è sembrato proprio, ma proprio bello.»

«Adam...»

«Okay, okay. Sarò fuori da qui prima delle cinque. E questo significa che abbiamo altre quattro ore.» Stavo facendo lo sbruffone, però. Sapevo perfettamente di essere troppo esausto per ricominciare senza riposare un po'.

Emilia sbadigliò, come se mi avesse letto nel pensiero. «Ho sonno» sussurrò, mettendomi la testa sulla spalla. Si addormentò in due minuti, ed io ascoltai il suono del suo respiro, affondando il naso tra i suoi capelli e lasciandomi andare anch'io in un sonno puro e soddisfatto.

Non so quando cominciò, perché all'inizio ero decisamente addormentato, e mi accorsi a poco a poco di un corpo caldo premuto contro il mio, di un peso sul petto, di una bocca sulla mia. Ero in quello stato tra sogno e realtà in cui non sapevo che cosa fosse reale e cosa fosse frutto del mio subconscio. Ma lentamente, lentamente la realtà prese il sopravvento quasi senza soluzione di continuità e tutto apparve come in uno stato di fuga.

Emilia mi stava baciando, cavalcioni sopra di me.

Senza aprire gli occhi, allungai le mani e gliele misi sul seno e lei rabbrividì, scivolando contro di me. Ero duro di nuovo e pronto e, a quanto pareva, avevo continuato a dormire durante i preliminari.

Questa volta fu lento e ci volle di più, un fatto che non mi disturbò per niente. Emilia prese un preservativo dal comodino e me lo porse. Qualche secondo dopo, ero nuovamente dentro di lei, che si dondolava sopra di me, sentivo i suoi gemiti melodiosi.

Cercai di tenerla per i fianchi e guidare i sui movimenti, ma mi spinse via le mani, appoggiandosi alle mie spalle mentre si muoveva a un ritmo lento da impazzire. Agganciai le mani dietro le sue cosce, passando le dita sulla pelle morbida. Salimmo lentamente, insieme, con ogni movimento dei suoi fianchi sui miei che ci portava un passo più vicino.

Presto fu troppo e le misi di nuovo le mani sui fianchi, spingendo entrambi verso il traguardo, insieme. Questa volta lei non mi spinse via e i suoi movimenti divennero frenetici come i miei. Ero vicino, così vicino quando la sentii fermarsi e stringersi intorno a me con il suo orgasmo, spingendomi verso il mio. E venimmo insieme, piacere pulsante ed estatico che ci travolse.

Lei si lasciò andare immediatamente, scivolando dalla sua parte del letto, sudata. «Qualunque cosa fosse, è stato bello e dovresti decisamente farlo più spesso» le dissi.

Lei sospirò. «Pensavo che fossi sveglio. Mi stavi afferrando e mormorando zozzerie. Probabilmente stavi sognando.»

«Non lo ricordo, ma sono sicuro che fosse un sogno bellissimo.» Le baciai la tempia.

Ci riaddormentammo, abbracciati, in pace e al sicuro. Avrebbe dovuto essere così tutte le notti. Eppure, dopo tutto ciò che avevamo fatto insieme, l'ultimo pensiero che mi passò per la mente mi fece sentire come un bambino la vigilia di Natale.

Quella sera, quando saremmo tornati a letto, saremmo stati sposati.

CAPITOLO VENTIDUE
MIA

QUANDO MI SVEGLIAI IL CIELO SI STAVA GIÀ SCHIARENDO. Fui conscia innanzitutto di essere indolenzita *dappertutto*. Soprattutto in mezzo alle gambe per tutto il sesso e l'uso dei muscoli che erano stati a riposo per troppo tempo. Ma anche sul sedere, dove Adam mi aveva sculacciato. E intorno ai polsi, che erano stati legati insieme. E, ovviamente, la pelle arrossata e sensibile dove aveva strofinato le guance, ruvide di barba, quindi praticamente dappertutto. Lo stomaco, i seni, l'interno delle cosce. Il collo. Le orecchie. Perfino la schiena, in basso era stata raschiata dai suoi baci deliziosi ma scabri come di carta vetrata.

In breve, mi faceva male dappertutto, ma era un tipo di disagio squisito.

Il desiderio rinacque al ricordo di quella notte. O meglio, di quella mattina. O… Alzai gli occhi e guardai verso la baia dalla suite aperta e notai il cielo grigio. Esitando, girata sul fianco, mi resi improvvisamente conto che la mascherina era scivolata via.

E Adam era ancora nel mio letto. *Merda.*

Mi tuffai sotto il lenzuolo, assicurandomi che sia la testa sia tutto il corpo fossero coperti. Poi mi voltai e gli diedi un colpetto con la gamba.

«Adam.»

Lui non si mosse.

«Adam, devi alzarti. È quasi l'alba.»

Gli diedi un colpo un po' più forte.

«*Adam*.» Lo spinsi con la gamba e, di colpo, lui finì giù dal letto con un grosso tonfo.

«Che diavolo?» disse dal pavimento.

Feci una smorfia. «Mi dispiace, ma non volevi svegliarti. Non intendevo spingerti giù dal letto. Devi tornare nella tua stanza.»

«Accidenti, sarebbe bastato scuotermi una spalla.»

«Ho tentato, te l'assicuro. Eri completamente andato.»

«Una tipa sexy mi ha completamente sfinito la notte scorsa.»

«Beato te. Ora vai.»

«Va bene, va bene. Uffa.» Lo sentii che si alzava e raccoglieva i vestiti. Poi il suono dei suoi passi si affievolì mentre andava verso il bagno.

Rimasi sotto il lenzuolo finché tornò, presumibilmente vestito. «Sono ancora esausto.»

«*Beh*» dissi, «tutto quello che è successo la notte scorsa è stata una *tua* idea.»

«Sì. Un'idea veramente brillante. Torno a letto. Ci vediamo alle sei.»

«Ciao. Ti amo.»

«Ti amo anch'io» bofonchiò prima di chiudere la porta e sparire.

Abbassai il lenzuolo, guardando la sveglia, conscia di aver dormito forse un massimo di tre ore la notte prima. Chiedendomi se sarei riuscita a dormire ancora un po', mi girai, trovai una delle mascherine e me la tirai sugli occhi.

Dormii altre due ore prima che l'eccitazione della giornata avesse il sopravvento e non riuscissi più a restare a letto. Occhiaie o meno, dovevo alzarmi.

Grazie al cielo per il caffè. E il fondotinta correttore.

***

Il resto della giornata passò in un lampo, con mia madre e le mie amiche più care nella suite. Arrivarono la truccatrice e la parrucchiera e passarono dall'una all'altra. Le condividemmo, insieme all'eccitazione nervosa e alle battute scherzose.

Dovevo nascondere il fatto di essere indolenzita per essere stata usata nel migliore dei modi possibili praticamente per tutta la notte. *Accidenti*, era stato sexy, ma, speravo, non abbastanza da farmi apparire mezza morta nelle fotografie del matrimonio.

A ogni modo, truccatrice e parrucchiera fecero una magia.

Il mio trucco era perfetto, ogni difetto nascosto da una luminosità naturale. La parrucchiera aveva lasciato sciolti i miei capelli scuri, in riccioli morbidi, come li volevo.

E poco prima della cerimonia, mia madre mi aiutò a mettermi il vestito, ritoccato per aderire alla perfezione. Mia madre restò dietro di me mentre mi guardavo nello specchio a figura intera.

Il vestito era lungo fino a terra, aderente, con un drappeggio dietro che lasciava la schiena nuda fino in vita. Era ornato da piccoli cristalli Swaroski e bordato di filo e piccoli tocchi d'argento.

«Sogno questo giorno dal mattino in cui ti ho tenuto in braccio per la prima volta in ospedale. Avevi solo qualche minuto e volevo il mondo per te, mia bellissima Mia» disse mia madre con la voce che tremava, e gli occhi pieni di lacrime.

Mi voltai a guardarla, con la gola chiusa e gli occhi che bruciavano per l'emozione. «Mamma, devi smetterla di parlare così, altrimenti comincerò a piangere e rovinerò il trucco.»

Lei annuì in silenzio, lisciandomi i capelli e controllando l'orologio.

Poco dopo eravamo nel patio più in alto, che guardava a ponente e si affacciava sulle montagne verdi e le acque turchesi della spiaggia molto più in basso. Il patio di ponente sembrava sporgere dalla montagna e forniva una vista sull'orizzonte infinito contro un cielo color champagne. Gli ospiti erano seduti su sedie ricoperte di tessuto bianco ai due lati di un corridoio coperto da tende diafane.

Mia madre ed io rimanemmo indietro, nascoste da uno schermo, ad aspettare il segnale. Quando il trio d'archi cominciò a suonare il Canone in re maggiore di Pachelbel, mia madre si voltò verso di me e mi abbracciò a lungo. Poi uscimmo da dietro lo schermo e lei camminò con me lungo il corridoio, verso il mio futuro.

Uno dei momenti che definiscono un matrimonio è quando lo sposo si volta e vede per la prima volta la sposa nel suo abito nuziale. Ci sono clip e montaggi su tutta Internet che mostrano quel momento in tanti matrimoni diversi. Alcuni sposi non mostrano nessun tipo di emozione, a volte solo un piccolo cambiamento nei loro occhi. Altri sono sopraffatti dall'emozione e piangono fino a piegarsi in due.

Adam era a metà tra i due estremi. Mostrò decisamente emozione, ma non pianse. Sembrava più che qualcuno l'avesse colpito forte nello stomaco con una mazza di ferro di medio peso. Come se stesse trattenendo il fiato, anche se il suo corpo gli gridava di respirare.

Io? Io piansi, senza ritegno. Grazie, trucco a prova di sbavature.

E… se dovessi ammettere un qualunque tipo di ossessione per le principesse, sarebbe che mi sentivo come una principessa delle fate in quel momento, lì davanti a quella gente nel mio bellissimo vestito, in quel posto mozzafiato.

E il principe che avevo conquistato… era bello da morire nel suo smoking nero, solo il gilè, niente giacca e una lunga cravatta. Nonostante le battute sulla barba, si era rasato e le mascelle perfette e la fossetta erano di nuovo visibili a tutti. I capelli, appena tagliati e acconciati, erano pettinati alla perfezione. E sì, era stupendo, come sempre.

Dopo tutto quel crescendo, la cerimonia in sé fu piuttosto breve. Ci prendemmo le mani e pronunciammo le nostre promesse di fronte ai membri della nostra famiglia con lo sfondo del sole che tramontava, il cielo tutto un fuoco di strisce d'oro, rosa e arancio.

Non avremmo potuto ordinare un tramonto più bello se l'avessimo messo nel budget.

Però mentre ci dichiaravano marito e moglie, non ci furono stelle cadenti generate da un razzo, anche se quasi me le aspettavo.

Poco dopo cominciò la festa. Proprio lì. Niente processione per andare altrove o altra roba formale. Dato che era un matrimonio intimo, spostarono le sedie ai tavoli già preparati e portarono da mangiare.

Mangiammo, bevemmo e ballammo. Con tutte le persone a noi care.

Fu il matrimonio migliore.

Penso che nessuno sospettasse che la sposa e lo sposo fossero quasi troppo esausti per goderselo.

Facemmo il nostro primo ballo sulla canzone "Wonderful! Wonderful!" di Johnny Mathis, ripetendo i passi del foxtrot che Adam mi aveva insegnato tanto tempo prima al nostro primo appuntamento ad Amsterdam. Difficile credere che eravamo lì, in quel momento, tre anni dopo. Dopo tutto ciò che avevamo passato, stavamo finalmente cominciando il nostro "per sempre". *Insieme.*

Adam mi prese in giro durante quel ballo. Quello che dovrebbe essere tanto dolce ed emotivo, quando la gente si asciuga gli occhi e commenta che bella coppia formano gli sposi. E poi lo sposo stringe la sposa e le sussurra parole d'amore all'orecchio...

Nel mio caso, lo sposo mi stava decisamente prendendo in giro.

«Hai le occhiaie, signora Drake. Come mai? Sei stata alzata tutta la notte con qualche strano tipo?»

«Eh, sì. Enfasi sullo *strano*.» Adam mi rivolse quel sorriso spavaldo che mi faceva venire i brividi. «Sei troppo favoloso per il tuo stesso bene» gli dissi.

«Decisamente per il mio bene. Dovresti vedere che gran pezzo di figa mi sono fatto ieri notte.»

«Non volevi dire questa mattina? È stata una giornata *lunga*.»

«E non è ancora finita.»

Il pensiero mi fece contemporaneamente sentire desiderio e stanchezza.

Il mio bouquet, rose e margherite bianche, con nastri d'oro e d'argento e ornamenti floreali metallici, era una meraviglia. Tutte le donne single si riunirono per fare almeno finta di volerlo prendere. Nonostante i miei sforzi per lanciarlo a Jenna, il mazzo di fiori rimbalzò sulla testa di April e s'impigliò nei capelli di Kat, dove rimase appeso a una lunga ciocca rossa. Lei lo afferrò e tirò, chiaramente inorridita. Pensai che volesse liberarsene, magari per passarlo a una delle donne più pronte per il matrimonio.

Con suo orrore crescente, e il divertimento di tutti, più Kat tentava di strappare il bouquet dai capelli, più quello s'impigliava nei suoi capelli lunghi tanto che alla fine era quasi in lacrime mentre tentava di districarlo.

Il fato aveva chiaramente decretato che fosse Kat a prendere il bouquet. Avrei dovuto tenerla d'occhio.

Qualche minuto dopo, dopo avermi tolto la giarrettiera, con un sottofondo di fischi, Adam voltò le spalle ai suoi amici e parenti single e lanciò la giarrettiera sopra la spalla.

Nessuno degli uomini sembrava nemmeno remotamente interessato a prenderla, ma la giarrettiera cadde sulla testa di Jordan, facendo ridere tutti, nonostante lui avesse enfaticamente chiuso gli occhi e infilato le mani in tasca quando Adam l'aveva lanciata.

Quando si rese conto di che cosa era successo e che aveva la giarrettiera drappeggiata sulla testa, Jordan avrebbe chiaramente voluto prendere Adam a pugni, mentre il mio sposo si scompisciava dalle risate a spese del suo testimone.

Dopo aver tagliato la torta, cioccolato con ripieno di lampone, glassa bianca e oro, riuscimmo educatamente a non spiacciare il dolce sulle reciproche facce mentre ci imboccavamo. Poi arrivarono i brindisi, e Jordan fu, sorprendentemente, eloquente e piuttosto contenuto.

Adam ed io restammo al ricevimento fino a quanto scoccò l'anno nuovo e ce ne andammo discretamente qualche minuto dopo, mentre la festa continuava vivace senza di noi. Si stavano divertendo tutti, come avevamo sperato.

Ci infilammo in un ascensore che ci avrebbe portato direttamente nella suite luna di miele, dove il maggiordomo aveva spostato le nostre cose nel pomeriggio. Ed era perfetto per noi, perché avevo una sorpresa per la prima notte di nozze per il signor Drake. Che speravo gli piacesse.

Appena dentro l'ascensore, Adam mi prese tra le braccia e mi baciò. «Tanto perché tu lo sappia, d'ora in poi mi riferirò a te *solo* come signora Drake.»

Tirai indietro la testa per guardarlo in volto, sorridendogli. «Quindi io sono l'albero e tu mi stai facendo la pipì addosso per marcare il territorio?»

Adam fece una piccola smorfia. «Non esattamente come l'avrei detto. Ma in un certo senso, sì… perché, finalmente tu sei tutta *mia*. Esattamente ciò che implica il tuo nome, Mia. È l'universo che si allinea.»

«O cospira.»

Adam strinse le braccia. «Voglio che il mondo lo sappia… signora Drake. *Tu sei mia* .»

«A quanto pare dovrò trovare un modo per marcare il *mio* territorio» dissi dando un colpetto significativo alla fede nuziale che brillava sul suo anulare sinistro.

«Potrei darti qualche suggerimento.»

«Ci scommetto.»

La porta si aprì, direttamente nella nostra suite. Quando mi voltai, rimasi senza fiato. Tutte le luci erano accese e l'intera suite era sepolta sotto una coltre bianca. Fiori bianchi e petali di ogni tipo coprivano ogni superficie. Petali bianchi sopra il letto. Gigli bianchi galleggiavano nella piscina e nell'idromassaggio. Come una nevicata nei tropici.

«*È bellissimo.*»

Adam ispezionò la stanza, ugualmente meravigliato. «*E* una completa sorpresa, perfino per me.»

«Oddio, sono riusciti a ottenere l'impossibile. Sono riusciti a prendere di sorpresa Adam Drake?»

Adam rise, slacciandosi il gilè e allentando la cravatta.

«Sono così stanca. Penso che potrei dormire per una settimana.» Allungai le braccia sopra la testa. «Per favore, dimmi che la nostra luna di miele prevede tante belle dormite.»

«Potrai dormire tutto il tempo che vorrai» disse Adam, rivolgendomi quel sorriso scaltro, che aveva sempre quando aveva un segreto, quindi spesso. Ad Adam piacevano i suoi segreti.

«Quando scoprirò dove stiamo andando?»

«Domani mattina, quando partiremo per… qualunque sia il posto dove stiamo andando.»

Scossi la testa, ridendo e togliendomi le scarpe con un calcio. «Sai, non tenterò nemmeno di indovinare. Ho imparato la lezione, quando si tratta di te e le tue sorprese.»

«Eccetto quando si tratta di razzi e carichi di stelle cadenti?»

«Già.» Mi lasciai cadere sulla poltrona coperta di petali con un sospiro. «Sono *così* stanca. Troppo sesso bollente per tutta la notte…»

Adam si tolse le scarpe e lasciò il gilè e la cravatta sul cassettone prima di spostarsi sul letto, sedersi e fissarmi.

«Sei splendida. Te l'avevo già detto?»

Sorrisi. «Circa trecentosettantadue volte. Ma va bene. Mi piace sentirtelo dire.»

Mi tolsi il girocollo e gli orecchini di perle e diamanti, mettendoli sul cassettone accanto alle sue cose.

«Penso che dovrei andare a mettermi "qualcosa di più comodo"» dissi, facendo le virgolette con le dita.

«Spero che sia quell'uniforme da infermiera sexy che volevo tanto.» Rise, slacciandosi la camicia.

Mi alzai. «Con il tipo di paziente che sei? *Diavolo, no.* È una fantasia che non metterò mai in atto.»

Mi guardò facendo il broncio. «Non ero poi *così* male.»

Presi la borsa con la lingerie chic da uno dei cassetti e andai in bagno. «Sei stato il più brontolone dei brontoloni. No, grazie.»

«Mai dire mai, Emilia» ribatté mentre chiudevo la porta del bagno.

Appena mi avesse visto, avrebbe ammesso che la mia scelta era decisamente migliore del completo da infermiera sexy.

Quasi mezz'ora dopo, dopo essermi tolta l'abito da sposa, sistemati i capelli e capito come funzionasse il marchingegno, riapparvi, coperta modestamente dal collo alle ginocchia da uno degli accappatoi del resort. Quasi tutte le luci erano spente, eccetto una che creava una penombra simile a quella delle candele… bella e romantica.

Mio marito era sdraiato di traverso sul letto, con le sole mutande. Fissava il baldacchino di rete, pensieroso, quando mi misi davanti a lui.

Voltò la testa e mi guardò un po' ansioso. «Quando ti ho visto con quel vestito, oggi, ho pensato che non avrei mai voluto vederti con nient'altro. Pensi che cambierò idea?»

Io alzai le spalle, modesta, allentando la cintura e abbassando l'accappatoio sul pavimento perché potesse vedermi con la lingerie chic Agent Provocateur. Quella roba mi era costata una piccola fortuna ma, ehi, solo il meglio per la prima notte di nozze di un miliardario.

«Porca vacca» mormorò Adam, sedendosi di colpo con gli occhi sgranati.

L'insieme luccicante, in effetti, non copriva niente. Non che fosse quello il suo scopo. Era puramente decorativo, e stuzzicante. In effetti, era una serie di sottili catene che tenevano insieme dischetti dorati della misura di una monetina, per imitare un bikini di maglia metallica. E lasciava ben poco all'immaginazione. Allargai le braccia e lasciai che mi guardasse.

Il metallo freddo si appoggiò sui miei capezzoli, facendoli contrarre e anche se la sua espressione non rivelava nulla, l'immediato ed evidente rigonfiamento nelle sue mutande diceva tutto.

Mi misi in posa. «Ora tutto ciò di cui ho bisogno è una gigantesca spada risplendente e sarò pronta per essere un personaggio di primo livello in Dragon Epoch.»

Adam si voltò sul fianco, appoggiando la testa alla mano per studiarmi. I suoi occhi mi percorsero con approvazione, bevendosi i piccoli dischi della mia lingerie di "maglia metallica". Nei suoi occhi bruciava l'inconfondibile bagliore del desiderio.

Poi sospirò forte. «Oh, pensavo che con tutta la ginnastica di ieri notte, stanotte potessimo prendercela comoda. Magari coccolarci un po' e parlare.»

Sbattei le palpebre, abbassando le braccia. *Che diavolo...* «Come?»

Adam si schiarì la voce e guardò fuori dalla finestra. «Sì, potremmo raccontarci delle storie e poi accoccolarci e addormentarci tenendoci per mano.»

«*Dici sul serio?*»

Adam mi guardò per un attimo prima di scoppiare in una sonora risata.

«Ovviamente no» disse. «Dio. Sei qui di fronte a me, nuda eccetto quel bikini luccicante da schiava, e sembra che sia appena uscita dal set del *Ritorno dello Jedi*.» Batté sul materasso accanto a lui ed io salii sul letto. «Ed è *tutto* per me. E di sicuro non ho intenzione di sprecarlo per qualche coccola.» Allungò una mano e la passò all'interno della mia coscia nuda. «Anche se fossi mezzo morto, ti salterei comunque addosso, anche con una milza esplosiva.»

Ci baciammo, con Adam che mi inchiodava ferocemente la testa al cuscino, obbligandomi ad aprire la bocca. Quando riemersi per respirare, stavamo entrambi respirando pesantemente. «Per un attimo mi sono preoccupata. Non sembravi tu.»

Adam scoppiò di nuovo a ridere. «Potrei volere le coccole...»

Feci una smorfia. «Forse, se fossi mezzo morto.»

Ci baciammo di nuovo, questa volta meno freneticamente. Stavo cercando di capire come fargli mettere le mani sotto la mia armatura di maglia metallica.

«Se io sono la schiava, tu allora saresti Jabba the Hut.»

Lui fece una risata alla Jabba. «Mmm, carne fresca.» Mi strizzò la coscia. «Jabba affamato.»

«Adesso mi sembri più tu.»

Quando Adam si chinò nuovamente a baciarmi ed io gli misi le braccia intorno al collo, pensai a come non avessimo dimenticato niente, come stessimo seguendo gli stessi schemi che avevamo imparato quando avevamo cominciato a fare l'amore. Ogni movimento era come una danza.

La nostra coreografia era familiare, ma sempre nuova, mai stanca.

Avevamo un'eleganza tutta nostra, gambe allineate, linee parallele che lentamente s'intrecciavano, poi perpendicolari, poi unite, esigenti. Ci intersecavamo in certi punti vitali diventando parte della geometria dell'altro, poi ci separavamo di nuovo.

Baci, contatti, pressioni, strofinii. Mani che lisciavano, che afferravano, premevano, aderivano, si spostavano. Sospiri leggeri e profondi. Tutto un mix della mia chimica e della sua. Non era solo l'unione dei nostri corpi, l'intersezione dei nostri organi sessuali. Erano il nostro respiro, il nostro sudore, le cellule della nostra pelle che si fondevano. Ci univamo e poi ci separavamo, diversi nella chimica, diversi nel corpo, diversi nell'anima.

Ogni volta che Adam ed io facevamo l'amore, avevo un altro pezzettino di lui da portare via con me.

«Okay, adesso basta. Fra cinque minuti sarò privo di sensi» borbottò dopo essere rotolato via, sdraiato sulla schiena, arrossato dopo l'orgasmo. Il mio bikini di maglia metallica era un mucchietto luccicante sul pavimento, quasi dimenticato. Mi voltai verso di lui e gli appoggiai la testa sul torace.

«Ti ho già esaurito?»

Adam mi infilò la mano tra i capelli. Quando la luce bassa fece scintillare il suo anello nuziale, sentii una fitta di emozione. Forse piaceva anche a me vedere quella *prova di proprietà*.

«Solo temporaneamente» rispose. «Più che altro a causa della notte scorsa.»

Restammo così a lungo. La sua mano si rilassò e il suo respiro divenne più lento. Io restai con la testa appoggiata al suo torace, come fosse un cuscino mentre dormiva, con il suo fiato che mi accarezzava i capelli. Ero stanca anch'io. *Tanto* stanca. Ma non riuscivo a dormire.

Ero una donna sposata. La moglie di qualcuno. La moglie di *Adam*.

Era cambiato tutto, anche se tutto sembrava così consueto, così confortevole, così *noi*.

Tracciai con un dito il contorno dei muscoli del suo magnifico addome e, senza rendermene conto, sussurrai il loro nome. «*Obliquo esterno, piramidale, inscrizione tendinea.*»

La mia mano scese più in basso. «*Umbilicus.*»

«Che cosa ci fai da quelle parti?» borbottò Adam e mi fece sobbalzare perché pensavo che stesse dormendo.

«Oh, niente.»

«Stai sussurrando qualcosa. Che cos'è?»

Sospirai. «Niente di importante. Stavo, mhmm, cogliendo l'occasione per ripassare l'anatomia.» Toccai il rilievo dove finiva l'addome e cominciava il fianco, tracciandolo in tutta la sua lunghezza. La pelle s'increspò sotto il mio tocco come se gli avessi fatto il solletico. «Questa è la *spina iliaca antero-superiore.*» Continuai con il dito, sopra la leggera spolverata di peli scuri sulla pancia per finire a nord dell'osso pubico. «Questo è il *legamento inguinale riflesso.*» Che sottolineai, lentamente, con forza. «E questo è...»

Adam mi afferrò la mano e la premette sull'erezione nascente. «Questo come si chiama?»

Ci pensai un momento, mentre lo accarezzavo con il palmo della mano. Nonostante avesse dichiarato di essere stanco, stava già diventando rigido sotto la mia mano. «Questo si chiama... RoboCock.»

«Giusto» disse Adam con un grande sorriso.

«Quanti punti-moglie mi sono guadagnata?»

«In questo momento, tutti i punti-moglie. Sei in cima alla classifica.»

Poi mi passò un braccio intorno alla vita e mi tirò cavalcioni sopra di lui e le sue mani non persero tempo a trovarmi il seno. «Adesso sei decisamente la prima in classifica.»

«Solo adesso?»

Riuscimmo a finire ancora una volta prima di crollare entrambi esausti. Circa un'ora dopo, quando mi svegliai per un attimo, mi resi conto con un sorriso stanco, che avevo la schiena appoggiata al torace di Adam. Come due cucchiai in un cassetto.

***

Adam si era già alzato, fatto la doccia e vestito prima ancora che io cominciassi a svegliarmi. Dalla porta aperta entrava una luce brillante che mi colpì diritta negli occhi. Me li strofinai, girandomi.

«È ora di alzarsi, dormigliona» disse Adam dalla scrivania dove, com'era prevedibile, era seduto davanti al laptop mentre beveva il caffè. «Buon anno nuovo.»

«Stai veramente lavorando? Il primo giorno di matrimonio?»

Adam mi rivolse un sorriso benevolo. «Buona, ragazza. Sto sistemando le ultime cose in sospeso prima di partire. Non porterò il laptop con me. E nemmeno il telefono.»

«Oh?» Mi ringalluzzii. «Per tre settimane? Ne farai completamente senza?»

«Ho passato due mesi senza fare sesso, e lasciami dire che preferisco il sesso al cellulare, quindi dovrebbe essere un gioco da ragazzi.»

Piegai le braccia dietro la testa e mi sistemai contro il cuscino. «Ci crederò quando lo vedrò.»

«Questo significa che sarai responsabile tu al cento per cento per il mio "intrattenimento". Dobbiamo essere pronti a partire tra un'ora, quindi lo vedrai presto.»

«E dove stiamo andando?»

«Lo scoprirai presto.»

Sbuffai, paziente, scendendo dal letto e raccolsi dal pavimento la lingerie luccicante della notte prima. «Spero che ce ne siano altri da dove è venuta quella» disse Adam indicandola con la testa. «Ne faremo buon uso.»

Scossi la testa, depositando la lingerie sul cassettone prima di andare in bagno a fare la doccia. Adam Drake e i suoi misteri… Avrei dovuto sapere a che cosa stavo andando incontro, no?

Capitolo Ventitré
Adam

EMILIA NON AVEVA IDEA DI QUANTA PROGRAMMAZIONE avesse richiesto la sorpresa che stavo per farle e perché non volevo rivelarla fino all'ultimo minuto.

Ero sicuro che fosse irritata con me ma speravo che, una volta scoperto qual era, la gioia mi avrebbe fatto perdonare.

Andammo verso Port Castries, il porto di St. Lucia, con il motoscafo che ci aveva portati dalla spiaggia a Emerald Bay. Con noi c'era un gruppo ristretto di ospiti del nostro matrimonio, i nostri amici più cari e la famiglia, che avevano voluto alzarsi presto per salutarci prima della partenza. Emilia pensava ancora che fossimo diretti all'aeroporto.

Ma quando svoltammo intorno alla punta, e ci trovammo davanti la baia, con tutte le barche bianche e gli alberi allineati come soldati, aggrottò la bella fronte.

Si sarebbe chiarito tutto presto. Ma Emilia si voltò a guardarmi, chiaramente perplessa dietro gli occhiali scuri. Le presi la mano. I suoi lunghi capelli scuri fluttuavano dietro di lei mentre rallentavamo fino a fermarci accanto a uno degli attracchi. Il pilota della barca ci aiutò a scendere uno per volta, ed io condussi il gruppetto nel punto dove il capitano aveva detto che ci avrebbe aspettato.

«Quello sembra il tuo yacht, Adam» fece notare lo zio Peter.

Io diedi un'occhiata alla mia barca, lo yacht di trenta metri che era stato portato via da casa nostra tre settimane prima "per delle riparazioni", le avevo detto.

In effetti, era stato in cantiere per qualche piccola aggiunta e cambiamenti e poi portato ai Caraibi, attraverso il canale di Panama, per aspettarci lì.

«La barca di Adam non ha un nome» disse Kim. «Quella si chiama Eloisa.»

Osservai Emilia, che fissava la barca a bocca aperta. Sullo specchio di poppa, appena dipinto con un carattere bellissimo, c'era la scritta:

Eloisa
Newport Beach

La mano di Emilia si mosse nella mia, quasi volesse toglierla. Gliela strinsi più forte. Speravo che apprezzasse il gesto, che avessi chiamato la barca con il nome del suo personaggio di Dragon Epoch, invece che con il suo nome vero.

Si fermò

«Cos'è. Hai cambiato il nome della barca?»

«Non ha mai avuto un nome, prima. Adesso sì.» Mi fermai accanto a lei.

«Perché *Eloisa*?» chiese Kim ed io non mi preoccupai di risponderle. Lo stava già facendo Heath. Emilia mi fissava con gli occhi spalancati dietro gli occhiali da sole.

«L'hai fatta portare fin qui? Perché?»

Sorrisi. «Per la nostra luna di miele. Partiremo per una nostra crociera privata tra le isole Windward.»

«E via! Così si fa, Mia!» esclamò Kat dietro di noi.

«Finalmente non è più un mistero!» Mia fece uno sberleffo a Kat. «Ho un marito piuttosto favoloso… anche se sono sicura che l'itinerario resterà un mistero.»

Scuotendo la testa, la informai. «Abbiamo programmato di fermarci in alcuni dei porti più grandi, come Dominica e Grenada, ma anche in qualche isola privata e, per qualche notte, su un'isola deserta tutta per noi.»

«Visto» s'intromise Kat. «Sta rivelando tutti i suoi segreti.»

«Non tutti» dissi ridacchiando.

Emilia sospirò. «Ovviamente no.» Mi portai la sua mano alla bocca e la baciai. «Ti piacciono troppo le sorprese.»

«Solo quando sono io a farle.»

I nostri amici e i famigliari salirono a bordo con noi per salutarci mentre il capitano dello yacht faceva gli ultimi controlli prima della partenza, e ci faceva fare l'esercitazione obbligatoria di evacuazione.

Il motoscafo che ci aveva portato lì avrebbe riportato gli altri al resort, dove sarebbero rimasti ancora qualche giorno. Ma prima c'erano champagne e snack, offerti dallo chef che avevo assunto per la nostra crociera, dato che quello che usavo di solito non aveva potuto impegnarsi per tutta la durata della crociera. Il cibo (canapè fusion caraibici, gamberi speziati creoli, cocktail di scampi) era delizioso.

Quando amici e famigliari scesero, uscimmo dal porto mentre loro restavano sul molo a salutarci.

Quando non fummo più a portata d'orecchi, tirai Emilia contro di me e la baciai dolcemente. Sentii un familiare brivido di eccitazione. Ma questa volta era più acuto. Invece di baciare una donna da cui ero fortemente attratto, o la mia ragazza, o perfino la mia fidanzata… stavo baciando mia moglie.

Chiamarla così, perfino mentalmente, ingigantiva quella sensazione inebriante, facendola diventare una scossa elettrica. Era più di un'attrazione fisica, più dell'eccitazione sessuale. Ero al settimo cielo e maledettamente fortunato che quella donna, quella donna meravigliosa, forte, bella e brillante, avesse scelto me per essere l'uomo che le sarebbe stato accanto per il resto delle nostre vite.

Ci era costato molto arrivare a quel punto. Ma essere lì con lei, guardare i diamanti che scintillavano al sole sulla sua mano sinistra, sapere che era il *mio* anello che portava, il *mio* nome, *me* che aveva scelto... essere lì in quel momento valeva ciò che era costato arrivare a quel punto.

Ed ero sicuro che non ci fosse un uomo più felice di me sulla terra in quel momento.

Emilia mi restituì il bacio, con tutto l'entusiasmo che le avevo dimostrato io. E quando mi guardò negli occhi, tutto l'amore che provavo era riflesso lì. Emilia alzò la mano per lisciarmi i capelli, scompigliati dal vento.

«Bene, signor Drake. Siamo qui, tu ed io, finalmente soli. Non riesco a pensare a una luna di miele migliore.»

«Ti stancherai presto di me.»

«Nemmeno per sogno.» Aprì le labbra in un enorme sorriso, mostrando i denti bianchi lucenti.

Le presi la mano e ci spostammo sul ponte per avere una vista a duecento gradi, senza ostacoli.

«Le prossime fermate saranno nell'arcipelago delle Piccole Antille» disse il capitano. «Direzione?»

Mi voltai verso mia moglie, che fissava fuori dalla vetrata, ammirando l'ampio oceano blu davanti a noi. «Signora Drake?» le chiesi.

Lei si voltò. «Sì?»

«Vuoi indicare una direzione al capitano?»

Lei si acciglò per un attimo prima di sorridere. «Là fuori?» mormorò. «Che ne dici da quella parte? Seconda stella a destra e poi diritto fino al mattino?»

Scossi la testa. «È un *tuo* ordine. Puoi scegliere quello che vuoi.»

«Okay.» Annuì. «Allora puntiamo a ovest. Ho sempre desiderato andare verso il tramonto. E diritto verso il nostro futuro.»

L'abbracciai, baciandole il collo. «Come desideri, signora Drake.»

Capitolo Ventiquattro
Katya

Jedi Boy: *Rossa, i tuoi ultimi rapporti sui bachi erano incompleti. Spero che stia venendo in ufficio. Ho bisogno di quella roba IERI.*

Io: *Appena atterrata. Quei rapporti sono COMPLETI. Devi smetterla di inventarti scuse solo per vedermi.*

Jedi Boy: *Non tutti possono piantare il loro lavoro per andare al sole dei Caraibi per settimane.*

Io: *La gelosia non ti si addice.*

Jedi Boy: *Stai cominciando a farmi incazzare.*

Io *Ti amo anch'io tesoooooooro! <3 <3 <3 *bacioni**

Alzai gli occhi e controllai la grande sala nella quale Heath ed io eravamo appena entrati per andare al ritiro bagagli. Cartelli ovunque la indicavano come *Dogana e Immigrazione.*

Il mio coinquilino, e compagno di viaggio, si chinò a guardare con un sogghigno. «Ancora quel caporeparto? Siamo appena atterrati. Stava seguendo il volo?»

Alzai le spalle. «Probabilmente. A quanto pare non può gestire il suo dannato reparto senza di me.»

Heath ammiccò in modo insopportabile. «Forse non è solo una questione di lavoro. Scommetto che si sta struggendo per te.»

Scossi la testa. «Non me la bevo quella tua stupida teoria.»

Heath alzò appena le spalle massicce. «Non importa che te la beva o meno. Uno che ti importuna quanto lui non lo fa solo per lavoro. Ti vuole.»

«Forse gli piace solo il ruolo di rompiballe.»

Heath indicò un cartello che riportava sia le stelle e le strisce sia una grande foglia rossa d'acero. «Là. I canadesi fanno la stessa coda degli americani.»

«Che fortuna.» Infilai il cellulare nella tasca posteriore e cominciai a frugare nello zaino per cercare il passaporto mentre facevamo la coda.

Zigzagammo lungo la corsia di nylon che formava un piccolo labirinto. Intorno a me, colsi accenni di lingue diverse. Più che altro spagnolo, ma anche arabo e cinese. La gente che parlava quelle lingue sembrava differente come le lingue stesse: donne con hijab colorati, uomini con lunghe vesti o pantaloni larghi. E tutti sembravano esausti, come mi sentivo io, dopo i loro lunghi voli.

Sentir parlare francese, stranamente, mi ricordò casa mia. Non importava dove uno vivesse in Canada, perfino nelle province più inglesi come la mia British Columbia, non si riusciva a sfuggire all'accento sontuoso del francese parlato. Nonostante tutti gli anni in cui ero stata obbligata a studiarlo a scuola, riuscivo ancora a malapena a capire qualche parola.

«Questo posto di solito è affollatissimo. Dobbiamo aver beccato un momento di calma» disse Heath.

Tenni la testa bassa mentre andavamo direttamente dall'addetto ai passaporti. Non avevo idea se usassero delle telecamere a riconoscimento facciale. Ed era probabilmente una paranoia, a livello di quelli che si avvolgono la testa nella stagnola, presumere che mi stessero attivamente ricercando. Ma se fossi stata in un database da qualche parte…

Respira, Kat. Non essere nervosa. Deglutii, cercando di ignorare il cuore che mi pulsava in gola, la bocca secca. Avevo finito la bottiglia d'acqua in aereo ed ero completamente disidratata. E, maledizione, avevo bisogno di usare la toilette. Avrei potuto tornare indietro e fare una corsa in toilette, adesso? *Respira, Kat. Non mostrare paura.*

Mi passò per la testa in un lampo ogni problema che sarebbe potuto succedere.

No. *Non* ci sarebbero stati problemi, mi dissi. Ruotai le spalle per alleviare la tensione. *Ce la faccio.*

Non ci sarebbero stati problemi, vero?

I governi non comunicano bene tra di loro, comunque. Non era possibile che il tipo dei passaporti sapesse che cosa succedeva in Canada. Agli americani di solito non interessava proprio che cosa succedeva nel paese appena a nord di loro. *Quindi la loro indifferenza diventava una mia alleata.*

«Prima le signore.» Heath indicò il primo addetto libero ed io gli passai davanti, con una smorfia davanti alla sua ridondante dimostrazione di cavalleria.

«Lo farò sapere a tutte le donne qui intorno. Nel frattempo, videogiocatrici fantastiche per prime» risposi e lui sbuffò.

Sarebbe andato tutto bene. Perfettamente normale. Ma se non c'era niente di cui preoccuparsi, perché avevo il cuore che mi batteva alla base della gola mentre spingevo il mio libretto blu scuro sul ripiano verso l'uomo nel gabbiotto?

Sorrisi, sperando che tutti quei denti sarebbero serviti a distrarlo.

«Ehi, come va?» cinguettai.

L'uomo, di mezz'età con gli occhi spenti, non mostrò alcuna reazione. Le sue dita a salsicciotto afferrarono il mio passaporto e andò alla pagina giusta. Aspettai mentre andava alla mia foto e poi teneva il libretto davanti a sé per guardare prima la fotografia e poi me un paio di volte.

«Nome?»

«Katharina Ellis.» Feci una faccia buffa e mi misi di profilo. «Mi dispiace per la foto orribile. Non era decisamente il mio lato migliore.»

Nessuna reazione. Stava già inserendo il numero del mio passaporto nel suo computer. Senza accorgermene, comincia a tamburellare con le dita sul ripiano di fronte a me. Vi appoggiai sopra l'altra mano per fermarle e poi spostai il peso da una gamba all'altra. Provai con qualche tecnica rilassante di yoga nel momento in cui mi resi conto che il respiro affrettato faceva alzare e abbassare il petto troppo in fretta. *Inspira lentamente dal naso. Trattieni il fiato. Conta fino a tre. Espira dalla bocca.*

L'uomo non prestava attenzione, stava scrutando il suo schermo. Heath era già passato oltre e mi stava aspettando, con il suo passaporto americano stretto nella mano massiccia. La gente gli passava accanto, diretta al ritiro bagagli.

Incrociai il suo sguardo e lui alzò le sopracciglia, come per chiedermi che cosa stava succedendo. Scossi la testa, scrollando le spalle. Se non ci fosse stato il cartello che proibiva i cellulari nella zona di controllo passaporti, avrei potuto prendere il mio e mandargli un messaggio.

«Per quanto tempo è rimasta fuori dal paese, Ms Ellis?»

«Solo due settimane. Per il matrimonio di un'amica.» La mia voce tremolò e coprii il suono con un colpo di tosse.

L'uomo guardò corrucciato lo schermo del suo computer, e scrisse ancora qualcosa. C'era un problema? Quale? Che cosa aveva visto in quel piccolo schermo che gli faceva aggrottare ancora di più la fronte? Il battito alla base del collo diventò più forte. Deglutii e resistetti al desiderio di asciugarmi i palmi sudati sui jeans. Farlo sarebbe equivalso a informare tutti quanti che ero una potenziale fuggitiva. Il mio nervosismo non poteva essere più evidente nemmeno se avessi tentato.

Consolandomi con il pensiero che probabilmente era solo una procedura nuova o forse che il sistema in quel momento era lento, respirai di nuovo e continuai a rosicchiare l'unghia del pollice fino a ridurla a un mozzicone. Guardai attentamente l'agente.

Poi, di colpo, ci fu un altro agente accanto a lui. Uh-oh. Da quando i canadesi erano oggetto di un controllo di sicurezza completo? Noi eravamo i cordiali, educati vicini del nord che gli yankee amavano prendere in giro, cosa che noi accettavamo senza problemi. Non c'era bisogno di sicurezza extra. Solo che…

Questi erano i nuovi Stati Uniti d'America. *Non* dateci i vostri stanchi, i vostri poveri, le vostre masse infreddolite. Non ci servono più.

«Ms Ellis, può venire con me?»

La faccenda si stava facendo seria. Maledizione. *Lo sapevo* che non avrei dovuto uscire dal paese. Ma come diavolo avrei potuto mancare al matrimonio di Adam e Mia? E come avrei fatto a dir loro che non potevo andare?

E come avrei potuto spiegare ad Adam, il mio capo, che non stavo lavorando legalmente per la sua società?

Il mio telefono vibrò nella tasca. Diedi un'occhiata a Heath, che non aveva il telefono in mano, quindi doveva essere Lucas che mi rispondeva.

Mi immobilizzai, una lepre canadese nei fari dell'immigrazione USA. «Ms Ellis. Abbiamo qualche domanda. Può venire con me al controllo, per favore?»

L'agente che aveva il mio passaporto ora era in piedi, come se si aspettasse che cercassi di scappare. Dove diavolo sarei potuta andare?

Heath venne verso di noi e l'agente si voltò, alzando una mano. «Non venga più avanti. Lei ha già superato il controllo passaporti.»

Heath aggrottò le sopracciglia e tese una mano verso di me. «È una mia amica. Voglio restare con lei.»

«Dovrà aspettare.»

«Quanto tempo ci vorrà?»

«Non ne ho idea. Torni al ritiro bagagli e aspetti lì. E *non* venga più avanti.»

Mi voltai a guardare Heath, i nostri occhi s'incrociarono ed io scossi la testa. La preoccupazione nei suoi occhi era chiara, le sopracciglia bionde erano talmente aggrottate che sembravano un monociglione.

«Ms Ellis. *Subito* per favore.»

Mi voltai di colpo verso l'agente. «Ma le mie valigie?»

«Ne avrà bisogno.»

«Posso andare a prenderle? O può prenderle lui per me?» Indicai Heath.

«Dovrà farsi accompagnare da un agente.» Il controllore premette un bottone e un altro uomo, altrettanto arcigno e spento arrivò in pochi secondi. Era come se si stesse clonando da solo.

Mi voltai verso Heath, alzando una mano all'orecchio come fosse un telefono e mimai con la bocca, *chiama un avvocato*.

«I Canadesi?» rispose. Doveva aver inteso il consolato canadese, e sentii una fitta di paura. Merda, *no*, quello avrebbe peggiorato le cose. Scossi vigorosamente la testa, spalancando gli occhi. *Niente consolato*, mimai, ma lui sembrò perplesso, come se non avesse idea di che cosa stavo dicendo.

Poi lo scagnozzo numero due mi afferrò per il braccio e mi tirò verso dovunque fosse la loro camera delle torture. Mi chiesi a quante ore di waterboarding sarei stata sottoposta prima di essere spedita a Guantanamo. *Fanatici barbari Yankee.*

Grazie al cielo ero la Kat buona e non quella cattiva, e quindi tenni a freno la lingua. La Kat cattiva si metteva in un mucchio di guai grazie alla sua linguaccia. Ero in un paese che qualcuno avrebbe potuto definire semi-barbaro, dove vigeva ancora la pena di morte e dove non c'era il congedo di maternità obbligatorio. Nonostante i suoi difetti, però, io *volevo* continuare a vivere negli Stati Uniti. Dovetti concentrarmi a fondo per ignorare le note di *O, Canada*, che mi vennero in mente mio malgrado. *Il vero Nord, forte e libero!*

Mi condussero in una piccola stanza senza finestre, con due sedie, un tavolo e una panca. «Aspetti qui.»

E chiusero la porta *a chiave*! Mi avevano chiuso dentro, cazzo!

Camminare avanti e indietro nella stanza mi faceva solo girare la testa perché era piccolissima e mi obbligava a fare dei cerchi stretti. Anche il mio cervello girava in cerchio. Non ne voleva sapere di calmarsi, di smettere di preoccuparsi, di accusare. Non voleva smetterlo di biasimarmi.

Avrei dovuto controllare prima per assicurarmi che quella citazione non avesse fatto emettere un mandato. Forse c'erano stati dei tentativi di localizzarmi. Ero sempre stata così sicura che il governo canadese non sapesse dov'ero. Ma adesso?

Presi il telefono e mandai in fretta un messaggio a Heath.

Io: *Niente consolato canadese.*
Heath: *Perché no? E dove cazzo ti hanno portato?*
Io: *Sono in qualche piccola cella.*
Heath: *Sei in PRIGIONE?*

Mi affrettai a scrivere la risposta quando il mio telefono vibrò, da un'altra fonte.

Jedi Boy: *Rossa, sei già per strada? Ero serio quando ho detto che ho bisogno di te qui.*
Io: *Non adesso, Lucas.*

La porta si spalancò e quasi lasciai cadere il telefono mentre arrivava il messaggio di Heath.

Heath: *Tieni duro, K. Sto chiamando un avvocato.*

«Ms Ellis? Devo prendere le sue apparecchiature elettroniche.»

«*Cosa?*» Mi infilai immediatamente il telefono nel reggiseno. «Dovrà prenderlo dalle mani del mio cadavere! Nessuno mi prende il telefono.»

L'agente sbatté gli occhi e si eresse in tutta la sua statura. «Vuole entrare negli Stati Uniti d'America, Ms Ellis?»

«Perché mi state trattenendo?»

L'agente mise le braccia conserte, assumendo un atteggiamento da duro. «Non intendo dirglielo adesso. Il telefono? E la password, per favore.»

«Non può perquisirmi. So che cosa dicono le vostre leggi. Ho i miei diritti.»

«Siamo autorizzati a raccogliere il suo materiale. In questo momento lei non è soggetta alle leggi degli Stati Uniti, dato che non è stata ammessa nel paese.»

Aveva gli occhi fissi sul mio reggiseno, dato che il telefono era lì, ma feci sporgere comunque il mio seno prosperoso. Sapevo che cosa faceva il mio davanzale alla maggior parte degli uomini pavidi. Lui distolse di colpo gli occhi dalle mie tette perfette. Io incrociai le braccia sul petto.

«Il suo telefono, Ms Ellis. Altrimenti possiamo metterla su un volo diretto nella British Columbia in meno di mezz'ora.»

Sentii un peso cadermi nello stomaco, sapendo che avrei dovuto affrontare una squadra di scagnozzi simili in quell'aeroporto. E tanto di più. *Merda. Maledizione. Cazzo. Fanculo.*

«Ha intenzione di torturarmi, vero?»

La sua faccia si rabbuiò. La cattiva Katya aveva rialzato la testa. Accidenti. Arrossii e tutto ciò che fece lui fu tendere la mano. Con un lungo, penoso sospiro, tolsi il telefono dal reggiseno.

«È bello caldo. Per aver toccato il mio seno nudo.»

La mia ricompensa fu vederlo arrossire violentemente prima di afferrare quell'affare dalla mia mano e andare verso la porta. Si voltò. «Password?»

«Che cosa state cercando nel mio telefono?»

Lui alzò le sopracciglia. «Password.»

Ero sul punto di lasciarmi andare a qualche parolaccia sugli yankee stronzi, ma mi frenai, borbottando la password.

L'agente se ne andò, senza dire un'altra parola. Ed io rimasi lì, incastrata in quella dannata stanza. Per *ore*.

Senza il telefono non sapevo per quanto tempo, dato che non c'erano orologi.

Mi sedetti.

Mi sdraiai di traverso sulle due sedie

Sul tavolo, con le mani dietro la testa, a fissare il soffitto.

Qualcuno, a un certo punto, mi portò una bottiglia d'acqua. E mi lasciò usare il bagno.

Nessuno rispose alle mie domande.

Tanto valeva affrontare la situazione. Probabilmente ero sul punto di essere rispedita a Vancouver quel pomeriggio. Oh, l'espressione sulle facce della mia famiglia e dei miei amici quando mi fossi fatta rivedere dopo essere scomparsa senza nemmeno salutare un anno prima.

Mi strofinai gli occhi doloranti attraverso le palpebre, rimpiangendo per l'ennesima volta il mio viaggetto nei Caraibi. Matrimonio epico o no, non sarei dovuta andare.

Perché adesso avevo rovinato *tutto*.

All'improvviso, la porta si aprì di nuovo e il primo agente entrò con un uomo in jeans e maglietta, con una borsa sulla spalla.

«Ms Ellis» disse l'uomo quando l'agente si fermò senza parlare e guardò prima uno e poi l'altro. «Sono Sam Wright. Il suo avvocato.»

Sorpresa, aprii la bocca, ma non ne uscì niente. Di colpo, stavo tremando come una foglia al vento mentre lo scagnozzo numero uno mi stava fissando come se controllasse ogni mio movimento.

«Mi ha chiamato Heath Bowman.»

«Grazie» gracchiai.

L'agente ci lasciò da soli, avvertendoci che sarebbe tornato presto con alcune domande per me. Io studiai il mio nuovo avvocato dalla testa ai piedi. Era di corporatura robusta e aveva il volto coperto da una barba scura. Indossava jeans sformati e sandali Birkenstock sui calzini bianchi di spugna. Ed era giovane, appena sulla trentina.

«Mi scusi l'aspetto poco avvocatesco. Era il mio giorno libero e non mi aspettavo di lavorare oggi.» Potevo perdonargli tutto, meno i sandali. Ma se fosse riuscito a farmi uscire dalla prigione, potevo ignorare anche quelli.

Gli indicai la sedia vuota. «Mi dispiace, non ho molto da offrirle.»

«Da quanto tempo è qui?»

«Non ne ho idea. Ore. Non so nemmeno che ora è.»

Lui aprì la borsa e prese un tablet e un pacchetto di documenti. «Ho alcuni formulari da farle riempire, ma possiamo farlo quando tornerà l'agente. Presumo che lei voglia fare opposizione.»

Sbattei le palpebre. «Non voglio tornare in Canada.»

«Beh…» Riunì le sopracciglia.

«Cosa?» gli chiesi, cercando di ingoiare il grosso nodo che mi si era formato in gola.

«Mentre venivamo qui, sono riuscito a fare qualche domanda indiretta e ad avere un'idea del motivo per cui la stanno trattenendo. A quanto pare, lei sta lavorando illegalmente negli Stati Uniti.»

Mi si strinse lo stomaco e chiusi gli occhi, strofinandomi la fronte, con il mal di testa che s'intensificava. Perfetto. Ero nella merda fino al collo.

«Perché non ha chiesto un visto per motivi di lavoro?» continuò Sam, senza nemmeno preoccuparsi di darmi il tempo di negarlo.

«Ci sono dei motivi. Uh.» Mi agitai.

«Tutto quello che mi dirà sarà assolutamente confidenziale. Segreto professionale.»

Mi grattai un sopracciglio che improvvisamente sembrava prudere. «Non posso tornare in Canada perché non voglio che loro sappiano dove sono.»

«Loro chi? Il governo o privati cittadini o…»

«La polizia.»

Lui sbatté gli occhi. «C'è un mandato di arresto a suo nome?»

Mi schiarii la voce. Di colpo, non riuscivo più a tirare il fiato. «Non lo so. *Per favore.* Deve aiutarmi. Io non posso…»

«Ha commesso un crimine?»

«*No.*» I miei pugni si strinsero da soli, quasi a confermare anche loro quella verità.

L'avvocato sospirò, afferrando un blocco e scrivendo alcuni appunti. «Ha intenzione di chiedere asilo politico negli Stati Uniti?»

Quasi mi misi a ridere. Dal *Canada*? «No.»

«Okay. Possiamo scendere nei particolari di cosa è successo più tardi, ma per adesso, ciò che sospetto è che la faranno entrare nel paese e la citeranno in giudizio davanti a un giudice per l'immigrazione.»

Sbattei le palpebre. «Okay.»

«Ma se è vero che ha lavorato in questo paese senza un visto, sarò franco. Avrà poca scelta.»

«Allora lascerò il lavoro.» Mi si stringeva lo stomaco come in una morsa al pensiero di lasciare il miglior lavoro che avessi mai avuto… ma se significava poter restare, lo avrei fatto in un batter d'occhio.

L'avvocato scosse la testa, stringendo le labbra, «Non è così facile. Non c'è modo di dimostrare che non accetterà semplicemente un altro lavoro illegale. Non le permetteranno di restare, Katya.»

Maledizione.

«Quindi? A quel punto mi cacciano via?»

«Come ho detto, le opzioni sono limitate, ma non completamente inesistenti.» Esitò, quindi gli feci cenno di continuare. Se c'era anche solo una briciola di speranza di togliermi da quella situazione di merda, l'avrei accettata, volentieri.

«Ha una relazione?»

Lo guardai completamente confusa a quella domanda non sequitur. Aprii la bocca per rispondere, ma lui alzò la mano. «Non mi risponda, per favore. Ci pensi. Se, per esempio, lei stesse per sposare un cittadino americano, ci sarebbero le basi per farla restare, purché il matrimonio avvenisse presto.»

Deglutii.

Merda. Voleva che mi *sposassi?*

«E… non c'è qualche altro modo?»

Sam mi fissò per un momento. «Viste le circostanze? Probabilmente no.»

Merda. Non avevo un ragazzo. Ero uscita con qualche tizio da quando ero arrivata in California, e in nessun caso, assolutamente nessuno, si poteva dire che fosse una cosa seria. Lavoravo troppo e non uscivo mai, ed erano passati mesi, veramente, mentre mi concentravo sul mio canale Twitch TV e i miei altri obiettivi di carriera.

Heath? Potevo chiederlo a Heath?

«Il mio… mhmm… coinquilino…»

«Heath?»

«Sì.» Annuii. Heath l'avrebbe fatto. Lo sapevo.

«Attenta. Heath è dichiaratamente gay. Probabilmente è evidente anche dai suoi profili sui social media.» Mi tirai indietro, sorpreso che sapesse tanto su Heath. «Heath è l'amico di un amico. È il motivo per cui lo so, e per cui mi ha chiamato. Comunque, una cosa simile, un gay che ha una relazione eterosessuale, sarebbe una prova inequivocabile che si tratta di un *mariage blanc.*»

Un matrimonio in bianco. Ehi, una volta tanto il mio limitato francese mi stava aiutando.

Un matrimonio di convenienza in modo da poter restare negli Stati Uniti. Dove, a quanto pareva, proprio non mi volevano. Ne valeva la pena?

Avevo il cervello in fiamme. Se non Heath, allora chi? Dovevo sposare qualcuno in fretta, accidenti!

Sam mi fece qualche altra domanda, prendendo appunti. La porta fu spalancata di nuovo e questa volta entrarono due persone che non avevo mai visto. E dato che non c'erano altre sedie vuote nella mia celletta, restarono in piedi, a fissarmi, ignorando Sam.

Uno di loro aveva in mano il mio cellulare.

Gli tesi la mano. «Voglio il mio telefono, *per favore.*»

I due si scambiarono un'occhiata prima che uno si chinasse per darmelo. Lo appoggiai sul tavolo accanto a me. Facendolo, premetti il tasto home e lo schermo s'illuminò con l'aggiornamento dei messaggi, c'erano almeno cinque messaggi da Lucas, che si lagnava perché non gli avevo risposto.

Quel tonto doveva darsi una calmata e smetterla di rompere.

«Ms Ellis, abbiamo preso nota dei suoi contatti e dei messaggi sul suo telefono e abbiamo avuto la conferma che lei ha lavorato per una società statunitense senza avere il diritto legale di lavorare negli Stati Uniti. Come…»

«Sto per sposarmi!» dissi d'impulso.

Sì. Mi erano proprio uscite quelle parole di bocca. Le aveva dette la mia voce. Era decisamente la mia voce. Ma fino all'attimo in cui mi erano sfuggite dalle labbra, non avevo idea di che cosa avrei detto.

Cominciai a tremare in tutto il corpo.

«Sta dicendo che è fidanzata? Con un cittadino americano?»

«Sì.» Annuii vigorosamente. «Uhm, sì, certamente.»

L'altro uomo prese dalla tasca un taccuino e afferrò la penna di Sam. «Può dirmi il nome del suo fidanzato, per favore?»

Guardai di nuovo il mio telefono. *I miei contatti.* Non potevo inventarmi un nome. Non potevo tornare alla Kat quattordicenne e fingere come per magia di avere un boyfriend. Doveva essere qualcuno tra i miei contatti.

«Lucas» dissi di nuovo, con quella voce remota. «Il mio fidanzato si chiama Lucas Walker.»

BIOGRAFIA

Brenna Aubrey è un'autrice bestseller di USA TODAY di romanzi contemporanei centrati sulla cultura geek.

Ha sempre cercato conforto in un buon libro e nelle storie lunghe e convolute che intesse nella sua testa. Brenna è una ragazza di città con un grande amore per la natura nel cuore. Quindi, appena può, cerca i grandi spazi verdi e aperti. È anche una mamma, un'insegnante e una geek, una francofila, un'indomita dipendente dai videogiochi, nonché un'accumulatrice compulsiva di libri.

Attualmente risiede sulla costa occidentale degli Stati Uniti con suo marito, due bambini e due adorabili golden retriever.

Ulteriori informazioni sul sito www.BrennaAubrey.it.